혈리표

血劉豹

혈리표 1
이영석 新무협 판타지 소설

초판 1쇄 찍은 날 § 2003년 10월 20일
초판 1쇄 펴낸 날 § 2003년 10월 30일

지은이 § 이영석
펴낸이 § 서경석

편집장 § 문혜영
편집 § 권민정 · 유경화
마케팅 § 정필 · 강양원 · 이선구 · 김규진 · 홍현경

펴낸곳 § 도서출판 청어람
등록번호 § 제1081-1-89호
등록일자 § 1999. 5. 31
어람번호 § 제2-0268호

주소 § 경기도 부천시 원미구 심곡1동 350-1 남성B/D 3F (우) 420-011
전화 § 032-656-4452 팩스 § 032-656-4453
http://www.chungeoram.com
E-mail § eoram99@chol.com

ⓒ 이영석, 2003

값 8,000원

ISBN 89-5505-851-9 04810
ISBN 89-5505-850-0 (SET)

이영석 신무협 판타지 소설

血劍豹

혈리표

1

쇠울음

도서출판
청어람

목
차

서(序)

스르렁!

맑은 소리를 내는 은청색 칼날이 칼집을 빠져나왔다. 빛이 잠긴 어둠 속에는 아무도 없었다. 그 속을 느릿하게 올라오는 칼날은 귀신의 눈깔처럼 희번덕거렸다.

눈앞에 다가오는 칼날을 쳐다보는 눈동자에 암회색 공포가 어렸다. 낯빛은 절망으로 접어들며 파랗게, 그리고 새하얗게 물들어갔다.

스팟!

칼빛[刀光]이 어둠 속에 선을 그었다. 공포에 질렸던 머리가 허공에 떠올랐다. 천천히 뒤로 넘어가는 뻣뻣한 몸뚱이를 바라보며 그 머리가 떨어져 내렸다. 낙하(落下)를 마친 머리가 공처럼 굴렀다. 데굴데굴 돌아간 길에는 흔적을 남겼다. 빨갛게 끈적이며 온기를 풍기는.

구르기를 하던 머리가 벽을 등지고 멈췄다. 감기지 않은 두 눈은 아직도 어둠 속을 응시하고 있었다. 파릇하게 자취만 남긴 짧은 머리 위엔 자국도 선명한 여섯 개의 계인(戒印)이 유별스레 슬퍼 보였다.

또르르……

죽음을 연출한 칼날이 피를 흘렸다. 두껍고 넓은 도면이 거울처럼 반짝거렸다. 그 안에 죽은 자의 눈동자가 맺혀 음산하게 흔들거렸다. 귀신같은 칼날은 다시 한 번 허공에 빛을 그었다. 그러나 이번엔 핏방울만이 바닥에 흩뿌려 내렸다.

죽음을 털어낸 칼이 도갑(刀匣) 속으로 잠겨들었다. 칼을 쥔 손의 주인이 작은 상자를 들어 올렸다. 까맣게 윤기나는 옻칠한 상자의 이음새는 붉은 주사의 범문(梵文)이 쓰여진 누런 황지(黃紙)가 둘러싸고 있었다.

상자를 든 자의 얼굴에 하얀 이빨이 드러났다. 치열 사이로 스며드는 끈적한 타액 뒤로 보이는 검은 구멍은 지옥(地獄)의 무저갱(無底坑)처럼 깊고 어두웠다.

위쪽의 두 눈은 새파랗게 빛나며 부유하는 귀화(鬼火)처럼 번들거렸다.

댕. 댕. 댕. 댕.

어둠에 묻힌 소림사(少林寺)의 하늘가에 종이 울려 퍼졌다. 소리는 긴 여운을 남기며 숭산을 흔들어 나갔고, 떨리는 산의 울음에 겁먹은 짐승들은 굴속을 파고들었다.

잠에선 깬 사하촌(寺下村) 사람들이 산을 올려다볼 적에, 칠흑 같던 절의 전각엔 대낮처럼 불이 켜졌다. 그리고 아침이 오기 전에 산문이 열리고 신장(神將) 같은 소림의 승려들이 쏟아져 나왔다.

  그들은 무리 지어 사방으로 흩어져 나갔다. 그러나 그들의 길은 결코 탁발(托鉢)의 길이 아니었다.

1장 철(鐵)의 세월(歲月)

땅. 땅. 땅.

망치가 위로부터 내려쳐지면 벌겋게 달구어진 쇠가 제 몸을 맞아가며 뭉쳐진 몸통을 풀어 다른 모양을 만들어냈다. 불붙은 화로에선 파란 불꽃들이 날름거리며 튀어나올 것처럼 요사하게 불거져 오르고, 불꽃의 요동을 제압하는 둥그런 봉분 같은 화로의 옆으론 풀무를 잡은 작은 손이 쉬지 않고 움직였다.

규칙적인 동작으로 풀무질을 하는 작고 여린 손이 열기로 익어버린 조그만 얼굴에 흐르는 땀을 훔쳐 냈다. 잠시간 해온 일이 아닌 듯 보이는 익숙한 팔놀림과 열기에 익다 못해 검게 그을린 얼굴이 풀무를 잡은 가느다란 팔뚝에 비해 일견 건강해 보였다.

"아버지, 밥 때 다 됐는데……."

풀무질을 하던 소년이 도루 위의 쇠붙이에 정돈된 힘을 쏟아 붓던 사내에게 말을 걸었다. 소년은 새카만 눈동자로 아비를 쳐다보며 말라 버린 붉은 입술을 혓바닥으로 축여내는 모습이었다. 날벌레 하나 없는 이른 계절의 날씨임에도 웃통을 벗어버린 모습은 작고 초라해 보였다. 소년은 말을 건넨 후에도 손을 놀려 풀무질을 하고 있었고 풀무를 잡은 팔이 들려질 때마다 기름기없는 몸의 갈비뼈가 모양을 드러내고 있었다.

소년의 입으로 아비라 불린 사내가 고개를 돌렸다. 그리고 어깨 위로 들린 망치를 내리며 소년을 마주 보았다. 사내의 눈빛이 잠깐 동안 흔들리는 듯 보였다. 그의 눈에 들어온 소년은 아직 너무 어렸다. 살집 없이 마른 몸이 아비의 마음을 아프게 했다. 그러나 소년은 다행히도 잡병 없이 건강하게 커주고 있었다. 어미 없이 자라는 몸이 제 처지를 아는 것만 같았다. 그렇게 커온 세월이 어느덧 십 년이었다. 그리고 풀무를 잡은 작은 손은 벌써 삼 년째 몸질을 하고 있는 중이었다.

"그래, 하던 것만 마저 끝내고 점심 먹도록 하자. 오늘은 아버지가 특별히 닭국수를 해주마. 세철(勢鐵)이, 조금 더 참을 수 있지?"

아들을 향한 애정을 담은 아비의 얼굴이 온기를 품으며 말을 건넸다. 짙고 굵은 눈썹이 휘어지며 아들보다 더 검은 얼굴이 희게 웃었다.

"정말이야? 하지만 그 닭은 할아버지 제사에 쓰려고 여적 기른 건데……."

성마른 소년의 얼굴이 동그란 눈을 만들었다가 금방 무언가를 생각하는 얼굴로 아비에게 되물었다. 아비의 손이 올라가며 쇠를 벼르는 망치질이 다시 시작되었다. 그리고 고개를 돌려 시선을 맞춘 아비의 대답이 소년에게 다시금 기쁨을 안겨주었다.

"할아버지 제사는 달포나 남았으니까 이번에 주문 들어온 송화장(松花莊)의 물품만 납품하고 나면 그 삯으로 한 마리 사지 뭐."

"정말? 그래도 돼?"

기쁜 기색을 감추지 못하는 신이 난 얼굴이 재차 확인하려 들었다. 그리고 아비는 그 얼굴에서 자식에 대한 사랑과 그 사랑을 다 채워주지 못하는 자신의 처지에 대한 작은 위안을 찾았다.

"그래, 그렇게 해도 돼. 오늘은 우리 세철이에게 아주 특별한 날이니까."

"특별한 날? 오늘이 무슨 날인데?"

아들을 쳐다보는 아비의 눈에 다시금 안타까운 미소가 걸렸다. 지나온 세월의 앙금만큼이나 아들은 세상의 눈에 어두워져 있었다. 언제고 단 한 번이라도 제대로 된 생일 상을 받아본 기억이 없는 탓이다. 그것을 챙겨주는 어미조차도…….

서글픈 서러움이 가슴속을 적셨다.

"하하! 이놈아, 오늘은 네가 어른이 되는 날이야. 벌써 네가 열 살이 되는 날이란 말이다. 알아듣겠니? 오늘은 우리 세철이가 세상에 태어나서 맞는 열 번째 생일날인 거야!"

"어? 벌써 그렇게 됐나? 맞아! 할아버지 제사가 한 달 남았으니까 그렇게 되는구나!"

손가락을 꼽아가며 날을 세던 소년의 얼굴에 자못 당황한 기쁨이 떠올랐다. 그리고 소년의 얼굴에 번지는 환한 웃음을 보며 아비의 힘찬 망치질이 계속되었다. 그러나 잠시 후 아비는 하던 일을 멈춰야만 했다.

두 부자만이 사는 외진 대장간에 낯선 손님이 찾아든 까닭이었다.

사내는 칼을 차고 있었다.

세 치가 넘어 보이는 넓은 도폭(刀幅)에 두 자를 얼추 넘긴 듯한 두 터운 직배도(直背刀)가 흑상어 피를 벗겨 만든 까만 칼집의 몸체를 뒤 허리에 매달린 채 반들거렸고, 짙은 감청색의 장삼 위로는 먼 길을 온 듯함을 알게 해주는 하얀 먼지가 시월의 서리처럼 내려앉은 모습이었 다.

"그대가 장인문(張仁宓)인가?"

예고없이 찾아든 사내는 그저 지나는 손님이 아닌 걸 말하는 것처럼 아비의 이름을 알고 있었다.

아비의 눈이 그랬던 것처럼 소년 장세철(張勢鐵)의 눈 역시 의문으로 시선이 모아지며 찾아온 손님을 가만히 바라보았다. 그리고 아버지 장 인문의 눈빛이 불안한 모양을 보이고 있을 때 아들의 눈빛도 알 수 없 는 두려움에 젖어들며 눈길을 흔들었다.

사내가 마을에서도 좀체로 보기 힘든 비적(匪賊) 떼나 마적(馬賊)들 만이 가지고 다니는 칼을 차고 있는 때문이었다.

사내는 말이 많지 않았다.

자신을 보며 위험한 짐승을 겪는 것같이 경계를 표시하는 아버지에 게 하얀 이빨을 잠깐 보였을 뿐이었다.

이빨이 드러나는 그 순간 사내의 두 눈은 달구어진 화로 속의 불꽃 보다 더 하얗게 빛나고 있었다. 그런 눈빛을 들이대는 사내는 아버지 의 앞에 놓인 모루 위에 사각의 검은 상자를 내려놓았다. 곧 이어 경첩 이 달린 상자의 윗면을 개봉하며 아버지의 눈길을 상자로 이끌어 내렸 다.

세철이 보는 열려진 상자 위엔 생전 처음 보는 글자가 써진 누런 종이가 찢어진 채로 붙어 있을 뿐, 돌려진 안의 내용물은 보이지가 않았다. 그렇지만 눈길이 굳어지며 미간을 곤두세우는 아버지의 표정에서 무언가 아주 심상치 않은 물건이 들어 있음을 알 수 있었다.

아버지의 손은 아주 조심스럽게 상자 안의 물건을 집어내어 손바닥 위에 들어 올렸다.

"같은 걸 만들 수 있겠지? 대가는 치러주겠다."

장인문의 고개가 사내를 향해 올라갔다. 그렇지만 사내의 눈길을 맞받지 못하고 흔들리는 눈동자를 손에 들린 물건으로 내려 버렸다.

영롱한 옅은 금빛을 뿌리는 손 위의 물건은 활짝 편 손바닥을 넘쳐 나는 크기로, 감당하기 힘들 만큼 짙고 역겨운 살기를 웅크린 칡범처럼 뿌리고 있었다.

장인문의 손이 힘에 겨운 물건을 든 것처럼 부들거렸다. 그리고 세철에게서 돌아선 어깨가 어쩐지 자꾸만 흔들리는 것만 같아 보였다.

그렇게 수초간의 시간이 말없이 흘러갔다.

"아들인가? 벌써 아비를 돕는 모양이지? 조금 여위었군."

세철을 가리키는 사내의 목소리 끝에 장인문의 고개가 벌떡 세워졌다. 그리고 마주 보지 못하는 사내의 눈을 피해 입을 바라보며 이야기했다.

겨우 열린 것 같은 입 안의 목소리는 가느다랗게 떨리고 불안하게 흘러나왔다.

"이제 겨우 열 살입니다……. 어미 없이 자란… 불쌍한 아입니다."

"그래? 어미 없이 자랐단 말이지?"

사내의 가늘게 째진 하얀 눈길이 세철 자신에게 쏘아지듯 들어왔다.

풀무를 잡은 손이 저절로 떨리고 흔들렸다. 눈길을 돌릴 수가 없었다. 무언가 알 수 없는 귀신같은 것이 온몸을 붙잡고 있는 것만 같았다.

다리도 후들거렸다. 이대로 조금만 있으면 오줌을 지릴 것만 같았다. 이렇게 오줌이 마렵고 온몸이 떨려대는 것은 눈이 내리던 작년 겨울에 마을의 송화장 무사들이 잡았다는 동산만한 호랑이의 눈깔을 보고 나서 처음이었다.

그렇다. 저 사람은 죽은 호랑이가 환생해서 복수를 하러 온 것이었다. 하지만 왜 우리 집에 찾아왔을까? 난 그냥 구경만 했을 뿐인데. 아, 그렇구나. 아버지가 만든 덫에 걸렸었지. 그러면 저 상자 안에 든 것이 그때 그 덫일까?

"언제까지 가능하겠나? 필요한 물품은 뭐든지 구해주겠다. 단! 한 달을 넘겨서는 안 된다!"

세철의 겁에 질린 눈에서 시선을 돌린 사내가 다시 장인문을 향해 대답을 요구했다. 차가운 목소리는 기한을 확정 지으며 이미 피할 수 없는 길로 장인문을 다그치며 몰아세웠다.

말과 함께 시선을 주는 사내의 손길은 뒤춤으로 다가가며 고개를 내민 칼의 손잡이를 무심하게 쓰다듬고 있었다.

"나으리! 이것은 저 같은 촌 무지렁이가 손댈 수 없는 물건입니다. 주성분인 현철(玄鐵)은 고사하고라도 합금으로 섞인 자철(磁鐵)과 한철(寒鐵)을 아울러 다룰 수 있는 능력이 제겐 없습니다. 더군다나 쇠를 두들겨 여러 번 접어 만드는 접쇠의 모양인 듯한데, 그렇다면 더 더욱 능력이 닿지 않습니다. 차라리… 대처의 이름난 대장장이나 규모가 큰 무수막을 찾으시는 것이……."

"능력이 닿지 않는다는 자가 단번에 재질과 형식을 꿰어 보는군! 내

이미 여러 곳을 둘러 여기까지 왔다! 그리고 당신에 관한 이야기쯤은 이미 다 알고 있어!"

낮게 으르렁대는 것 같은 단호한 목소리였다.

장인문은 신음을 속으로 집어삼켰다. 자신에 관한 이야기라면 길림성(吉林省) 맹촌의 연강호(鍊鋼戶)가 틀림이 없었다. 도제로 지내며 대장장이의 기술을 습득한 그곳이 아니고서야 합금을 제련하는 자신의 숨은 능력을 알 수가 없기 때문이었다. 그렇다면 자신의 내력을 알려 줬다는 연강호는 어찌 된 것일까.

장인문은 걱정 섞인 조심스런 눈길로 사내의 기색을 살폈다.

'설마 대처 한복판에 있는 그곳을 어찌하지는 않았겠지? 아니야, 모른다. 눈앞의 사내는 살인을 하는 자다. 그것도 아무런 죄책감 없는 일상과 같이. 차갑게 번득대는 눈빛은 많은 피를 본 사람의 눈빛이다. 어떻게 해야 하나? 거절하면 죽일 것이다. 세철이까지도⋯ 그러나 승낙한다고 해도 일이 끝난 후에는 역시 마찬가지다. 아아! 왜 이런 사내가 갑자기 나타났나⋯⋯.'

장인문의 눈길이 뒤에 서 있는 아들에게로 쏠렸다. 그리고 사내의 재촉이 다시 터져 나왔다.

"무얼 생각하는지 알고 있다! 연강호에서는 당신을 소개받았을 뿐이야! 하지만 이제 나에게도 시간이 없어! 한 달 뒤 오늘, 물건을 받으러 오겠다. 난 약속을 지키는 사람이야! 당신도 역시 그러길 바라겠어!"

복수를 하러 왔던 호랑이가 나타날 때처럼 바람같이 돌아가 버렸다. 그리고 호랑이가 서 있던 자리를 바라보던 아버지가 상자를 내려다보며 주저앉았다. 아버지는 혼이 빠져 버린 사람 같았다.

간밤에 잠을 못 이루고 뒤척이는 아버지의 기척에 세철 역시 붉게 충혈된 눈으로 아침을 맞았다. 언제나 아침이면 화로의 불을 살펴야 했다. 불꽃은 얌전하게 졸며 잠을 깨지 않았다. 하지만 아버지는 어제 처럼 넋 나간 얼굴로 앉아 있기만 했다.

아버지의 앞에는 조그만 자루 하나가 입을 벌리고 있었고 그 안에는 얘기로만 들었던 값비싼 현철을 비롯한 한철덩어리와 그 몸통에 기생충처럼 달라붙은 자철덩어리가 흉악한 먹빛을 품고 들어앉아 있었다. 그리고 그 옆에는 다 삭아빠진 조그맣고 낡은 책 한 권과 주먹만한 누런 금덩이가 세 개나 들어앉아 금빛을 반짝거렸다. 어제 왔던 호랑이가 새벽같이 다녀간 게 분명해 보였다.

세철은 풀무 옆에 주저앉아 아버지를 바라보았다. 아버지는 아침부터 지금까지 자루만 보고 앉은 채 움직이질 않았다. 해는 어느새 머리 위로 올라와 볕이 따가웠다. 배가 고팠다. 그렇지만 아버지의 얼굴을 보고 있으면 배고프다는 말을 할 수가 없어 보였다. 그리고 눈앞으론 자꾸만 힘겨운 졸음이 밀려들었다.

수마(睡魔)에게 먹히고 있는 세철과 달리 시간을 잊은 것처럼 그렇게 앉아 있던 장인문은 갑자기 몸을 일으켜 세웠다. 모루 위의 검은 상자는 아직 그대로 거기 놓인 채였다.

내키지 않는 손을 끌어 상자를 열었다. 열려진 상자의 위로 어제의 금빛이 다시 새어 나왔다. 조심스런 손길로 물건을 집어 들었다. 차가운 금속의 묵직함이 손 안에 가득했다.

아랫면과 윗면이 포개진 형상인 두 개의 원반 사이로 가느다란 틈이 조개처럼 입을 다물고 있었다.

두 손의 바닥을 위아래 원반에 밀착시켰다. 그리고 가볍게 누르며 반대 방향으로 살짝 돌렸다.

쉬캉!

귀를 거스르는 날카로운 금속음을 내며 맞물려진 원반이 입을 살짝 벌렸다. 그리고 가느다랗게 벌려진 금속 아가리를 비집고 세 개의 이빨이 바람개비처럼 튀어나왔다.

원반이 숨기고 있던 제 모습을 갖춘 것이었다.

세 개의 이빨은 이십 년 넘는 장인의 생활 이래 처음 보는 예기(銳氣)와 날카로움을 품고 있었다. 흡사 초승달을 반으로 쪼개 붙인 것 같은 위험하고 가파른 곡선의 모양으로, 휘어진 안쪽의 날은 세상의 어떤 낫(鎌)보다 시퍼런 날카로움을 뿜고 있었고, 곡(曲)을 그리는 바깥의 날은 맹수의 송곳니처럼, 아니, 더운 곳 습지에 산다는 악어의 흉측한 어금니를 촘촘히 박아놓은 것처럼 빽빽한 톱날의 모양을 섬뜩하게 두른 모양이었다.

장인문은 눈이 어지러웠다. 가슴도 두근거렸다. 목젖이 타 들어가며 메말라왔다. 물기를 빨아들여 태우는 것처럼 손 위의 둘건이 햇빛을 받아 뜨겁게 윤을 내며 번쩍거렸다.

이제는 이 물건이 무엇인지 알 것 같았다. 언젠가 들은 적이 있던 철공장(鐵工匠)의 이야기…….

이 물건은 세상에 있어서는 결코 안 되는 물건이었다.

수많은 사람의 목숨을 앗아가는 지옥의 물건. 나타나자마자 세상을 피로 휩쓸고 지나간 자리마다 사람들의 시체로 산을 만드는, 그리고 피를 부르는 물건을 좇아 시체를 파고드는 쉬파리처럼 사람들의 발길을 끌어 모아 피의 잔치를 벌이고, 종국에는 가진 자의 목숨까지도 물어뜯어 버리는 악마의 물건이었다.

‘죽음의 덫에 빠져 버렸구나. 피할 길이, 피해 나갈 방법이 없을까? 어찌해야 하나? 지금도 어디선가 나를 살피고 있겠지……. 정녕 이 물건을 내 손으로 만들어야만 하는 건가? 그러나 만든 후에는? 하아! 방도가 없구나.’

고뇌에 찬 장인문의 시선이 화로 옆에 쪼그려 앉아 어느새 졸고 있는 세철의 마른 얼굴을 바라보았다. 졸고 있는 입가로 침이 흘러내렸다.

검게 그은 마른 얼굴. 몇 년 이래 계속해 온 풀무질에 굳은살이 박힌 작은 손. 힘없이 앙상하게 제 몸을 감싸 안은 가느다란 팔과 다리. 어미의 얼굴조차 본 적 없이 살아 온 가엾은 열 살박이 사내 아이.

그런 아들 장세철을 하염없이 바라보던 아비 장인문의 검은 얼굴에 문득 뜻 모를 굳은 의지가 자리 잡히기 시작했다. 그리고 그렇게 고개를 돌려 버린 얼굴가로는 어금니를 악문 볼에 주름이 잡히고 굳어진 굵은 눈썹이 미간을 가로질렀다.

장인문의 손에 풀무가 잡혔다. 힘찬 풀무질이 시작됐다. 어린 힘만을 받아내던 풀무가 용두질하듯 밀려들었다. 반응은 바로 왔다. 불꽃이 색채가 파래지다가 열오른 계집의 음수(淫水)처럼 투명한 무색의 하얀 몸을 피워 올렸다.

대장간에는 망치질 소리가 다시 울려 퍼지고 소리에 잠을 깨버린 세철의 앞에는 화난 것처럼 망치를 내려치는 아버지의 뒷등이 쉼없이 움직이고 있었다.

세철은 졸음과 배고픔을 잊고 다시 풀무를 잡았다.

아버지가 만드는 것이 무엇인지 알 수 없었다. 하지만 무척이나 중요한 게 틀림없어 보였다. 오랜 단골인 송화장의 물건들을 버려두고 밤낮을 잊어가며 그 물건만 두들겨 대는 것이 그런 이유였다.

망치만 휘두르는 아버지가 미친 것 같았다. 벌써 그 모양을 한 것이 한 달이 다 되어가고 있었다.

세철은 하늘을 보았다. 가늘어졌던 달이 다시 차는 것이, 틀리지 않다면 내일은 할아버지의 제삿날이었다.

아버지는 숫돌에 날을 갈고 있는 중이었다. 저녁도 먹지 않았다. 할 수없이 혼자서 먹어야 했다. 식어버린 수수죽이었지만 아버지와 같이 먹을 땐 맛이 있었다. 하지만 한 달 내내 혼자 먹는 저녁은 이전의 맛이 아니었다.

지금도 아버지가 갈고 있는 것은 발톱이었다. 아마도 생각이 맞는다면 한 달 전 찾아왔던 호랑이가 맡긴 발톱일 것이다. 놈은 눈 속에 파묻힌 덫에 걸려 부러진 발톱을 아버지에게 맡긴 것이다. 그리고 아버지가 밤을 잊고 저렇게 일하는 것은 무서운 호랑이의 비위를 거스르지 않기 위해서였다.

그놈의 눈알은 정말로 무서웠었다. 그리고 매일 밤 꿈속에 나타나는 그놈이 화를 낸다면 아버지와 어린 자신은 한입에 삼켜질 것이었다. 이제는 발톱을 잘 갈아서 그놈에게 얌전히 돌려주는 길밖엔 방법이 없었다. 제발 호랑이 놈이 갈려진 발톱에 만족하고 가만히 돌아가길 바라는 수밖에는.

"우웅……."

언제나처럼 화로 옆에 쪼그려 앉은 세철이 기지개를 켰다. 자시(子時)를 넘겨 버린 시각에 지치고 졸렸던 것이다. 입에서는 하품이 나오려고 목젖이 들적거렸다. 그때 아버지가 돌아보았다.

밥을 제때 먹지 않은 아버지의 얼굴은 한 달 새 몰라보게 말라 있었다. 시커멓게 타 들어간 눈두덩이는 돌림병이 돌아 떼죽음을 했던 마을 사람들처럼 우묵하게 꺼져들어 생기가 없었다. 그리고 거칠게 갈라져 말라 버린 입술을 열어 자신을 불렀다.

"세철아……."

"어! 아버지! 다한 거야?"

반가운 아버지의 음성에 세철이 졸음을 씻어내며 다가앉았다. 장인문은 말없이 아들의 머리를 쓰다듬었다.

숫돌에 갈린 쇳물이 세철의 머리에 점점이 묻어들었다. 그리고 가만히 아들의 눈동자에 시선을 고정시켰다.

"세철아, 지금부터 아버지가 하는 말 잘 새겨들어. 단 한 자도 빠뜨리지 말고. 알겠지?"

"어? 어어… 그렇게 할게……."

이전에 보지 못했던 무언가 심각한 아버지의 얼굴에 세철은 의문을 말하려고 입을 열다가 이내 아버지의 눈빛을 읽고는 혀끝까지 올라온 의문을 눌러 삼켰다. 어쩐 일인지 세철을 바라보는 아버지의 눈길은 말로 다하지 못하는 많은 말을 담고 있는 것 같았다.

"조금 있다가 방에 들어가면 제사 때 입으려고 사놓은 새 옷으로 갈아입고 새벽닭이 울 때까지 잠자지 말고 기다리고 있어. 꼼짝 말고 말이야. 그리고 첫 닭이 홰를 치면 방을 나와서 마당 앞의 우물 속으로 줄을 타고 내려가. 우물 옆에 뚫려진 이상한 구멍 알지? 그 구멍 속에 들어가 있어. 단, 어떠한 일이 있어도 사흘이 지나기 전엔 그 안에서 나오면 안 된다! 알겠지? 배가 고프더라도 참고 무섭고 힘들더라도 참아야 해. 어때, 할 수 있겠지?"

"으응… 알았어……. 하지만 그래야 하는 건 호랑이 때문이야?"

장인문은 아들을 바라보며 눈 끝을 떨었다. 지금 자신을 바라보는 검고 초롱한 저 눈동자를 이제 살아서는 다시 볼 가망이 없기 때문이 었다.

떨리는 손길이 와락 세철을 끌어안았다. 가슴의 고동이 온몸으로 퍼지며 목소리마저 가늘게 떨려 나오게 만들었다.

"그래, 그래, 호랑이 때문에 그런 거야. 호랑이는 어린애들을 좋아하니까 혹시 우리 세철이를 잡아갈까 봐 아버지가 걱정이 돼서 그래!"

"그렇지만 아버지는 어떻게 해?"

"아버지는 호랑이를 피해서 도망갔다가… 우리 세철이가 우물에서 나올 때쯤 돌아올 거야."

"정말이지? 정말 그런 거지? 약속하는 거지?"

제 아비의 가슴에서 얼굴을 떼며 어린 세철은 알 수 없는 불안으로 자꾸만 되물었다.

"그래, 약속할게."

"알았어! 사흘이야. 잊으면 안 돼!"

세철은 아비의 얼굴에서 불안을 읽으며 다시 한 번 다짐을 놓았다. 그런 아들의 모습을 보며 장인문의 눈가에 어느새 수막이 스며들었다. 그리고 떨어지지 않는 입으로 마지막 당부를 주었다.

"이건… 아버지가 혹시나 해서 하는 말인데… 너무 멀리 도망가서 혹여 길을 잃고 돌아오는 길이 늦어지게 되면, 모루를 쓰러뜨리고 땅을 파봐. 거기에 약간의 돈을 숨겨놓았으니까 그걸로 마을에 가서 먹을 것도 사 먹고… 그렇게 아버지를 기다려. 알겠지?"

"……."

세철은 대답하지 않고 자꾸만 흔들거리는 아버지의 눈을 보았다. 뭔가, 무엇인가 자신이 모르는 사실을 아버지는 감추고 있었다. 하지만 그것이 무엇인지 아버지를 다그쳐 물어보기엔 흔들리는 아비의 눈이 너무나도 슬퍼 보였다.

세철은 아버지의 가슴에 얼굴을 묻었다. 따듯한 체온이 작은 자신의 몸을 이불처럼 둘러 안았다. 하지만 고동 치는 아버지의 심장 소리에서 어쩌면 다시는 이렇게 안길 수 없을지도 모른다는 불안감이, 마려운 오줌보처럼 조금씩 부풀어 올랐다.

첫 닭이 우는 소리를 들으며 세철은 두레박 줄을 잡았다. 사방은 깜깜한 어둠에 잠겨 아무것도 보이지가 않았다.

문득 줄을 놓치면 우물 속에 빠져 죽을지도 모른다는 공포감이 등골을 타고 흘렀다.

우물 밑은 보이지 않았다.

그저 어둠보다 더 시커먼 암흑만을 보일 뿐, 지금 내려가려는 우물은 대낮에 물을 긷던 그 우물이 아니었다. 무언가 보이지 않는 손이 우물을 거슬러 올라올 것만 같았다. 그리고 세철의 몸뚱일 붙잡고 까맣고 깊은 저 어둠 속으로 한없이 끌고 내려갈 것만 같았다.

두려웠다.

줄을 잡은 손이 후들거렸다.

뒤를 돌아보았다.

아버지는 보이지 않았다.

이렇게 내려가면 아버지를 다시 볼 수가 있는 건지, 그 무서운 호랑이를 피할 수 있는 건지, 예전처럼 쇠를 벼르는 아버지 옆에서 풀무질

을 다시 할 수가 있는 것인지……. 짙은 새벽의 어둠만큼이나 혼란스
럽고 알 수 없었다.
　세철은 줄을 잡고 우물을 내려갔다 조금씩 조금씩.

철(鐵)의 세월(歲月) 2

동이 트자마자 사내가 찾아들었다. 예의 두터운 칼을 차고 입고 있는 옷은 흑색의 경장이었다. 재질을 알 수 없는 무늬없는 가죽신이 장인문의 눈앞에 다가섰다.

장인문은 처음처럼 모루 위에 상자를 내려놓았다. 사내의 바로 앞이었고 자신의 앞이었다. 사내의 손이 상자를 열어젖혔다. 그리고 뱀의 눈알처럼 눈꼬리가 가늘어지며 차가운 미소가 하얗게 얼굴 가득 피어올랐다.

"해냈군! 시간이 촉박하지 않나 싶었는데, 결국은 만들어냈어!"

사내의 기다란 손가락이 원반을 집어 들었다. 앞뒤로 돌려보는 눈가에는 가는 주름이 지며 희대의 보물을 대한 것처럼 조심스러웠다. 그리고 하얀 두 개의 손바닥이 원반의 양쪽에 밀착되었다. 곧 이어 반대로 돌려진 손길을 따라 감춰졌던 세 개의 독아(毒牙)가 아침 햇빛에 자태를 드러내 보였다.

스캉!

사내의 눈길에 단족한 미소가 배어 물렸다. 그러나 마주 대하는 장인문의 눈가엔 차가운 뱀 머리가 웃는 것만 같았다. 그렇게 미소 짓던 사내가 장인문을 향해 눈길을 돌렸다.

차가운 소름이 정수리부터 사타구니까지 훑어내렸다.

"수고가 많았어. 그런데… 아들이 보이지 않는군."

사내의 눈매가 다시 처음처럼 희번덕대며 주변을 싸늘하게 비집고 지나갔다.

장인문은 사내의 눈길을 따라 목을 떨어가며 다급히 입을 열었다.

"그, 그것이… 몸이 좋지 않아 외가댁으로 요양을 보냈습니다."

떨리는 목소리를 좇아 섬뜩한 눈길이 다시 돌아왔다.

"몸이 아프다구? 외가댁이라… 내가 알기로 아이에겐 보낼 외가가 없을 텐데? 그리고 지난 한 달간 이곳을 오고 간 사람은 아무도 없다. 왜 그런지는 당신이 생각하는 그대로야."

장인문은 절망스러웠다. 예상대로 저자는 자신과 아들의 죽음을 원하고 있는 것이다. 거기에 사고무친(四顧無親)한 죽어버린 아내의 처지와 도움을 청할 곳 없는 허랑한 집안의 내력을 꿰뚫고 있는 것이다. 그리고 내내도록 자신의 즈변을 맴돌고 있었던 것이 틀림없었다.

마을로 오가는 길목엔 저자의 손길로 막혀 있었던 것이 확연하였다. 더더군다나 마지막 인정을 바라기엔 사내의 성정(性情)이 차고 있는 칼만큼이나 차갑고 어두웠다.

아들의 피신은 현명한 결정이었던 셈이다.

"제 손으로 직접 만들었으니 이것이 어떤 소용의 물건인지는 잘 알고 있겠지?"

"모른 척하고 살겠습니다! 그것이 어떤 물건인지 무엇에 소용하는 물건인지 다 잊고 살겠습니다! 그저… 이전처럼만 살게 해주십시오! 저 혼자 몸이라면 칼을 물고 엎어지겠지만 아이가, 아이가 너무 어렵니다! 아직 세상의 이치를 모르는 나이입니다. 제발! 제발 자비를… 그냥… 그냥 보아 넘겨주십시오! 부탁입니다!"

장인문은 어느새 땅에 무릎을 꿇고 있었다. 고개를 조아리며 두 손을 마주 모아 빌었다. 눈을 비집고 나온 물기가 무릎을 적시고 이제는 땅마저 적셔들며 떨어져 내렸다. 그러나 사내의 눈은 도마뱀의 눈알처럼 모로 휘뜩일 뿐이었다.

"모른 척하고 살겠다고? 말하는 품을 보아하니 물건의 내력조차 짐작하는 듯한데… 머리 속에 든 것은 어찌할 텐가? 책자야 원래대로 가져간다지만, 두 손으로 어루만진 세세한 그 비결을 다른 누가 끄집어낸다면 어찌하지? 아주 위험한 일이야. 난 위험한 걸 즐겨하지 않아. 그리고 처음의 약속처럼 대가를 지불해야 하는데, 말하지 않았던가? 난 약속을 지키는 사람이라고 말이야."

"그, 그렇지만……."

장인문은 쳐들었던 고개를 떨구었다. 사내의 속삭임 같은 음산한 목소리가 머리를 타고 흘러내렸다. 방법이 없었다, 그저 죽을 수밖에는…….

두 손이 손바닥 가득 흙을 움켜쥐었다.

길지 않은 인생이었다.

아내와의 만남과 애틋했던 사랑도 가슴에 요동 쳤다. 하지만 짧았던 사랑의 끝에 아내는 아들 하나만 남겨두고 눈을 감았다. 그 아들은 자신에겐 목숨보다 더욱 소중했다. 그리고 누구에게도 빼앗길 수 없었다.

아들은… 의지할 곳 없이 세상을 살아가던 자신과 그런 사내 하나만을 믿고 살아가던 아내를 반씩 나눠 가진 상제(上帝)의 선물이었기 때문이었다.

"너무 상심하지 마시게. 그대의 말처럼 평안히 쉴 수 있게 될 테니까. 아! 그리고 적적하지는 않을 거야. 이전처럼 아들이 수발을 들어줄 테니까 말이지. 그런데 하필이면 우물인가? 아직 차가운 날씨인데 말이야."

회오(悔悟)의 눈물을 흘리던 장인문의 어깨가 돌처럼 굳어들었다.

피해갈 수 있으리라 여겼던 참화(慘禍)를, 안전하리라 여겼던 아들의 종적을 저 사신(死神) 같은 늠은 이미 파악하고 있던 것이다.

어금니에 힘이 들어가고 혀끝이 이 사이에 물렸다. 비릿한 피 내음이 입 안을 감돌며 땅을 짚은 손끝에 힘이 쟁겨들었다. 무딘 손톱 밑을 굵은 흙알갱이들이 파고들었다. 어금니를 타고 올라간 관자놀이엔 핏대가 올라섰다.

이대로 죽을 수는 없었다. 자식만은, 새 새끼 같은 어린 목숨만은 어떠한 대가를 치르고라도 살려야 했다. 그것이 아비 된 자의 도리이고 죽어간 어미에 대한 책임이었다.

장인문은 입술을 악물고 바람처럼 일어섰다.

그 비장한 손으로 망치가 휘둘러졌다. 모루 옆을 구르던 망치가 일어서는 주인의 손에 들려 올라온 것이다. 오랜 시간 쇠만을 때리던 망치는 이제 피육(皮肉)을 부수려는 염원을 담아 아래로부터 올라가며 앞선 사내의 턱을 올려쳤다.

시엑!

소리보다 빛이 빨랐다. 휘두르는 장인문의 팔을 은청색의 빛살이 가르고 지나갔다.

망치가 날아가 버렸다. 날아가는 망치를 자신의 오른손이 잡고 있었다. 뜨끔한 아픔이 팔로 몰려들었다. 사내는 칼을 빼 잡고 처음 본 그날처럼 하얗게 웃었다. 자신을 보는 눈빛은 마치 꿈틀거리는 벌레의 발악을 보는 눈빛이었다.

절망스러웠다. 그러나 바닥의 망치를 집어 올려침과 동시에 장인문은 뒤를 돌아 우물을 향해 죽기를 작정하고 달렸다. 사내를 맞추리라고는 처음부터 기대하지 않은 손짓이었다. 그저 조금의 틈을 벌기 위한 발악 같은 손짓이었다. 그리고 예상대로 너무나 수월하게 피하는 몸짓과 벼락같이 휘두른 칼질에 오른 손목이 잘려 나가고 말았다. 잘려진 손목으로 뒤늦게 피가 터져 나왔다. 그러나 상관하지 않고 오직 우물을 향해서 뛰어나갔다.

"세철아! 세철아!"

우물을 울리는 울림 소리에 웅크리고 잠들었던 세철은 눈을 떴다. 젖었던 옷은 어느 사이 다 말라 버렸고 꿈속을 헤매게 하던 혼몽한 어둠은 걷혀져 있었다. 너구리 굴 같은 구멍의 끝 바로 아래에는 하늘의 빛을 받는 우물물이 반짝거리며 물결지었다. 그리고 세철은 자신의 잠을 깨운 울림 소리가 무엇이었는지 알아차렸다.

아버지의 목소리였다.

세철은 구멍을 기어 줄을 잡았다. 그리고 힘을 쓰며 내려왔던 길을 다시 올라갔다. 무엇 때문인지 자신을 부르는 아비의 목소리는 무척이나 다급해 보였다. 불안한 마음이 가슴을 흔들고 손끝을 무디게 만들었다. 손에 잡힌 줄이 자꾸만 미끄러져 내렸다.

　장인문은 눈앞에 다가오는 우물을 보며 혼신의 힘을 다해 뛰어갔다. 그리고 자신의 부름에 아들이 올라와 주길 기대하며 마지막 기원을 했다.

　'제발, 제발 올라와라, 세철아!'

　기원이 통한 것일까. 우물에 걸린 줄이 요동 치는 것이 보였다. 거리는 열 걸음도 채 남지 않았다. 그리고 우물에 닿은 장인문은 숨 쉬는 것도 잊은 사람처럼 줄을 끌어당겼다. 습관처럼 내뻗은 오른팔의 빈 손목이 허공을 잡았다. 빈 손은 우물 안으로 피를 뿌렸다.

　잘려 버린 오른 손목을 쳐다보는 장인문의 눈에 다급한 당황이 스쳤다. 줄을 당겨야 하는데, 아들을 끌어올려야 하는데, 잘려 버린 왼손으로는 우물의 줄조차도 당길 수가 없었다. 하지만 하늘의 도우심인가 어느새 다 올라온 아들이 손을 내밀고 있었다. 생사의 귀로에 선 아들의 손을 당겨 우물 턱에 끌어올렸다.

　"아버지! 손이……!"

　기함한 세철이 장인문의 오른손을 보며 비명처럼 외쳤다. 하지만 장인문에겐 설명해 줄 시간이 없었다.

　"괜찮아! 어서 내려! 어서!"

　한 팔로 세철을 안는 장인문은 다급하게 소리치며 고개를 돌려 뒤를 보았다. 웬일인지 사내는 자신을 좇지 않았다. 처음의 그 자리에서 그대로 자신과 세철의 하는 양을 지켜보고만 있었다. 무언가 불안한 것이 장인문의 머리를 스쳐 갔다.

　사내의 손이 올라갔다.

　햇빛에 반사된 금빛의 원반이 찬연한 빛깔을 주위에 흩뿌리고 몸통을 드러냈다. 그리고 사내의 손이 앞으로 흔들렸다.

세철은 눈부신 뭔가가 날아오르는 것 같았다. 그리고 그것은 아버지와 자신에게 날아오고 있다는 것을 알았다. 자신은 이제 발만 내리면 우물을 벗어날 수가 있었다. 하지만 그 순간 아버지의 손이 가슴을 붙잡고 우물 속으로 다시 밀어 넣었다.

"안 돼!"

아버지의 고함 소리가 귀를 울려댔다. 그리고 세철은 요사(妖邪)한 빛을 머금은 원반이 입벌린 아버지의 머리를 가르고 지나가는 걸 보았다.

아버지의 머리는 갈라진 여름의 수박처럼 두 조각으로 분할되며 쩍하고 벌어져 버렸다. 그 속은 역시나 빨간 수박의 속살처럼 붉은 것들을 흩어내며 세철의 가슴으로 쏟아져 나왔다.

끼이이이이이!

원반이 지나간 자리로 귀신의 울음소리가 퍼져 나갔다.

누운 것처럼 우물 속을 향한 세철의 몸을 아직도 아버지의 손이 붙잡고 있었다. 멱을 잡은 아버지의 손이 부르르 떨리며 경련을 일으켰다.

세철의 눈에 아버지의 얼굴이 보이지 않았다. 다만 무언가 다른 것이 반으로 나뉘어진 채 덜렁거리고 있을 뿐이었다. 손을 뻗어 아버지의 얼굴을 만져 보고 싶었다. 하지만 떨리는 아버지의 손이 세철의 몸을 더욱 깊숙이 밀어버렸다.

그 순간, 세철은 원반을 다시 보았다. 그것은 호랑이가 둔갑한 사내의 손에서 날아올랐다. 그리고 분명히 우물을 향해 비상하고 있었다.

끼이이이이이.

이번엔 소리가 먼저 들려왔다. 그 순간 아버지의 손이 풀려 버렸다. 세철은 아버지와 떨어지고 싶지 않았다. 이대로 떨어지면 아버지와는 영영 다시 못 볼 것만 같았다. 그렇게 허우적대는 세철의 눈 위로 귀신의 원반이 지나갔다. 떨어지는 세철의 얼굴 위로 피가 쏟아져 내렸다.

아버지의 가슴을 가르고 튀어나온 원반이 마지막까지 세철을 붙잡았던 손을 자르고 우물로 떨어지는 세철의 오른 어깨를 갈라 버렸다.

화끈한 느낌과 함께 세철은 뜨거운 아버지의 피와 자신의 피를 뒤집어쓰며 우물 속으로 떨어져 내렸다.

깊고 깊은 나락과도 같이.

염차수(閻鑑手)는 갈라져 버린 대장장이의 머리통 단면을 살펴보았다. 마치 검도의 고수가 한칼에 갈라낸 것처럼 매끈한 단면에는 세심하게 살피기 전엔 찾기 힘든 촘촘한 결이 물결처럼 그어져 있었다. 혈리표(血劚豹)의 톱날 같은 이빨이 가르고 간 예리한 흔적이었다.

과연 대단한 물건이었다. 던짐과 동시에 공간을 축약해 날아들어 목표를 가르는 속도는 가히 광섬(光閃)과 같았다. 눈으로 식별할 사이도 없이 빛을 보는 순간 상대는 갈라지는 것이다. 그 앞에 저항이란 무의미하며 일반인과 무림인의 차이 또한 가당치 않은 일이다. 보는 순간 죽을 뿐이다.

다만 한 가지, 혈리표를 운용함에 있어서 시간과 노력이 필요함을 절감하게 되었다. 노정의 도중 이미 사용 방법을 숙지하였지만, 단 한 번의 예행 연습도 없이 던져 낸 혈리표는 내부의 기혈을 진탕시켰다. 특별한 심법을 바탕으로 한 운용이 익숙지 않은 기혈의 흐름을 꼬이고 충돌하게 만든 것이다. 메스꺼운 욕지기가 목구멍을 치밀었다. 하지만 참을 만했다. 모든 것은 시간이 해결해 줄 것이다.

죽어버린 대장장이는 예상 외로 훌륭한 솜씨를 지니고 있는 자였다. 소문을 캐어 초야에 묻혀 있는 자를 찾긴 했지만 그다지 큰 기대를 가지진 않았었다. 그러나 이 정도면 원체(原體)에 비해 하등의 손색이 없었다. 하지만 그 솜씨가 결국은 화(禍)를 불러일으켰다. 죄책감 따위는 들지 않았다. 그저 목적이 있고 길이 있어 그 길을 따라갈 뿐.

염차수는 아직도 서 있는 대장장이의 시신을 밀쳐 내고 우물 안으로 시선을 내렸다. 하늘을 보고 반쯤 잠겨 버린 아이의 몸통이 배를 내놓고 죽은 고기처럼 우물에 떠 있었다. 바라보던 염차수의 손이 다시 한 번 원반을 들어 올렸다. 후환을 남기지 않고 뒷마무리를 깔끔히 하는 것은 오래된 그의 습관이었다. 하지만 그때, 그의 귀를 거스르는 의도적인 발소리가 등 뒤로부터 들려왔다. 염차수의 손이 내려가고 몸과 시선이 천천히 뒤를 향해 돌았다.

"아미타불. 시주, 결국엔 악행을 저지르는구려."

담담한 목소리가 인적없는 대장간을 울리고 나갔다. 돌아선 염차수의 앞에 모습을 드러낸 자들은 선장을 든 두 명의 말라빠진 노승과 우람한 체격을 가진 네 명의 청년승이었다. 그리고 자신을 바라보는 중들의 표정은 첫 말을 떼어낸 검은 수염의 노승만이 평온한 신색일 뿐, 그 옆의 수염 없는 늙은 중과 사천왕 같은 묵중한 위세를 뿌려대는 네 명의 젊은 중들은 눈가에 가득 찬 분노를 사위로 내뿜고 있었다.

"여기까지 좇아왔구나, 소림의 떨거지들!"

이를 가는 듯한 말소리가 염차수의 입으로부터 뱉어져 나왔다.

"네 이놈! 불법(佛法)의 분노가 무섭지 않느냐? 감히 소림의 금역(禁域)에 뛰어들어 청정(淸淨)한 불기(佛氣)를 훼손하고 그것도 모자라 수도하는 승려의 목숨을 빼앗다니, 네놈이 정녕 부처의 자비를 희롱함이더냐?"

수염 없는 늙은 중이 소매를 펄럭이며 불거진 광대뼈가 파묻히도록 성난 얼굴을 일그러뜨리고 거친 호통을 내뱉었다.

"웃기는군! 청정한 불기라… 그렇듯 고아한 곳에 어째서 이런 물건이 잠들고 있었을까? 이코시오, 법진(法眞) 스님. 정녕 그대들이 나를 좇는 까닭이 그대들의 도량을 어지럽히고 법안(法安) 승려의 목숨을 해한 까닭이겠소? 천만에! 그대들이 그 먼 길을 좇아 나에게 온 까닭은 단 한 가지, 바로 이 물건 때문이겠지!"

염차수의 손이 위로 들리며 옅은 금빛을 번득이는 작은 원반이 앞을 가로막은 승려들의 눈을 햇빛을 본 것처럼 부시게 만들었다. 그리고 그의 왼손은 또 다른 원반을 들어 올렸다.

"혈리표……! 아미타불! 아미타불!"

"헉! 저것이 그예! 거기다 또, 또 하나가!"

검은 수염의 노승은 무참한 표정으로 불호를 연발하고 법진이라 불린 수염 없는 노승은 경악에 가까운 침음성을 토해내었다. 그리고 그런 얼굴들을 바라보는 염차수의 눈은 먹이를 눈앞에 둔 살모사의 눈알처럼 차가운 한망으로 번질거렸다.

"시주, 그것이 어떤 물건인지 알고나 있소? 그것은 저주받은 살인 무기요! 그 물건으로 인해 한때 무림은 피의 몸살을 앓았소. 많은 사람들이 그것의 칼날 아래서 목숨을 잃었고, 그보다 더 많은 사람들이 그 물건을 차지하기 위해 서로의 생명을 빼앗았소. 그리고 종내에는 그것을 소유했던 자들도 모두 처참한 종말을 맞이했소. 그 물건은 결코 세상에 드러나서는 아니 되는 것이오. 시주, 이제라도 마음을 돌려 소림의 품으로 돌려주길 바라오. 그리고 시주의 죄업도 소림의 산문 아래서 뉘우치길 바라오. 아미타불!"

"개 같은 소리! 으득! 부처의 가면을 앞세워 위선을 동냥받는 너희 땡중 놈들과 호협을 부르짖는 군자의 탈을 쓰고 뒤로는 패악을 서슴지 않는 너희 모든 정파라 불리는 놈들! 이제부터 너희는 지옥의 날을 맞게 될 것이다! 반드시! 기대해도 좋을 것이야! 나! 염차수가 이 혈리표의 날로 너희들의 남은 밤을 모조리 앗아갈 테니까! 알아들었나? 앙? 으흐흐흐… 으하하하하하하!"

회유를 당부하는 늙은 고승의 말을 자르며 염차수라 자신을 밝힌 젊은 사나이는 한이 배어든 듯한 두서없는 말을 내씹으며 흡사 귀곡성 같은 웃음을 웃어제꼈다. 그 웃음을 듣는 여섯의 늙고 젊은 중들은 찬물을 뒤집어쓴 것처럼 이유를 알 수 없는 소름이 돋아 올랐다.

"사형! 도리가 없습니다, 강제를 취할 밖에는."

"음……."

법진의 재촉을 듣는 검은 수염의 노승은 가만히 수염을 떨며 염차수를 바라보았다. 그리고 이글대는 상대의 눈빛을 주시하다 말없이 고개를 끄덕거렸다. 법진은 바로 고함을 질렀다.

"사대금강(四大金剛)은 들어라! 이제 법안 사숙의 영면을 저버린 원흉이며 문파(門派)의 중지(重地)를 무단히 침범해 금품을 탈취해 간 도적에게 소림의 이름 아래 불법의 지엄함을 몸소 교설(敎說)한다! 사대금강은 살계를 열라!"

"아미타불!"

  법진의 장중한 목소리와 함께 걸음을 걸을 무렵부터 소림의 무공을 익힌 네 명의 승려들이 한 곡소리로 불호를 외치며 염차수를 향해 엄밀하게 다가들었다. 염차수의 눈은 다시금 모로 치켜지며 가늘어졌다.

  "이제 시작인가? 좋아! 차욕이 시작됐던 그 첫머리부터 잘라냄이 후대의 도리겠지!"

  알 수 없는 혼잣말을 지껄이던 염차수의 양손이 가볍게 흔들렸다. 그리고 피를 볼 때만 모습을 보이는 혈리표의 이빨이 흉악한 모습을 햇빛 아래 드러냈다.

  쉬캉!

  "모두 조심해라!"

  혈리표가 이빨을 드러내는 소리와 법진의 경고하는 당부 소리가 동시에 울려 나왔다. 그 순간 염차수를 둘러싼 사대금강의 공격이 시작되었다.

  키이이이이이이이!

  명부(冥府)에서 울리는 것 같은 귀신의 호곡(號哭) 소리가 허공을 찢어발겼다. 염차수의 손을 떠난 한 쌍의 혈리표가 귀신 울음을 꼬리에 달고 허공을 날아갔다.

  땅을 스치고 날아오른 두 개의 회륜(回輪)이 양 옆을 파고들던 젊은 중들의 몸 앞에서 급격하게 숫구쳐 올랐다. 마치 물을 차고 고기를 물어 날아오르는 물수리 같은 모습이었다.

  그렇게 공간을 찢는 늬전 같은 궤적 안에서 측면을 파고들던 두 명의 승려가 순간적으로 갈라져 버렸다. 두 개로 갈라진 몸은 아직도 앞을 향해 뛰어나갔다. 뜨거운 피분수를 정수리부터 사타구니까지 쏟아부으면서.

“어헛!”

“저, 저…….”

두 늙은 중의 놀란 신음이 터져 나왔다. 찰나의 시간에 벌어진 일은 손쓸 틈도 없었다. 피하고 자시고 무공으로 대적하고 어쩌고 할 겨를도 없었다. 그저 눈을 깜박하는 순간에 두 생명이 나무처럼 갈라진 것이다. 이건 생각 이상, 아니, 상상을 넘어서는 상황이었다.

경악에 찬 두 늙은 승려의 눈이 빛의 꼬리를 좇았다. 순식간에 갈라진 몸들이 땅을 향해서 쓰러질 적에, 몸을 가르고 허공을 날아올라 간 두 개의 둥근 날들이 고공의 끝점에서 다시 떨어져 내렸다. 금빛이 찬란했다.

“피해라!”

두 명의 늙은 중들이 고함치며 뛰어들었다. 그러나 수직의 만곡으로 날아 내리꽂히는 악마의 둥근 날들은 고개를 돌리는 남은 두 명의 젊은 중들을 여지없이 할퀴고 지나가 버렸다.

키피이이융!

비명도 없었다. 사선으로 상체가 갈라진 두 명의 젊은 중들이 고깃간의 고기처럼 잘라져 버렸다. 그 모습은 마치 육호간(肉戶間)의 고기 칼로 내려쳐진 생선 같았다.

끼이이이이이!

피 맛을 본 악마의 웃음소리가 기쁘게 터져 나왔다.

“이, 이런 천인공노할……!”

“아미타불! 아미타불! 이런 일이! 이런 일이……!”

벼락치는 순간 같은 도륙의 현장에 늦어버린 두 명의 늙은 중들은 제자들의 처참한 주검을 바라보며 치를 떨었다. 악마의 무기인 혈리표는 어느새 염차수의 수준에 얌전히 돌아와 있었다.

"이노옴!"

법진이라 불린 늙은 승려가 손에 쥐었던 선장을 집어 던졌다. 부들대는 얼굴을 염차수에게 고정시키며 마보(馬步)로 땅을 디뎠다. 연이어 감기지 않는 분노한 두 눈을 힘겹게 내리감으며 두 손을 가슴 앞에 합장하듯이 마주 모았다.

잠시 후 널따랗게 늘어진 가사 자락이 바람 넣은 공처럼 부풀어 오르기 시작했다. 그 모양을 바라보던 염차수의 눈에 이채가 어렸다. 하지만 그 얼굴은 새하얀 밀랍처럼 창백해 보였다. 마치 심하게 앓는 병자처럼 핏기가 없었다.

법진의 왼손이 가슴 앞에 원을 그리듯 한 바퀴 휘돌아 허리로 들어왔다. 마보를 잡았던 오른발이 앞으로 내디디며 호보(虎步)의 자세로 진각(震脚)을 밟았다.

땅을 울리는 요란한 소리와 동시에 가슴 앞에 있던 오른손이 옆구리로 들어왔다가 튕겨지듯 나 딛는 진각 소리에 맞춰 앞을 향해 주먹을 내질렀다.

보이지 않는 무언가-대기를 뭉그러뜨리며 법진의 주먹 끝에서 터져 나갔다. 그 순간 창백한 염차수의 손을 떠난 혈리표가 법진의 몸을 찢으러 날아올랐다.

키이이이이이이!

법진은 자신이 내쏜 백보신권(百步神拳)의 권력(拳力)이 날아오는 귀신의 이빨에 의해 찢어져 나가는 것을 보았다. 흡사 비단을 가르듯이 유연하게 갈라오는 그것은 수십 평생 외길로 연마해 온 자신의 공력을 마치 대나무 쪼개듯 수월하게 뽀개고 들어왔다. 그리고 그 귀신의 물건은 어느새 자신의 지척에 다가와 있었다.

피할 수가 없었다. 불법을 수행하며 홍진(紅塵)을 떠나온 육십 평생이 이제는 부처의 곁으로 나아갈 시간이었다.

법진은 두 눈을 감아버렸다.

파캉!

귀를 때리는 엄청난 금속음과 같이 법진은 오른쪽 어깨를 감싸고 비틀거리며 물러났다.

자신의 옆에는 법성(法成) 사형이 잘라진 선장을 들고 입가로는 가는 피를 흘리며 말없이 염차수를 바라보고 서 있었다.

땅바닥에는 오른 어깨에 붙어 있어야 할 싱싱한 팔 하나가 흐트러진 고기처럼 떨어져 굴렀다. 뒤늦은 통증이 골수를 엄습해 들었다. 그리고 등골에 오한이 서렸다.

때마침 법성 사형의 구원이 없었다면, 잘려 나간 사형의 선장이 아니었다면 바닥에 떨어져 구르는 건 팔이 아니라 자신의 머리였을 터였다.

"염 시주… 더 이상 붙잡지 않겠소……. 가고자 하는 곳으로 갈 길을 가시오……."

떨림이 이는 목소리 뒤로 법성 사형의 어깨가 미약하게 흔들리고 있는 것이 법진의 눈에 보였다. 그리고 사형의 말과 함께 뱀처럼 핏발 불거진 눈을 빛내던 염차수란 놈이 입술을 악무는 것이 보였다.

찌그러지는 놈의 잇새로 붉은 핏물이 한줄기 흘러내렸다. 턱을 타고 내리는 핏물을 원반 든 놈의 팔목이 올라와 천천히 닦아냈다. 하지만 그 팔이 유난스레 떨림을 보였다. 놈은 핏물 번진 그 입으로 말을 했다.

"언제고… 반드시 다시 찾아가마!"

핏물로 채색된 듯한 떨리는 목소리를 내뱉은 놈은 천천히 뒤를 향해 발길을 놓았다. 걸음을 옮기는 놈의 두 다리가 유별나게 흔들리는 것 같았다.

끝장을 볼 것 같았던 놈의 뒷모습은 여운 가득한 침묵과 뱀 같은 눈빛을 남기고 아스라이 멀어져 갔다.

법진이 소리쳤다.

"사형! 어이하여…… 쿨럭!"

격한 외침과 함께 피가 토해져 나왔다. 내기(內氣)까지 손상을 입은 것이다. 주저앉는 법진의 몸을 법성이 안아 들었다. 하지만 그조차도 이내 가라앉아 버리고 말았다.

입가로 가는 피를 보이는 법성이 법진을 굽어보며 힘겨운 듯 입을 열었다.

"어찌할 수 없음이네. 자네와 나, 지금 둘이서 힘을 합한다 해도 저 자를 막지 못해. 죽음밖에 돌아올 것이 없어……."

"하지만 저 아이들의 죽음이! 쿨럭쿨럭! 허윽! 저, 저렇게… 처참한 모습으로……."

"인내하시게. 후일을 기약하고자 함이네……."

말하는 법성의 얼굴빛은 고통을 참는 기색이 역력했다. 하지만 그는 품에 안긴 사제를 안심시키기 위해 다시 말을 이었다.

"다행인지 불행인지‥ 보는 바처럼 염차수라는 저자 역시 작지 않은 내상을 입은 듯하네. 그렇지 않았다면… 결코 저대로 돌아서지는 않았을 것이야……."

법진은 흔들리는 사형 법성의 눈동자를 보며 치욕의 분루를 집어삼켰다. 그리고 분노한 머리 속을 치고 달리는 울화의 기운에 까뭇해지는 눈앞을 놓으며 정신을 잃고 말았다. 그런 사제의 몸을 법성이 검은 피를 입가로 흘려내며 어루만졌다. 눈길은 염차수가 걸어간 그 길을 떨리는 눈동자로 좇고 있었다.

"저런 걸 본 적이 있나? 치가 떨리는군."

텁수룩한 수염에 굵고 각진 턱을 가진 사내가 옆의 사내를 돌아보며 경직된 얼굴로 물음을 던졌다. 턱수염사내의 질문을 받은 거꾸로 세운 세모꼴 형상의 얼굴을 한 젊은 사내는 고개를 가로저으며 말문을 열었다. 그의 목소리도 가는 울림을 내고 있었다.

"생전 처음 보는 물건입니다. 당문(唐門)의 칠대금용암기(七大禁用暗器)에도 저런 것은 없습니다. 소림 장문의 사형제인 법성과 법진이 직접 사대금강을 이끌고 온 것을 보면 소림에서 비장(秘藏)하던 중보(重寶)인 것이 틀림없는 듯한데, 정작 손에 가진 자의 말을 들어보면 이면에 감춰진 사연이 있는 듯 보이는군요."

세모꼴사내의 말을 듣던 턱수염사내가 시선을 다시 사건이 있던 현장으로 돌렸다.

대화를 주고받는 두 사내가 있는 작은 솔숲은 송화강(松花江)과 흑룡강(黑龍江)이 만나 굽이쳐 흐르는 우안으로 접어드는 길목이었다. 그리고 그들은 송화촌(松花村)의 가장 유명한 장원인 송화장의 식솔들이기도 했다.

"이런 일이 벌어지고 있는 줄은 꿈에도 몰랐군 그래. 단지, 장가(張哥)네 대장간에 이르는 길을 낯선 자가 막아서고 길을 터주지 않는다길래 무심코 찾지 않았더라면 정녕 모를 뻔했어."

"하지만 소림과 낯선 자의 인과(因果)야 미루어 짐작한다지만, 장씨의 대장간은 대관절 어떤 연유로 휘말린 것일까요? 저렇듯 처참하게 죽임을 당한 걸 보면……."

말을 하며 스스로 의문을 가지던 세모꼴사내의 눈이 이윽고 깨달음의 눈빛으로 빛을 발했다. 그리고 그런 사내의 표정 변화를 턱수염사내가 돌아보며 입을 열었다.

"그래, 맞아. 저 귀신같은 소리를 내며 사람을 갈라 버리는 염왕(閻王)의 물건이 장가의 손을 탄 것이 틀림없어! 결국은 살인멸구(殺人滅口)야!"

쓰러진 늙은 승려와 갈라진 젊은 중들의 시신이 처참히 널려진 곳으로 다시 고개를 돌린 두 사람은 잠시간 아무런 말이 없었다. 그러나 무언가를 결심한 듯한 턱수염사내가 몸을 일으키며 다시 입을 열었다.

"가보자. 어쨌든 사람이 다쳤으니 도와줘야지."

"그렇지만 저자들이 타인의 개입을 달가워하지 않을 듯싶은데요? 문파의 비보(秘寶)에 얽힌 일인데 소문을 두려워하지 않겠습니까?"

"모르는 소리! 일이 저 지경까지 됐을 때는 이미 모든 비밀이 사라진 것이야. 그리고 염가라는 그놈의 손에 들린 그 물건이 이제부터 조용히 잠만 잘 것 같은가? 천만에! 무림은 이제 한바탕 피바람이 몰아칠 것이야! 더불어 표면에 드러난 이번 일은 이제 더 이상 소림의 일만이 아닌 것이고."

말을 마치며 서슴없이 걸음을 옮겨놓는 턱수염사내의 커다란 체구를 보며 망연한 표정을 보이던 세모꼴사내는 이내 고개를 가로저으며 뒤를 따랐다.

저만치 보이는 가사 입은 늙은 중은 쓰러진 사제의 몸을 어루만지느라 정신이 없는 모습이었다. 시체만이 즐비한 장씨의 대장간으로 물을 머금은 강바람이 멀리서부터 불어닥쳤다.

철(鐵)의 세월(歲月) 3

    갈라지는 아비의 몸을 보며 세철은 정신을 놓고 말았다. 꿈속에서나 들릴 것 같은 귀신의 울음소리와 그 소리를 달고 날아다니는 도깨비의 발톱이 아비의 몸통을 산산이 찢어놓은 것이다. 추락하는 세철은 얼굴로 쏟아지는 아버지의 피를 받으며 따스했던 품속의 감촉을 다시 한 번 되새겼다. 그리고 온몸을 치는 차가운 느낌과 함께 꾸물거리던 눈앞이 점점 어두워져 갔다.

    끼이이이이이이!

    얼마가 지난 것일까. 세철의 귓가로 귀신의 울음이 다시 들렸다. 찢어지는 듯한 귀청의 울림에 문득 눈을 떠보니 동그랗고 파란 하늘이 굴뚝 속에서 보는 것처럼 보였다. 그리고 그 순간 차가운 물이 코와 입을 들쑤셨다.

    “쿠헉! 커허억!”

연신 물을 들이키는 입을 막고 손을 허우적거리며 벽을 향해 손을 밀었다. 가까스로 왼손 끝에 닿은 벽 쪽의 구멍가로 손을 짚으며 몸을 끌어 올렸다. 정신없이 무릎으로 딛고 올라와 오른팔로 바닥을 다시 짚은 순간 입에서 소리조차 없는 고통스런 비명이 터져 나왔다.

"으헉!"

세철은 구멍 안으로 자빠졌다. 바닥을 짚었던 오른 가슴과 어깨에서 불 같은 고통이 일어났다. 너무나 아파 입이 저절로 벌어지며 식은땀이 흘러내렸다. 그 고통은 마치 예전에 겪었던 화로 속의 불길이 팔뚝을 휘감았을 때처럼 뜨겁고 아득했다.

시선이 저절로 고통을 주는 오른 가슴과 어깨로 향했다. 원인은 곧바로 눈에 보였다. 무엇엔가로 찢겨 나간 새 옷이 벌어져 너덜거렸고 그 안으로 보이는 가슴 또한 붉은 살을 보이며 갈라져 있었다.

세철은 신음을 삼키며 상처를 다시 보았다. 상처의 시작은 젖꼭지가 붙어 있는 바로 안쪽부터 시작하고 있었다. 세밀하고 균일하게 저며진 고기처럼 벌어진 상처는 그렇게 길을 남기며 가슴을 찢어놓고 어깨를 파고서 지나가 버렸다. 그리고 격통은 어깨로부터 불처럼 피어 나왔다.

세철은 두려웠다. 어깨의 상처는 너무 크고 깊었다. 고개를 돌려도 자세히 보이지는 않고, 빨간 속살 속으로 희끗한 조각만이 언뜻언뜻 눈에 보였다. 갈라진 어깨에선 피가 계속 배어 나왔다. 그렇게 상반신 전체로 통증을 주는 상처에서 보이는 것은 절망이었다.

이대로 죽을지도 몰랐다. 아니, 죽을 것이 틀림없었다. 이렇게 큰 상처와 많은 피를 흘리고서 살아난다는 것은 열 살 먹은 사내아이가 바라고 감당할 수 있는 것이 절대로 아니었다.

몸에 오한이 돌기 시작했다. 이렇게 죽고 싶지 않았다. 아버지… 아버지를 만나야 하는데 이런 모양으로 죽어버릴 수는 없는 노릇이었다.

세철은 이를 악물고 오른팔을 치켜들었다. 엄청난 통증이 골수를 파고들며 팔이 올라가지 않았다. 어금니를 바짝 깨물며 반쯤 들린 팔을 왼손으로 받치며 치켜올렸다. 바로 그때였다. 화끈한 느낌과 함께 뚝 하는 소리가 들리며 오른팔이 늘어져 버렸다.

세철은 고개를 돌려 어깨를 내려다보았다. 벌어진 어깨살 사이로 하얀 막대 같은 것이 튀어나와 눈길을 잡았다. 당황스런 느낌과 함께 그것을 자세히 바라보았다. 그리고 그것이 무엇인지 곧 알 수 있었다.

그것은 갈라진 근육 사이로 튀어나온 부러진 어깨뼈였다.

내려다보던 동공이 급격히 확장되고, 흰 조각의 정체를 인지한 세철은 곧바로 입에 거품을 물며 다시 한 번 까무룩 정신을 잃고 말았다.

얼마만큼의 시간이 다시 지났을까.

가느다랗게 떠진 눈가로 짙은 어둠만이 감돌았다. 온몸에 힘이 들어가지 않았다. 손가락조차도 움직이기가 힘에 겨웠다. 갈라진 상처의 고통도 느껴지지 않았다. 다만 뜨거운 기운이 전신을 휘감고 있을 뿐이었다.

이 느낌은 마치 화로 속에 먹탄을 던져 넣으면 배부른 모양으로 번져 오던 파란 불길의 열기처럼 뜨거웠다. 그러나 뜨거운 느낌과는 달리 팔다리가 사시나무처럼 떨리고 흔들렸다. 이빨도 다닥대며 부딪치고 턱을 떨었다.

추웠다. 겉은 뜨거운데 속이 추웠다. 아마도 우물 속의 물을 너무 많이 마신 모양이었다. 그런데 바닥이 축축했다. 아버지와 자신이 아는 우물 속의 구멍은 눅눅한 모양은 하고 있지만 이렇게 축축하진 않았다.

힘겹게 고개를 올려 바닥을 보았다. 달빛을 받은 반짝이는 우물 빛에 비춰진 오른 가슴이 뜨끈한 피를 흘리고 있었다. 머리가 어지러웠다. 이대로 있으면 진짜로 죽을지도 몰랐다. 피를 막아야 했다, 흐르는 피를.

세철은 온 힘을 다해 몸을 일으켜 옷을 벗었다. 늘어진 오른팔에 걸린 상의를 얌전히 벗겨 이빨로 물어 당기며 찢어 나갔다. 찢어낸 옷가지로 팔목을 동여매고 어깨와 가슴을 감으며 겹겹이 둘러싸 버렸다. 화끈한 통증과 함께 동여매는 옷가지 위로 핏물이 배어 나왔다. 그 위에 또다시 겹쳐 두르며 꼭꼭 잡아당겨 매듭을 지었다.

어느새 어린 손으로 동여맨 옷가지가 효과를 본 것인지 배어 나오던 핏물이 조금씩 잦아들었다. 하지만 온 정신을 한곳에 쏟던 세철은 어느새 스르르 쓰러지며 의식이 옅어져만 갔다.

세철은 기절한 듯 잠이 들었다. 꿈속에 아버지가 보였다. 그 옆에 자신이 아버지의 손을 잡고 있었다. 두 사람은 송화강으로 고기잡이를 가는 중이었다. 강가엔 이미 대낚을 들이댄 여러 사람이 고기질을 하고 중이었다. 그중엔 호랑이를 잡은 송화장의 무사들도 보였다.

아버지도 낚시를 물에 담갔다. 여러 마리의 고기가 잡혀 올라왔다. 세철은 신이 났다. 낚싯대는 한번 드리워질 때마다 팔뚝만한 고기를 잡아 올렸다. 잡은 고기를 내다 팔면 새 옷을 살 수 있을 것이다. 하지만 그보다는 아버지의 떨어진 신발을 새 걸로 바꾸는 것이 먼저 해야 할 일이었다.

마음이 흐뭇하고 우쭐해졌다. 고기는 계속해서 잡혔다. 더 이상 바구니에 담을 곳이 없었다. 이 정도면 아버지의 신발과 세철의 새 옷도 같이 살 수 있을 만했다. 그런데 그때 아버지의 낚싯대가 휘청거렸다. 부러질 듯 휘어진 모양새가 큰 놈이 물린 형세였다. 아버지의 팔뚝에 힘이 고였다. 그리고 힘을 다해 잡아당겼다. 낚싯대가 뚝 하고 부러져 버렸다. 엄청히도 힘이 좋은 큰 놈이 틀림없었다. 하지만 아버지는 미련을 두지 않았다. 그리고 웃는 얼굴로 세철을 돌아보며 고기가 가득 담긴 바구니를 들어 올렸다. 집에 갈 시간이었다.

아버지의 손을 잡고 돌아섰다. 그리고 집을 향해 걸음을 옮겨놓았다. 한데 마주 잡은 아버지의 손이 왠지 허전했다. 옆을 보았다. 아버지가 없었다. 세철의 손에는 아버지의 팔뚝만이 손을 잡고 있었다.

커다래진 눈으로 올려다본 허공에는 아버지의 낚싯바늘을 눈에 꽂은 송화강의 이무기가, 집채만한 입을 벌려 아버지를 물어 삼키고 있었다. 입가로 튀어나온 아버지의 두 다리가 버르적거리고 허공에서 흔들렸다.

세철은 비명을 질렀다. 그리고 사람들을 향해 소리를 질렀다. 도와 달라고. 하지만 낚시질 하는 사람들은 아무도 돌아보지 않았다. 마치 세철의 목소리가 들리지 않고 경악에 찬 모습이 보이지 않는 듯했다.

세철은 다시 소리를 질렀다. 이번에는 사람들이 고개를 돌렸다. 하지만 희멀겋게 웃는 얼굴들은 도와줄 생각들이 아닌 듯했다. 그들의 얼굴은 마치 경극을 구경 나온 구경꾼들 같았다. 그리고 그렇게 웃고 구경하는 사람들 중엔 호랑이를 때려잡은 송화장의 무사들도 함께 있었다.

"으아아아!"
비명 소리를 내지르며 세철이 잠에서 깨어났다.

얼마나 잠들었던 것일까. 구멍 끝의 우물 속으론 하얀 햇빛이 쏟아져 들어오고 있었다. 성한 왼손을 들어 올려 머리를 짚었다. 자신의 몸이 아파 누워 있으면 아버지는 어김없이 머리에 손을 올렸었다. 이마가 뜨거웠다. 손도 역시 뜨거웠다. 목이 말랐다. 갈라지는 것만 같은 느낌이었다.

몸을 일으켜 세웠다. 눈앞이 아찔하며 혼미한 것이 눈이 내리던 겨울에 걸렸던 지독스런 냉병(冷病)인 감모(感冒;감기)에 걸렸을 때처럼 어지러웠다. 따라 움직이는 온몸도 걷잡을 수 없이 쑤셔왔다. 하지만 세철은 이를 악물고 구멍 끝을 향해 기었다.

물은 내밀어진 머리 바로 아래 있었다. 입을 대고 물을 마셨다. 차갑고 시원한 기운이 막힌 속을 뚫고 내려앉는 것만 같았다. 혼미하던 정신이 깨어나는 것 같았다. 조금 전까지만 해도 죽을 것 같던 몸뚱이에 생기가 도는 것 같았다. 그런데 고개를 들어 앞을 보니 이상한 것이 우물 위에 떠 있었다.

초점을 모으고 자세히 보니 햇빛 아래 우물 위를 부유하는 그것은, 떨어지기 전 잘려 버린 아버지의 손목이었다.

"으어어어어어!"

핏발 선 세철의 눈이 피를 터뜨릴 것처럼 불거져 오르며 먹을 따내는 짐승 같은 비명을 토해냈다. 그리고 고개를 떨어뜨리며 정신을 잃어버렸다.

벌써 며칠이 지나갔는지 알 수가 없었다. 물을 마시며 자고 깨기를 몇 번. 깨어날 때마다 보았던 밝은 햇빛이 서너 번이었던 것을 생각하면 우물에 들어오기 전 아버지와 약속했던 사흘은 지나 버린 것이 틀림없었다.

이제 우물에서 나가야만 했다. 하지만 깊은 상처를 안은 오른쪽 상반신과 며칠째 굶은 채르 피만 흘려낸 어린 몸이 말을 따라주지 않았다. 온몸은 마을의 꼬마들에게 둘러싸여 얻어맞은 것처럼 욱신거렸고 계속되는 어지러움에 힘이 생기질 않았다.

세철은 점점 더 불안해졌다. 이곳을 벗어나지 못하고 영원히 이곳에서 살아야 하는 것은 아닐까 하고. 하지만 아니었다. 그건 틀린 생각이었다. 이곳에서 영원히 살 수는 없었다. 이 조그만 구멍을 벗어나지 못한다면 자신 역시 아버지처럼 죽을 것이었다. 그러나 절대로, 세상이 무너져도 그렇게 죽을 수는 없었다. 자신은 반드시, 무슨 일이 있더라도 이곳을 벗어나서 아버지에게 처참을 안긴 그놈을 찾아내야만 했다. 그것은 이제부터 세철 자신이 세상을 살아가는 이유가 될 것이었다.

아버지의 생각이 떠오르자 세철은 이를 악물었다. 그리고 아버지를 찾아왔던 호랑이를 생각했다.

아무리 어리지만 자신은 너무나도 어리석었다. 세상에는 둔갑하는 호랑이 따위는 살고 있지 않았다. 자신의 집을 찾아왔던 뱀의 눈알을 한 그놈은 꺼려하는 아버지에게 무언가를 맡기고 갔다. 그때부터 아버지는 잠을 못 이뤘고 그 다음날부터 무언가를 만들기 시작했다. 그리고 아버지는 먹고 자는 것도 잊은 사람처럼 그 일을 했다.

마지막 날, 아버지는 앞으로 벌어질 일을 예상한 것이 틀림없었다. 그리고 스스로는 남고 세철 자신만을 피신시켰던 것이다. 하지만 그놈! 도마뱀의 눈깔을 박은 것 같은 그놈은 아버지를 죽이고 자신마저 죽이려 들었다. 왜? 왜 그랬을까? 어째서 자신들을 해치려 했을까?

세철의 이가 악물리며 벽을 향해 작은 주먹을 휘둘렀다.

퍼석!

울분을 못 이겨 무심코 휘둘러진 주먹이 벽을 뚫고 들어가 버렸다. 붉은 황토와 점토를 섞어 구운 적벽돌로 만들어진 우물이, 아니, 그 안의 구멍 벽이 푸석대는 흙처럼 바깥을 향해 무너져 버렸다.

세철의 손이 다시 움직였다. 이번에는 주먹이 아닌 손가락을 집어 벽돌을 끄집어냈다. 푸석거리며 벽돌들이 무너져 내렸다. 어느덧 뚫린 구멍은 누워 있는 구멍만큼 커다래졌다.

구멍 안의 또 다른 구멍은 어두웠다. 마치 이야기 속 지옥의 입구처럼 시커멓게 입을 벌리고 있었다. 무섭고 두려운 생각이 골을 흔들었다. 그러나 곧바로 반발하듯 고개를 치켜세우고 구멍의 안쪽으로 기어 들어 갔다. 세철에겐 더 이상 두려워할 것이 없는 때문이었다.

안쪽은 생각 외로 훈훈했다. 어두웠던 공간이 눈에 익으며 차츰차츰 주위가 눈에 들어왔다. 사방으로 스무 자가 넘을 것 같은 바닥에 높이는 여덟 자가 조금 넘어 보였다. 적벽돌을 촘촘히 쌓아 올린 그런 사각의 공간 가장 안쪽으로 무엇인가 사람처럼 보이는 것이 누워 있었다.

가만히 기어가 덮여 있는 거적을 들춰보니 역시나 예상처럼 사람의 해골이었다. 세철은 해골을 보고도 놀라지 않았다. 아니, 놀라고 말았다. 그러나 놀라게 한 것은 언제인지 알 수 없게 죽어버린 사람의 뼈다귀가 아니라 그 밑을 갑자기 파고 나온 검고 두터운 쥐새끼의 몸통이었다. 쥐새끼는 세철의 눈을 피해 구석진 벽쪽으로 사라져 버렸다.

세철의 손이 해골에게 씌워진 거적을 끌어내렸다. 끌려진 거적과 함께 형상을 유지하던 해골이 흐트러져 버렸다. 그렇게 흩어져 버린 뼈들의 안쪽에 재질을 알 수 없는 누런 책 한 권이 떨어져 있었다.

책을 집어 들었다. 종이가 아닌 가죽이 분명한 책은 무엇의 가죽인
지 얇다랗기 그지없었고 넘겨진 안쪽 면에는 빽빽한 작은 글자와 이상
한 그림들이 그려져 있었다.

세철은 책을 다시 집어 던졌다. 그리고 해골로부터 강탈한 삭아가는
거적을 쓰고 잠이 들었다. 그렇게 우물 속의 하루가 또 흐르고 있었다.

또 한 마리가 걸려들었다. 죽은 척 미동없이 누워 있는 세철의 왼손
을 어른의 손바닥만한 시커먼 쥐가 물고 있었다. 세철의 손아귀가 번
개처럼 잡아챘다. 그리고 입으로 가져가 꿈틀대는 놈의 모가지를 물어
뜯었다.

뜨뜻하고 비릿한 핏물이 새어 나왔다. 오무려진 입술을 통해 남김없
이 피를 빨았다. 파르락더던 쥐새끼의 몸통이 잠잠해졌다. 이빨로 뱃
가죽을 찢고 몸통을 씹었다. 비릿하고 들척한 살이 입 안 가득 씹혀왔
다.

오드득거리는 세철의 콤 주위로 자잘한 뼛조각들이 어지럽게 널려
있다. 그러나 분명히도 처음 보았던 사람의 뼈는 아니었다. 사냥에 걸
려든 구멍 속의 쥐들이었다. 그들은 이렇게 굶주린 세철의 양식이 되
어주고 있었던 것이다. 하지만 그렇게 잡아먹은 쥐가 벌써 꽤 되는 듯,
어느새 주위에는 쥐들의 종적이 없었다. 그렇지만 그렇게 보시해 준
쥐들 덕분에 죽어가던 몸뚱이에 생기가 고여나고 있었다.

쥐의 머리통을 던져 버린 세철의 손이 석실의 구석에 자라고 있는
돌이끼를 잡아 뜯었다. 그리고 입 안에 가득 넣고 꼭꼭 씹어 삼켰다.
언제나처럼 시큼하고 쓴 물이 입 안을 자극했다. 하지만 이끼를 먹고
나면 역겨운 쥐새끼의 피 맛을 가시게 할 수가 있었다.

세철은 석실로 들어오는 여릿한 햇빛을 보았다.

이제 몸뚱이는 한 손과 이빨로 지탱하며 두 다리를 꼬아 줄을 탈 만큼 회복되어 있었다.

송화장 장주의 동생 패력도(覇力刀) 고건성(高建成)은 벌써 두 번째 죽 그릇을 비우고 있는 소년의 얼굴을 가만히 바라보았다. 사건이 있은 지 물경 한 달 동안이나 종적이 묘연했던 대장장이 장씨의 아들이 살인이 벌어졌던 바로 그 현장에서 모습을 드러냈던 것이다.

한 달 동안 자신이 직접 지휘하여 대장간의 안팎과 주변을 샅샅이 뒤졌던 고건성은 허탈한 배신감도 들었다. 한 달 동안 그는 잠도 제대로 자지 않았다. 종적이 없어진 아이와 단서가 될 만한 것들을 찾으려고 대장간은 재만이 들어 있던 화로조차 뒤져댔고, 다락 위 서까래부터 구들 아래 초석에 이르기까지 손대지 않은 것이 없었다. 우물 역시 살펴보았지만 이끼 빛 물만 남실거릴 뿐 이상한 점은 없어 보였다.

거기에다 만일 아이가 우물에 빠졌다면 진작에 시체가 떠올랐을 거란 생각으로 유의점을 두지 않았었다. 아이는 어디에도 종적이 없었다. 대장간엔 주인의 손을 잃은 시커먼 모루만이 바닥에 남아 있을 뿐, 이상히 여길 만한 단서 같은 건 아무것도 없었다. 하지만 그런 그의 생각은 뒤집어지고 말았다.

혹시나 하고 남겨두었던 수하들의 손에 발견된 소년의 종적은 우물 속으로부터였다. 짐승처럼 우물을 기어 나온 발견 당시의 그 모습은 여느 평범한 아이의 것이 아닌, 그야말로 비참한 모습이었다.

무엇엔지 갈라져 버린 오른 가슴과 어깨는 흉악한 모습으로 엉겨붙어 있었고, 그 사이를 비집고 나온 쇄골의 끝 조각은 두 눈을 찌푸리게 만들 만큼 처참한 모습이었다. 발견 당시 제 옷을 찢어 스스로 상처를 치료한 흔적이 보이긴 했지만, 과연 저러한 상태로 한 달간을 우물 속에서 버텼다 함은 어린아이가 당하고 행했다 믿지 못할 기사(奇事)임에 틀림이 없었다. 아니 확률 전무한 이적에 가까운 생존이었다.

그렇게 놀라운 모양대로 처음 아이를 대한 송화촌의 저일 의원 최두수(崔頭秀)는 이마에 땀을 흘려야만 했다. 그리고 고개를 절레절레 흔들어댔다. 아마도 상처가 한 푼만 더 깊었더라도, 혹은 제때에 동여매준 옷가지의 처치가 없었더라면 아이는 진즉에 목숨이 끊어졌을 거란 것이 그의 소견이었다.

그러나 더욱더 사람들을 놀래킨 것은 부러진 쇄골의 접골을 위해 겨우 아물어가던 어깨의 상처에 다시 칼을 들이댔을 때였다. 나이가 너무 어려 몽혼환(夢魂丸)의 복용이 위험하다 하자 아이는 제 스스로 흩어진 옷가지를 입에 물고 어깨를 들이밀었던 것이다. 그 눈에는 아이라 보기 힘든 불 같은 심지가 타오르고 있었다. 그것이 벌써 열흘 전의 일이었다.

소년은 그사이 죽 그릇을 다 비워냈다. 그리고 벌컥거리며 물을 마시는 와중에도 주변을 살펴보는 눈빛은 덫에 걸린 짐승이 출구를 찾으려고 탐색하는 모양이었다. 그 모습을 지켜보던 총관 심만섭(沈萬燮)이 가벼운 재촉의 헛기침을 터뜨리며 신호하였다.

"어떠냐? 배불리 먹었느냐?"

고건성은 수북한 수염으로 인해 받을 오해를 줄이려고 최대한 자상한 미소를 지으며 다정하게 물었다.

"……"

"네 이름자가 장세철이라고 한다지? 경황이 없는 줄은 안다만 아저씨가 너에게 몇 가지 물어보고 싶은 것이 있구나. 대답해 줄 수 있겠지?"

"……."

세철은 불안한 눈빛만 굴릴 뿐 이렇다 하게 말이 없었다. 살피던 고건성의 입이 다시 벌어졌다.

"그날… 그러니까 일을 당하던 그날 말이다. 집에 찾아왔던 손님이… 아니, 아버지를 해친 그자에게 무언가를 건네주지 않았었니? 혹시 아버지가 그것을 만든 것인지, 아니면 손질만을 해준 것인지, 그리고 아버지가 만들었다면 그 만드는 과정을 담은 책자라든지 혹은 쇠를 다루는 비법을 담은 어떠한 것이라도… 네가 아는 것이 있느냐?"

세철을 바라보는 고건성의 얼굴엔 간절한 기대감이 우러나왔다.

그 얼굴을 마주 보며 열리지 않을 것 같던 세철의 입이 벌어지고 대답이 흘러나왔다.

"난 그냥… 아버지가 우물 속에 숨어 있으라고 해서 그렇게 했을 뿐이에요……. 아버지가 무엇을 어떻게 하셨는지는 아는 것이 없어요."

말을 끝맺는 세철의 눈동자를 고건성의 커다란 눈이 붙잡고 놓아주지 않았다. 눈빛의 이면에 담긴 진실의 조각을 찾으려는 어른의 눈은 아이의 눈을 샅샅이 뒤적거렸다. 그러나 담담히 눈빛을 받아들이는 어린 눈동자는 잠시간의 흔들림도 없이 투명하고 초롱하기만 했다.

마침내 긴 한숨과 함께 고건성의 고개가 풀어져 버렸다.

"후우! 그래… 그렇겠지. 이제 어찌할 셈이냐? 갈 곳은 있는 게냐? 의지할 만한 친척이나 어르신들 말이다."

고건성의 한숨과 말을 들으며 세철은 잠시 동안 고개를 숙이고 생각에 잠겨들었다. 곧 이어 송화장의 둘째 장주에게 아비 잃은 소년의 부탁이 쏟아져 나왔다.

"갈 곳이 없어요. 그리고 집에도 아무도 없구요. 저를 도축장(屠畜場)에서 일할 수 있도록 해주세요. 그리 해주시면 은혜는 꼭 갚겠습니다."

"네 한 몸 돌보아주는 것은 일이 아니다만, 왜 하필 도축장이냐? 다른 일도 많지 않느냐? 네 아비처럼 대장장이질을 한다든지……."

"다른 건 싫습니다. 도축장에서 일하면 최소한 고기는 실컷 먹을 수 있잖아요? 그래서 전 꼭 거기서 일을 배우고 싶습니다."

"허어!"

일견 어리석은 듯한 말을 단호하고 당차게 부탁하는 세철을 보며 고건성은 허한 음성을 토하냈다. 제 아비를 닮은 것인지 말을 하는 품이 고집스러웠고 무엇을 염두에 둔 것인지 도축장에서 일하기만을 고집하고 있었다.

고건성은 생각했다. 소년은 처음부터 사건을 지켜본 유일한 생존자였고 감추는 것이 있는지는 알 수 없지만 말하지 않은 것이 있는 것은 분명해 보였다. 그리고 그것이 자신들에 득이 될지는 아직 알기 힘든 노릇이었다. 그저 소년의 바라는 바를 들어주고 가만히 지켜볼밖에는 지금으로서는 아무런 도리가 없었다.

고건성의 눈이 장원의 총관 심만섭에게로 돌아갔다.

"들었겠지? 도축장이라네."

"하지만 그곳에서 일하기엔 나이가 너무 어린 듯한데요? 거기다가 몸마저 성치 않고 저 모양인 것을……."

"작은 심부름이나 허드렛일부터 시키도록 하게. 그리고 총관이 각별히 돌봐주고."

쐐기를 박는 고건성의 음성에 총관 심만섭은 후퇴하고 말았다. 그리고 여전히 자신들을 살피는 작은 짐승을 보며 가는 한숨을 내쉬었다.

눈이 내리고 있었다.

때 이른 감이 없지 않은 계절의 바람은 장백산지(長白山地)를 넘어 내려 동북평원(東北平原)을 휘감으며 수정 같은 눈꽃을 천지에 뿌려댔다. 하늘은 새털을 흩트린 것처럼 하얀 막으로 둘러쳐 있었고, 저 멀리 강을 스치는 눈바람은 아이 잃은 어미의 울음 같은 소리를 울어젖혔다. 그리고 이런 설경(雪景)이 다시 한 번 펼쳐질 때쯤이면 도도하게 흘러가는 송화강의 표면 위로 두터운 얼음 막이 생겨날 것이다.

세철은 길다란 빗자루를 집어 들고 숙소를 나섰다. 새벽부터 내리기 시작한 눈은 좀처럼 그칠 기세가 아니었다. 점점이 떨어지는 하얀색의 눈발은 보기에는 좋았지만 하루 일과가 빠듯한 그에겐 일거리였다.

쌓이기 시작한 눈은 땅으로 녹아들고 그렇게 범벅이 된 땅은 진창이 돼버린다. 그리고 그 위에 다시 눈이 내리고 아침저녁 불어대는 찬바람에 땅이 얼면 마차조차 지나기 힘든 험로(險路)가 되고 만다. 그것은 송림촌의 도축장에서 다섯 번째 겨울을 맞이하는 세철의 경험이 가져다 준 세월의 기록이었다.

세철이 비질을 시작한 지 얼마 안 돼서 도축장의 목축 끝에서 눈을 맞고 걸어오며 자신을 부르는 사내가 있었다.

"세철아!"

장이(張二) 아저씨였다. 도축장의 수석 도수부(屠獸夫)인 그는 언제나 아침이 빨랐다. 그리고 같은 성씨를 쓴다는 이유로 숙질(叔姪)을 자처하며 온정을 주는 사람이기도 했다.

"벌써 나온 거냐? 아무튼 부지런하기는."

"일찍 나오시네요? 다른 날보다 더 이르신 것 같은데요?"

"어, 눈이 오길래 조금 서둘렀지. 오늘은 잡아야 할 놈이 조금 많거든. 그런데 한(漢) 노인은 아직인 거냐?"

"새벽잠이 없으셔서 벌써 일어나 계실 거예요. 바람이 차니 아직 기침은 안 하셨지만."

"그래? 노인네가 게을러 가지구설랑. 그건 그렇고 글공부는 잘되고 있는 거냐? 뭐, 저런 허랑한 노인네에게 배울 만한 것이 뭐가 있겠냐마는."

따듯한 얼굴로 세철을 대하던 장이는 툭툭 내던지는 퉁명스런 말투로 자리에 없는 노인을 흉보았다. 그러나 헐뜯기는 노인에게서 세철은 벌써 오 년째 글을 배우고 있었다. 이런 삭막한 도축장에, 그것도 다 늙은 노인이 문자를 알고 있다는 건 세철에게 행운이었고, 밤을 지새우는 말수 적은 소년의 노력에 감복한 노인은 자신의 짧은 밑천을 털어 내 주었다.

"뭐라? 허랑한 노인네? 네놈이 새벽부터 시비하자는 것이냐? 삼강오륜도 모르는 불학무식한 놈이!"

거처가 없는 도수부들의 숙소인 통나무집을 나서던 한 노인이 자신을 욕보는 장이에게 카랑한 목소리를 높였다.

"어, 노인네가 귀는 밝아가지고 놓치는 거 없이 다 듣는다니까? 젠장할, 송화강의 귀신들은 뭐 하는지 몰라. 송장 같은 노인네 빨리 데려가지 않고설랑."

"뭐, 뭐, 뭐가 어째? 저런 돼먹지 못한 놈이 이젠 아주 죽으라고 송사(送詞)를 외는구나! 예이, 천하에 몹쓸 놈아!"

하루의 시작을 알리는 장이의 빈정거림과 그 앞에서 눈을 치켜뜨는 한 노인의 고성으로 눈 내리는 아침이 밝았다.

세철은 가벼운 웃음을 지은 채 자신을 돌보아주는 두 사람의 숨은 진심을 보며 부지런히 비를 놀렸다. 그리고 매일처럼 시작된 소 울음 소리를 들으며 장이 쪽으로 다가들었다.

장이 아저씨의 손놀림은 한 치의 오차도 없었다. 언제나 단 한 번의 일격으로 소의 정수리를 꿰뚫었다. 그런 손놀림 속에서 소는 짧은 고통의 순간 뒤로 영원한 휴식을 맞이했다. 장이 아저씨의 말에 따르면 이렇게 되기까지 십 년의 세월이 걸렸다고 한다.

아저씨가 말하는 요체는 간단하면서도 어려웠다. 자신의 죽음을 아는 소의 눈을 시선으로 붙잡고 인간과 소의 몸으로 태어난 인연을 설명할 수 없기에 어찌할 수 없이 거둬야만 하는 생명의 빚 값을 가만히 마음으로 속죄를 전한다. 그때쯤이면 공포로 요동 치던 눈동자가 잦아들고 흰 거품을 내뿜던 머리가 체념처럼 수그러든다. 그 순박한 눈망울의 커다란 머리통을 단 한 번의 내려침으로, 두 번의 고통 없이 보내주는 것이 자신이 해줄 수 있는 최대한의 배려라는 것이다.

그렇게 그의 말처럼 도축장의 소들은 잠깐의 충격으로 고통없이 세상을 떠나고 있었다. 진실로 감탄할 만한 진기(眞技)였다. 그 모습을 세철은 처음 오던 날부터 지금까지 눈에 새기고 가슴에 담았다.

어느덧 일을 찾아 나온 도수부들로 도축장의 아침은 활발히 돌아가고 있었다.

눈을 쓸어내던 세철의 손에도 피를 먹고 사는 도축 망치가 들렸다. 수없는 생명을 먹어버린 망치는 둥그런 윗머리의 아래쪽으로 뾰족한 삼각뿔의 모양을 드러내면서 검붉은 세월의 살기를 진하게 내뿜었다. 그것이 또 한 생명을 찾아서 꽂혀들었다.

음머어!

세상의 마지막 울음을 울던 소가 쓰러져 버렸다. 네 다리를 꼬며 넘어진 육중한 몸이 땅을 울리고 눈물을 흘리던 미간에는 피꽃이 터졌다.

세철은 쓰러진 소를 쳐다보지 않았다. 그리고 일체의 허식을 배제한 빠른 손놀림이 다음 차례를 기다리는 가축의 머리에 내려쳐졌다. 일체의 가식도 없고 일말의 거리낌도 없는, 언뜻 잔인하기 그지없는 흉악한 모습이었다.

"허어! 귀신이 씌인 게 분명하지. 암, 그렇고말고! 그렇지 않고서야 저 어린 놈이 저렇듯 야차 같은 손놀림에 북천(北天)의 차사(差使) 같은 모양을 보일 리가 없어. 도살귀(屠殺鬼)가 씌인 게야! 도살귀가!"

"저놈이 도축을 한 것이 이 년밖에 안 됐다면서? 아니, 그런데 어찌 저런 손놀림이 나오누? 그것도 저리 유순해 보이는 놈이 말이야."

"저놈이 평소에는 말없고 온순해 보여도 저 도축 망치만 잡으면 저리 찬서리처럼 변한다니까? 왜, 알지? 석벽아산 아래 장씨 대장간? 저놈이 살아남은 그 집 아들이야! 사실은 망치를 잡은 저 오른팔도 처음엔 병신 매한가지였는데, 저렇게 밤낮으로 휘둘러 대고 놀려서 저 지경이 된 것이라네."

감탄인지 경계인지 모를 조용한 대화를 나누는 도수부들의 눈길은 처음처럼 도축 망치를 휘두르는 세철을 보고 있었다. 그들의 시선 끝은 눈발 속에 내리꽂히는 피 묻은 삼각의 도축 망치를 가리키고 있었다.

어느덧 오후가 되면서 눈이 그쳤다. 세철은 정해진 머릿수의 도축을 끝내고 옷을 갈아입었다. 손에는 오전에 잡은 싱싱한 소갈비와 염통과 간을 포장한 마대를 들고 도축장을 나섰다.

　마을로 들어서는 길인 중정로(中定路)에는 부지런한 상인들의 손에 치워진 눈들이 군데군데 쌓여 있었다. 겨울을 맞이하는 상인들의 몸가짐은 전에 없이 분주해지고 있었고, 월동을 대비하는 물건들이 상점마다 수북하였다.

　구경하듯 걸어가는 세철의 발걸음은 주변과 상관없이 한가로워 보이는 중정로 끄트머리의 한 상점을 찾아들었다. 들어서는 입구에는 풍경처럼 늘어진 목판 위로 고가서방(高家書房)이라는 검은색 네 글자가 바람을 타고 흔들리며 방문객을 반겼다.

　"안녕하세요, 주인어른."

　늙은 눈이 침침한지 주름진 얼굴에 가는 주름을 더 만들며 서안(書案) 위의 책장을 넘기던 늙은 주인이 세철의 얼굴을 돌아보았다.

　"어, 자네 왔는가?"

　"예. 별고없으시지요?"

　"뭐, 늙은 몸이야 어제 다르고 오늘 다른 법이니 하루가 별스럽다 하겠지만, 저승길이 만원인지 아직 까진 별세(別世)하란 기별이 없구만 그래."

　"무슨 말씀이세요? 아직 정정하신데요."

　"이 사람아, 정정은 무슨. 아, 나이 어린 자네들이야 살날이 새털같이 많이 남았지만 세상의 끝을 봐버린 우리 늙은이들이야 어찌 심정이 그러한가?"

　세철의 안부 인사에 자못 속내를 내보이는 늙은 주인은 뜨내기손님을 보는 태도가 아닌, 마치 피붙이에게 연로(年老)를 한탄하듯이 그렇게 단골을 맞이하며 유별을 떨었다.

　"이런, 이런, 내가 또 주책스럽게 괜한 소리를 늘어놓았구먼. 눈도 내리는데 예까지 찾아온 건 지난번 부탁 때문이겠지?"

세철은 늙은 주인의 혼잣말과 대꾸에 가만히 웃어 보일 뿐이었다.

"요즘은 잡스럽고 시류에 영합한 조악한 내용의 책들이 워낙 많은지라 특별히 전문적 소양이 없는 나로서도 구분이 쉽지 않았네만, 내가 개봉(開封)의 친구에게 특별히 부탁해서 가장 보편적이고 인지도가 높은, 그리고 오랜 시간 사람들에게 읽혀온 그런 책으로만 구해놓았네. 자, 한번 보게나."

주인이 내놓은 책은 도두 세 권이었다.

권법요람(拳法要覽).

육합도법(六合刀法).

투수요결(投手要訣).

그것은 여름이 끝나갈 무렵 세철이 구입을 부탁한 무공일반서(武功一般書)였다. 책의 제목에서도 알 수 있듯이 절정의 기예(技藝)나 고매한 비전의 내용을 담은 것이 아닌, 이렇듯 서점을 통해 유통되어질 정도로 일반 대중에게 널리 알려진 흔해빠진 책들이었다. 그리고 많은 시간 사람들에게 알려진 내용들은 그저 수신(修身)을 위한 보조(補助)나 삼류무도관에서 가르치는 체조와 같은 것에 다름 아니었다.

"어때? 그 정도면 되겠어?"

유심히 책을 살피는 세철에게 서점 주인이 의향을 물어왔다.

"예, 만족스럽습니다. 책 값은 어찌 됩니까?"

"전에 치른 셈으로 충분하네. 오히려 내가 조금 바가지를 씌운 것도 같은데, 원하는 책이 있으면 더 말해 보게."

"아닙니다. 이것으로 충분합니다."

"그래? 그건 그렇고, 자네 무공을 배울 참인가? 늙은이가 참견할 일은 아니지만 그렇게 도서(圖書)만을 가지고 성취를 이룰 수가 있겠는 가? 그래도 배울 참이면 차라리 장원에 부탁하는 것이 훨씬 수월할 텐데……."

세철의 표정을 살피며 늙은이는 조심스럽게 의향을 내비쳤다. 그러나 웃는 듯한 세철의 표정은 변화없이 노인을 보고 있었다.

"염려해 주셔서 감사합니다만 허드렛일이나 하는 저 같은 처지에 무공을 익히기는 힘든 노릇이지요. 다만 남과 달리 건강에 그닥 자신이 없는 몸인지라 그저 조금 건강해질 수 없을까 해서 책을 보는 것뿐입니다."

답변을 들으며 고개를 주억거리는 늙은이에게 세철의 작별 인사가 더해져 나왔다.

"그럼 어르신, 장원에 가야 할 일이 있어서 이만 돌아서겠습니다."

"아, 그래. 오늘 장원에 잔치가 있다고 했지? 어서 가보게나."

고개를 숙이고 서점을 돌아 나온 세철의 눈길이 높고 기다란 담을 보이고 있는 중정로 끝 쪽의 송화장을 보았다. 예전처럼 한결같은 담장의 위로는 눈을 맞은 소나무들이 어울리듯 모습을 보이고 있었다. 그리고 가까이 다가갈수록 들려오는 사내들의 기합 소리는 눈을 밟는 발걸음을 재촉하며 귓가에 울려왔다.

흑백으로 나뉘어진 커다란 태극 무늬가 그려진 문짝을 통해 세철은 송화장의 정문을 넘었다. 내원(內院)으로 통하는 외원(外院)의 넓은 마당엔 말끔하게 눈이 치워져 있었고 드넓은 마당 안에 벌려 서 있는 송화장의 무사들은 칼을 든 채 연무(鍊武)를 펼치고 있었다.

"수직세(首直勢)!"

이십여 명의 무사들은 다섯씩 줄을 지어 네 줄로 벌려 서 있었고 머리 위로 치켜든 박도(朴刀)를 움켜쥔 두 손은 구령을 부르는 자의 다음 음성을 기다리며 빛을 번득였다. 그런 기다림에 부응하듯 무사들의 앞에 홀로 서 있는 송화장 제일교령(第一敎令) 설풍도(雪風刀) 구일산(丘一山)은 마당을 울리는 음성을 큰 소리로 토해냈다.

"참(斬)!"

목소리과 함께 오른발을 내긴 무사들이 부러진 듯 각을 짓는 두터운 날의 박도를 동시에 내리그었다. 그리고 연이어 나오는 구일산의 다음 구령에 절제된 힘을 담은 동작들을 이어 나갔다.

"역진세(逆進勢)! 참!"

뒤처졌던 왼발이 앞으로 나가며 거꾸로 날을 세운 박도가 위로 그어 올라갔다.

"사격세(斜擊勢)! 참!"

다시 오른발이 앞으로 나가며 위로 솟은 칼이 가상의 적을 사선으로 내리 쪼갰다. 그 기세에 바람 소리와 함께 넓은 도면이 눈빛을 받아 번쩍거렸다.

"횡격세(橫擊勢)! 참!"

이번엔 앞선 발을 뒤로 물리며 따라 도는 몸을 좇아온 칼이 수평으로 배후의 허공을 갈랐다. 그리고 구일산의 구령에 맞춘 연속되는 공진(攻進)이 시작되었다.

"연환세(連還勢)!"

내리긋고, 올려치고, 사선으로 가르고, 수평으로 베어버리는 허식(虛式)을 배제한 철저한 실전의주의 송화장 가전도법(家傳刀法) 파철도법(破鐵刀法)을 바라보는 세철의 눈은 갈 길도 잊어버린 처 무사들의 투로(套路)를 좇아 눈길을 박았다. 손끝은 저절로 힘이 들어가 주먹을 쥐고 있었고, 무사들이 박도를 내려칠 때마다 경련하듯 꿈틀거렸다. 계절을 무시하는 손바닥에는 땀이 배어 나왔다.

저 모습을 바라본 지 오 년이 넘어서고 있었다. 이제는 눈을 감고도 칼이 가는 길을 그릴 수 있을 지경이었다. 그렇지만 가슴속에 새겨진 세철의 칼엔 아직 날이 없었다. 단 한 번도 칼을 잡고 연무를 해본 적이 없는 까닭이었다. 생각으로 알고 몸으로 안다는 것이 차이가 얼마나 큰 것인지 세철 자신도 잘 알고 있었다. 그러나 머지않은 가까운 시일에 날을 벼릴 것이다. 그것도 이제까지 본 적 없는 예리하고 시퍼런 날을.

"왔으면 들어오지, 뭐 하고 있는 게야?"

정신없이 눈을 팔던 세철의 옆에 총관 심만섭이 다가와 있었다.

"아! 예."

"무얼 그렇게 열심히 보고 있는 게냐? 곁에 사람이 다가와도 모를 만큼."

"아닙니다. 그저 연무하는 모습이 보기가 좋아서 잠시 눈을 팔았습니다."

"그래? 어쨌든 숙수(熟手)들이 너 오기만 기다리고 있으니 어서 가보아라."

살피는 기색으로 세철을 보던 심만섭이 장원을 찾은 목적을 일깨워주며 걸음을 독촉했다. 그러나 총관을 보는 세철의 눈동자는 무언가 더 할 말이 있는 것 같았다.

"저… 총관 어르신, 도련님의 생신 준비로 경황없음은 짐작이 됩니다만 이 길로 이장주 어르신을 뵙고 고할 말씀이 있습니다."

"고할 말? 무슨 일로 그러느냐? 잔치 준비에 다들 바쁜데 꼭 오늘이

어야 하느냐?”

다시 한 번 세철의 기색을 뜯어보는 총관 심만섭은 묘한 예감을 품으며 흔쾌한 승낙의 말을 하지 않았다.

“오늘이 아니면 시간이 없는 터라서… 부득이한 줄은 알지만 부탁드립니다.”

“시간이 없다? 그래, 그렇단 말이지…….”

굳어진 입술로 다시 청해오는 얼굴을 보며 심만섭은 세모꼴의 끝인 턱을 매만지며 중얼거렸다. 그리고 이장주 패력도 고건성의 행방을 밝히며 뒤를 돌았다.

“장원 뒤 송근정(松根亭)에 계시니 그리 가보아라.”

멀어져 가는 총관 심만섭의 등을 보며 숙여졌던 세철의 고개가 올라왔다. 옆으로는 칼을 휘둘러 대는 사내들의 칼바람 소리가 끊이지 않고 있었고 등을 보이고 가는 자의 모습을 보는 소년의 눈에는 알 수 없는 빛이 요동처럼 꿈틀거렸다.

송화장의 소장주인 열 살박이 늦둥이, 고연호(高然浩)의 생일 준비로 바쁜 장원과 달리 첫눈의 설경을 완상하려는 고건성은 화로에 데운 백주 한 병을 들고 정자를 찾았다. 안주라고는 고작 육포 조각 몇 개가 전부였다. 하지만 눈 속에 술은 감로(甘露)처럼 목을 적셔줬다. 그리고 술이 목을 넘을 때마다 연전(年前)에 세상을 버린 형님의 얼굴이 떠올랐다.

마흔넷의 나이로 수명을 다한 형님은 늦게 본 자식 하나를 남겨주었다. 더불어 양육의 책임과 가문을 이어 나갈 의무를 자신에게 지웠다.

처자가 없는 자신에게 형님의 자식은 조카이기 이전에 아들이기도

했다. 바르게 키워야 했다. 그리고 무탈하고 큰사람으로 클 수 있도록
해야 했다. 하지만 그러기 위해선 자신의 꿈을, 가슴 한 켠에 묻어뒀던
뜨거운 야망을 접어야만 하는 것이다. 그 꿈을 위해, 언제나 바라 마지
않던 패자(覇者)로서의 숨결을 거둬들여야만 하는 것이다.

그것을 위해 처자도 두지 않았었고 오로지 무공만을 연마했었다. 그
리고 어느 날 세상을 향한 자신의 꿈을 이뤄줄 조그만 실마리도 잡았
다. 그렇지만 세월과 함께 무뎌지는 자신의 꿈처럼 손에 잡혔던 야망
의 단초 역시 느슨해져만 갔다. 그리고 그 모든 것의 핵인 대장장이의
아들은 이별을 말하고 있다. 저렇게 자신의 앞에 머리를 조아린 모습
으로.

"정녕 네가 떠나고자 함이냐? 이제 겨울이 시작되었는데 어디로 간
단 말이냐? 혹시 그동안의 처우에 섭섭함이 있었던 게냐? 허! 도통 알
수가 없구나. 이렇게 갑작시리 떠난다 하니……."

고개를 조아렸던 세철은 고건성의 탄식에 얼굴을 들었다. 그리고 변
함없이 텁수룩한 수염의 사자 같은 얼굴을 보며 공손히 입을 열었다.

"배덕(背德)한 짓을 하는 것 같아 송구합니다. 그동안 돌보아주신 은
혜는 머리를 베어 신을 삼는다 해도 백 분지 일조차도 감당할 수 없음
을 잘 알고 있습니다. 제가 오늘 경사스런 날을 맞아 외람된 말씀을 올
리는 뜻은 그저 은혜를 잊고 떠자고자 함이 아니옵니다. 다만 저 역시
도 사내인지라 흉중(胸中)에 품은 뜻이 있고 그 길을 좇아 너른 세상에
나가 견문을 보고자 함입니다. 그리고 때가 차면 다시 돌아와 못다 한
은덕(恩德)을 갚겠습니다. 바라옵건대 이대로 떠날 수 있도록 허락하여
주십시오."

"은덕이니 은혜니 하는 소리는 거두어라! 내 어찌 그런 걸 바라고 너

를 보아왔겠느냐? 진정 이 겨울에 길을 나서야 한단 말이냐? 설마 하니 혹시라도 네 아비의 복수를 생각하고 있는 것은 아니더냐?"

고건성의 되짚는 질문에 세철은 잠시 말이 없었다.

"한시라도 잊어본 적은 없지만, 나이 어린 불우한 소년의 뜻이 험난한 세상 속에서 가당키나 하겠습니까? 가슴속에 묻어버린 지 오래되었습니다."

허탈한 듯 허공을 보는 세철의 두 눈에서, 새기고 싶지 않은 기억을 들춘 것 같은 무심한 음성에서 아무것도 읽어낼 수 없었던 고건성은 한 가지만은 느낄 수가 있었다. 그것은 떠나고자 하는 저 소년의 굳은 의지였다.

"네 얼굴을 보아하니 말려도 듣질 않겠구나. 정녕 간다건 말릴 수야 없겠지만, 이곳을 떠나더라도 너에겐 돌아올 곳이 있음을 잊지 말아라. 우린 모두가 너를 한 가족으로 여기고 있다. 그리고 세상의 인심이란 것이 다 생각과 같지 않으니 매사에 조심하고 엄밀하도록 해라. 떠나는 네게 줄 거라곤 이것밖에 없구나."

의지를 꺾지 못하는 사자 얼굴의 사내는 허리춤에서 작은 주머니 하나를 끌러내었다. 그리고 가만히 세철의 앞으로 밀어내었다.

세철은 자신의 면전으로 건네 밀어지는 금사로 수놓아진 고건성의 비단 주머니를 보더 가만히 손을 뻗었다. 왠지 모르게 이전에 느끼지 못했던 따스함이 손 안을 타고 돌았다.

세철은 손에 들린 주머니를 조심스럽게 품속으로 갈무리했다. 그리고 조금은 갈라진 듯한 목소리로 마지막 인사를 올렸다.

"그럼, 강녕(康寧)하십시오……."

깊숙이 고개를 숙여 이별의 염을 표시한 세철의 몸이 정자를 등 뒤로 두고 떠나갔다.

그 모양을 바라보던 고건성의 눈에 아득함이 어리어 나왔다.

"돌아오긴 돌아오려는가……. 하긴 어쩌면 내 욕심으로 벌써 오 년이나 붙잡고 있었는지도 모르지……."

고건성의 독백 같은 중얼거림 속에서 떠나가는 세철의 모습은 어느새 아득히 점만을 그리고 멀어져 갔다. 그리고 눈을 머금은 바람은 다시금 거세어지고 있었다.

철(鐵)의 세월(歲月) 4

　장백(長白)산지를 최종 목적지로 잡고 길을 나선 세철은 주산(主山)인 장백산을 보필하며 새끼처럼 늘어선 깊은 산중으로 접어들었다. 산은 험난했고 사람의 발길이 닿지 않은 계곡은 태고의 원시림으로 싸인 울울한 수림(樹林)의 보고였다.

　계곡을 헤치고 산정에 오른 지 하루, 군데군데 토혈(吐穴)처럼 증기를 내뿜는 온천을 발견하고 그 곁에 움집을 지었다.

　암반 없는 평평한 곳을 골라 땅을 파내고 넓직한 돌들을 옮겨 구들을 놓았다. 가지를 친 참나무로 기둥을 세우고 쐐기를 쳐 잘라낸 적송 조각으론 너와를 얹었다.

　움집의 모양이 갖춰진 후에는 산 아래의 황토를 올리고 습지의 진흙을 개어 구들과 벽을 메웠다. 그렇게 집을 세우는 동시에, 벽돌을 만들어 말리고 구워 집 앞에 화로를 세웠다. 그리고 허벅지통만한 굵은 참나무들이 몸을 사르며 화로에 첫 불을 당겼다.

화로의 불꽃을 말없이 응시하던 세철은 떠나올 때 짊어졌던 행장을 풀어헤쳤다. 가진 것의 전부라고 말하기엔 너무도 빈약한, 행장 속의 물건들은 단출하기 그지없었다.

첫 번째로 눈에 보이는 것은 고가서방에서 구입한 책이 세 권, 그 옆에 따로 펼쳐진 누런 책 모양의 가죽 뭉치 하나와 좁다랗게 말렸던 모양을 푼 여러 장의 종이 조각들, 거기에 동북삼성(東北三省) 일대를 돌고 뒤진 끝에 손에 넣은 검은 쇳덩어리들. 부피와 무게가 만만치 않았던 그것들은 목적지까지 오는 동안 세철의 몸을 내도록 괴롭혀 왔던 주범이기도 했다.

세철은 발 아래 벌려진 검은 쇳덩이들을 보며 한 사람을 떠올렸다. 떠나올 당시 작은 주머니 하나를 건네준 사람. 송화장 이장주 고건성. 그가 건네준 주머니에는 뜻밖에도 상상치 못할 귀물이 들어 있었다.

엄지손톱만한 금강석 세 알. 그것이 값비싼 쇳덩이들, 특히 부르는 게 값인 운철을 구매하는 데 절실하게 소용이 되었다. 더구나 어린 자신을 속이려는 광물상들에게 팔아넘긴 송화장의 이름은 모든 걸 순탄하게 해주었다. 그리고 그 덕분에 계획이 오 년 정도는 앞당겨진 것이다.

처음 만나던 그날부터 고건성이 무엇을 원하고 있다는 것을 세철은 어렴풋이 눈치 챘었다. 하지만 그것이 세월이 지나면서 흐릿해져 감도 느꼈다. 더욱이 송화장주가 죽고 난 이후부터는, 그는 더 이상 세철에게서 바라는 것이, 아니, 세상에서 바라는 것이 없어 보였다.

그런 그가 마지막에 커다란 도움을 준 것이다. 어떤 생각과 의미로 자신에게 이토록 값비싸고 귀한 물건을 내준 것인지는 모르겠지만, 그가 준 금강석이 없었다면 세철은 기약없는 세월 동안 목표한 것들을 얻기 위해 시간을 소비해야 했을 것이다. 결코 잊어서는 안 되는 은혜를 입은 것이다.

말없이 눈앞에 벌려진 그것들을 내려다보던 세철의 손이 흩어져 있는 여러 장의 종이들을 추슬러 모았다. 이미 읽고 또 읽어 머리와 가슴 속에 인이 박힌 아버지의 마지막 유언과도 같은 안배.

종이의 내용은 세철의 집을 도륙한 악마 같은 그놈이 맡겼던 귀신의 원반에 관한 내용이었다.

원반의 이름은 혈리표였다.

세철의 집에 사건이 있었던 그날부터 정확히 칠십 년 전, 하남성(河南省) 등봉현(登封縣)에는 솜씨 좋기로 소문난 철공장(鐵工匠)이 한 명 있었다.

염씨 성을 쓰는 그는 한번 손을 대면 못 만드는 것이 없었고, 만들어진 물건들은 그 쓰임새와 기능이 주변의 사람들을 놀래킬 정도였다고 한다.

자연히 솜씨 좋은 철공장에 관한 이야기는 소문이 날 수밖에 없었고, 특히나 도검(刀劍) 등을 포함한 기문병기(奇門兵器)의 제작에 뛰어난 재주를 보였던 그에게 무림인들의 출입이 잦은 것은 필연의 일이었다.

그 와중에 다수의 사람들과 친교도 맺게 되었다. 하지만 탁월한 재주가 하늘의 시기를 산 것인지, 어느 날 느닷없이 도적의 무리에게 피침을 받았다는 소식과 함께 그의 집은 타오르는 불길 속에 잿더미로 변해 버렸다. 그리고 죽었는지 살았는지 알 수 없는 철공장과 그의 젊은 아내는 가지가지 풍문만을 남겨놓고 행적을 알 수 없었다.

그 일이 있고 나서 일 년 후, 도적 무리에게 죽었을 거라던 철공장이 모습을 드러냈다. 아내 없이 혼자의 몸으로 나타난 그는 미치광이로 변해 있었고, 섬뜩하게 광기를 흘려대는 눈은 살기를 뿌리며 살인을 하기 시작했다.

병장기를 착용한 모든 무림인들이 그의 손에 죽어갔다. 살인 무기는 귀신이 우는 것 같은 호곡성을 내는 금빛의 원반이었는데, 그 작은 두 개의 원반이 날 때마다 사람들의 몸이 갈라져 내렸다. 그렇게 무차별적으로 살인을 시작한 지 반년 만에 수백의 무림인이 처참하게 죽어갔고, 사태의 심각성을 깨닫게 된 무림은 소림사의 발호로써 무림첩(武林帖)을 돌렸다.

모여든 무림인들은 모두 오십 인. 무림을 영도하는 소림을 위시해 나머지 팔대문파와 당가와 제갈가를 제외한 황보, 남궁, 팽씨의 삼대세가가 주축이 되어 전 무림의 각대문파에서 고르고 뽑은 정예들인 그들은 사마척결(邪魔剔抉)을 외치며 염가 철공장을 뒤좇기 시작했다.

그렇게 추적이 시작된 지 한 달 뒤, 소림사가 위치한 소실봉(少室峰)이 마주 보이는 동쪽의 태실봉(太室峰)까지 좇겨 올라간 철공장은 필사(必死)의 의지로 모여든 군웅들에 의해 목숨을 잃고 말았다. 그러나 마지막 숨을 거두기 전까지 날아올랐던 혈리표의 이빨에 모여든 군웅들은 제 몸을 보존치 못하고 모두가 동사(同死)하고 말았다. 그중엔 당시의 소림 방장이었던 현각(賢覺) 대사도 포함되어 있었다.

그 악마의 병기가, 염씨 성의 철공장에 의해 만들어진 이빨 달린 원반이 바로 세철의 가슴을 가르고 아버지의 몸을 갈라낸 혈리표였다.

종이를 들고 손을 떨어대던 세철의 손이 화로를 향해 던져졌다. 누리하게 색이 바랜 종이에 불이 옮겨 붙었다. 그렇게 모루 밑에 숨겨졌던 아버지의 마지막 손길은 까맣게 재를 남기며 타 들어갔다. 그리고 그걸 바라보는 세철의 눈도 타오르는 불길처럼 거센 불길이 하얗게 일어났다.

노랗게 타고 있는 종이 안에는 혈리표의 제작 방법이 들어 있었다. 또한 쇠를 다루는 아버지의 평생 비기도 함께 들어 있었다. 그것은 죽음을 예견했던 그 순간부터 준비해 온 아버지의 숨겨진 안배였다.

아버지는 여타의 대장장이들과 달리 문자를 알고 있었다. 도제로 일을 배우던 연강호 시절에 참장인이 되기 위해선 글자를 알아야만 한다는 사부의 가르침에 따라 문자를 습득했다고 했다. 그 시절이 참으로 엄격했노라고 말했었다. 그리고 어린 세철에게도 그리해야 한다고 말했었다.

따를 준비가 되어 있었다. 미흡하지만 뜻도 모르는 문자를 하루에 한 자씩 외워가며 아버지의 생각을 좇았었다. 하지만 그 일이 있은 그날부터 모든 것은 기억이 되어버렸다. 그러나 남겨진 말씀이, 전하고자 하는 의지가 문자로 있으니 그 뜻을 따를 것이었다. 그리고 그 모든 것은 세철의 머리 속에 정을 쳐 새긴 것처럼 뚜렷하게 들어차 있었다.

세철은 재만을 남긴 불 속에서 시선을 돌리고 가죽으로 책을 엮은 누런 뭉치를 집어 들었다. 목숨이 경각에 달렸던 우물 속의 구멍에서, 신원을 알 수 없는 시신 속에서 발견한 손 위의 물건 또한 이미 오래전부터 글자 하나 빠지 않고 외울 수가 있었다.

가죽 책은 무예서(武藝書)였다. 제목도 없었다. 죽은 시신이 책을 지은 자인지 아니면 또 다른 자의 유물인지도 알 수 없었다. 하지만 책의 내용은 세철이 필요로 하던 것을 담고 있었다.

권각박투술(拳脚搏鬪術)이었다.

이것은 눈길과 생각만으로 무예를 수련해 온 세철에게 길잡이가 되어준 세 권의 책과 더불어 실질적인 신체 수련을 가능케 해주는 소중한 기회의 제공이었다. 더구나 책이 전하는 내용은 세철에게 내려진 천신(天神)의 동아줄과도 같았다.

그 속 내용은 사뭇 이채롭다 못해 기이하기까지 했다.

죽을 날이 멀지 않아 주위를 돌아보니 눈 쌓인 산천(山川)과 사립을 치는 싸늘한 바람뿐, 청사(靑絲) 같던 젊은 날의 기억들과 수없던 인연의 얼굴들도 스러지며 내리쬐는 양광(陽光)에 옅어지는 백설처럼 그렇게 희미해져만 가는도다.

일찍이 태어나기를 또한 세상의 버림 속에 거친 울음으로 반골(反骨)의 생을 시작하였으니, 이후의 인생노정(人生路程) 또한 순탄치 못하였음은 병아리를 채는 매의 발톱처럼 단 한 치의 어김도 없었다.

되돌아보매 나의 인생은 참으로 박복, 각박하였다. 나면서부터 버림받은 사내아이의 인생이 순탄할 리는 지는 해가 다시 뜨기를 바라는 것처럼 부질없는 것이겠지만, 여염 민가의 업동이로도 들지 못한 어린 목숨은 세상의 인심과 이치가 그러하듯 한 끼니의 양식으로 생사를 넘나드는 불우하고 위험한 인생을 시작할 수밖에 없었다.

우여곡절 끝에 걸립패의 손에 거두어 키워져 모진 목숨을 이어 유리걸식하며 세상을 전전하기를 십여 년. 처음으로 자신을 각성하고 세상을 향한 욕망의 끈을 잡은 것은 구걸을 나갔던 어느 이름없는 무도관(武道館)에서였다.

나는 그때 보았다. 용틀임처럼 움직이는 무사들의 몸짓에서 세상을 향해 나아갈 수 있는 길을. 그리고 느낄 수 있었다. 바람을 가르는 손과 발의 소리에 어린 내 몸속을 맥질하는 뜨거운 피와 승부의 기운을.

삶의 빛을 본 나는 죽을 각오로 무도관의 앞에 엎드리어 거두어주기를 청원하였다. 그리고 그렇게 무도관에 몸을 의탁한 하인배의 생활은 다섯 해간의 도둑 수련으로 나이 열다섯에 이르러서야 끝을 보았다. 그것이 내 의지로 시작한 세상살이의 첫 내딛음이었다.

지학(志學)에 불과한 나이로 다시 나온 세상은 견고하고도 다채로웠다. 그러나 의지는 광활했고 심회는 자유로웠다. 그렇게 마음을 따라 흐르는 대로 천하를 주유하며 이름있는 무도관과 명인들을 찾아 그들의 절기를 두루 탐닉하였다. 참으로 달콤하고도 위험한 세월이었다.

때로는 담장가를 넘겨보다 뭇매를 맞기도 했고 찬서리와 눈비를 피해 처마 밑을 전전하기도 했다. 사막의 도적들에게 죽임을 당할 뻔도 하였고 명가의 후손에게 칼질을 당하기도 하였다. 그 와중에 틈틈이 익힌 문자로 채록한 각지의 절기들을 분석, 분류하고 그 파훼법과 약점들을 비롯, 장단을 연구하여 주석을 달아 숙지해 나갔다.

그렇게 지나간 세월이 이십 년. 어느새 내 나이 서른 하고도 다섯을 넘겨가고 있었다. 하지만 스스로 여겨보아도 무공에 미친 나는 세속의 다른 것들에 눈길을 돌리지 않았다. 하다못해 비루한 출생의 비밀과 후사에 대한 생각까지도. 그러나 잃는 것이 있으면 얻는 것 또한 뒤를 따르는 법. 그 즈음에 나는 독특한 하나의 무예 체계(武藝體系)를 세울 수가 있었다.

머리 속 심중으로만 너울거리던 그것은 어느 날 느닷없이 몸 밖으로 차고 나왔다. 참으로 보람스럽고 희열 가득한 신비스런 경험이었다. 그러나 이미 차고 넘칠 정도로 많은 무예들을 알고 있던 나로서는 이른바 명문정파의 비전절기(秘傳絶技)라 이르는 것들에 관한 호기심과 더불어 강한 호승심을 느끼지 않을 수가 없었다. 이에 나의 무예를 완성하기 위해 스스로 그들을 찾아 나섰다.

그렇게 해서 또다시 천하를 돌며 시작된 십 년간의 비무행(比武行). 나는 아무도 이길 수 없었지만 누구라도 이길 수 있다는 가능성을 알게 되었다. 그리고 정확히 오십이 넘어서 다시 시작된 나의 비무에는 천하의 어떤 문파도 나를 패퇴시키지는 못하였다.

나의 눈은 이제 정상을 향하여 돌려졌다. 그곳에는 오직 한 사람. 죽은 자도 무서움에 다시 고개를 돌린다는 절대의 패자 혈룡마제(血龍魔帝)가 있었다. 그는 이름없는 나의 도전을 흔쾌히 받아주었다. 그러나 결과는 그의 손에 들린 혈룡도(血龍刀)가 뿜어내는 혈룡도강(血龍刀罡)에 무참히 잘라져 나간 나의 양쪽 팔이 대신하고 있었다.

두 쪽의 팔이 잘려 나간 병신으로 살아남은 나는 미친 듯이 연구했다. 하지만 천지를 가득 덮는 붉은 혈광 속에 뻗어 나오는 푸른 뇌전은 한평생 눈과 머리와 몸으로 받아낸 수많은 절기들로도 꺾어낼 방법이 없어 보였다. 있다면 오직 하나, 그와 같은 천고보도의 몸을 빌어 쏟아내는 같은 위력의 강기무공뿐.

나는 포기하지 않았다. 신검보도가 없지만, 있다 해도 그것을 움켜쥘 두 팔이 모두 사라졌지만 바늘 끝 같은 희망을 버리지 않고 몰두하였다. 그러하기를 또다시 십수 년. 검었던 머리가 희게 물들고 잘려 나간 팔의 자리가 허전함을 잊어갈 무렵, 드디어 한 가지 심득(心得)을 얻어낼 수 있었다.

이에 평생 고련 끝에 얻은 경험과 심득을 더해 천하에 산재한 모든 권각술(拳脚術)의 정수를 추려내어 하나의 수련 형식을 만드니, 이를 만상투격술(萬象鬪擊術)이라 이름하였다.

단언하노니 천하에 이보다 강한 무예의 갈래는 없다고 자부하는 바이다. 더불어 이보다 더 위험스런 무예는 찾을 수 없을 것이다. 나의 무예 만상투격술은 천지간에 존재하는 모든 물상(物像)을 대적자(對敵者)로 삼아 펼치는 투기무예(鬪技武藝)인 때문이다. 이것은 흐르는 바람, 쏟아지는 우박, 은밀한 안개, 솜털 같은 눈송이, 천 년을 지켜내며 인간사를 조롱해 온 거암괴목(巨巖怪木)과 검은 암흑을 떨쳐 가르는 천신(天神)의 뇌전(雷電)까지도, 모두가 수련자이며 대적자인 것이다. 그리고 종국에는 그러한 물상(物像)조차도 모두 바수어 버리는 패력(覇力)의 격투술(擊鬪術)이다.

하지만 그러함에도 불구하고 머리 속의 생각이 혈룡마제의 존재에 이르면 불안함을 지울 수 없었다. 무엇인가 아주 미세한 틈과 차이에 대한 막연한 불안은 내도록 떨칠 수가 없었다. 그 원인은 사라진 두 팔에 있었다. 깨어진 신체의 균형을 보완할 것이 나에겐 없기 때문이었다.

많은 날을 생각과 고민으로 흘려보냈다. 그러나 대안은 나오지 않았다. 불현듯 거친 오기가 치밀었다. 살아온 세월에 비추어보니 한심한 작태가 아닐 수 없었다. 더불어, 치민 오기는 사라진 두 팔의 몫을 대신하던 두 발의 존재에 치우쳤다. 그리고 한 가지 결론을 내려 버렸다. 대안을 찾을 수 없다면 남아 있는 것으로 없어진 것의 몫을 해나가면 그뿐.

생각이 미친 것은 두 팔이 성할 시에 이루었던 수강(手罡)의 경지를 두 발로써 이루어내는 것이었다. 언뜻 허황하기 그지없는 스스로의 생각을 돌아보며 이제껏 살아온 세월이 그랬던 것처럼 나는 수련에 몰두하였다. 오로지 각법(脚法)의 완성을 위하여 남은 생을 불사르며 온몸을 던져 심혈을 기울였다. 그리고 그것은… 성공하였다.

무림사의 장구한 세월 속에 수많은 장풍(掌風)과 권력(拳力), 그리고 수강의 경지에까지 이르는 무예는 적지 않았으나 결단코 각력(脚力)과 족풍(足風)으로써 퇴강(腿罡)의 경지를 이룩한 이는 내가 처음이었다. 그만큼 지난한 수련과 노력의 소산이었고, 이제까지 그 누구도 생각지 못하고 달성치 못한 결과에 무한한 희열을 느꼈었다. 하지만 그러한 노력과 수단의 경지를 가지고도 혈룡마제와의 승부는 쉽사리 장담을 가질 수가 없었다. 그 원인은 오직 하나, 나에겐 혈룡마제의 무력을 배가시켜 쏘아내 주는 신병(神兵), 혈룡도가 없기 때문이었다.

승부를 점칠 수 없는 많은 고민 끝에 나는 길을 나섰다. 이미 하얗게 서리를 맞은 머리만큼이나 젊음이 가셔 버린 몸뚱이에서 조급함을 느낀 탓이었다. 그러나 나의 발걸음은 헛되이 그치고 말았다. 산야에 웅크리고 얼마인지 모를 세월을 보내는 동안, 천하무림을 한 자루 칼로써 무릎 꿇린 절대패자 혈룡마제는 어느새 세상에서 종적을 감추고 흔적이 남아 있지 않았다.

생의 마지막 목표였던 혈룡마제가 사라진 지금, 내 몸은 사신(死神)이 뿌려놓은 메뚜기 떼에 잠식당하는 들녘처럼 생기가 사라져 가고 있었다. 이제 더 이상 세상에서 내가 할 일이 없었다.

머지않아 나의 몸은 이승의 삶을 끝내고 저승의 문턱을 넘어설 것이다. 그러나 죽음이 임박한 이 순간에도 후회는 없으나 미련이 뒤를 당긴다. 아마도 예상이 틀리지 않는다면 언제이고 혈룡마제, 그의 붉은 칼과 혈룡도법(血龍刀法)은 세상에 모습을 드러내어 공포를 뿌릴 것이다. 그러나 그 푸르고 붉은 뇌전에 다시 맞서볼 수 없음이 애석할 뿐이로다.

이제 나는 평생의 심득을 몇 자의 글자로써 남기고자 하노니, 이것이 훗 사람의 손을 빌어 세상 속의 진기(眞技)로서 남을런지, 아니면 세월 속에 묻혀가며 풍상(風霜)의 침습으로 먼지처럼 사라질지는 알 수 없는 노릇이다. 그러나 세상의 이치는 그리 간단하지가 않으니, 지나온 생의 공을 생각하면 자취의 적몰에 대한 불안은 이내 사라져 간다.

마지막으로, 누구인지 알 길 없는 연자에게 전언하노니 그대 또한 천하를 향해 풀어야 할 원념(怨念)이 있을 터인즉, 결코 죽음으로 이루어낼 용기가 없는 자라면 책을 덮길 바란다.

이 책자에 남긴 나의 심득은 고매하고 현묘한 이치와 도리가 아니다. 임종에 이르기까지도 변치 않는 심중의 도리는 오직 하나. 오로지 공을 들인 자만이 원하는 결과를 성취할 수 있다는 것이다. 오직 붉은 피로써 땀을 흘리고, 깎여 나가는 뼈의 고통 소리로 노래를 부를 수 있는 자만이 궁극(窮極)의 경지(境地)를 넘볼 수 있을 것이다.

그것이 바로 만상투격술이다.

언제나 그렇지만 책을 읽는 동안 점점 커져 가던 가슴속의 답답함이 긴 날숨과 함께 흩어져 나갔다.

세철은 죽은 자의 목소리가 튀어나오는 것 같은 가죽 책 역시도 미련없이 불 속으로 집어 던졌다. 그리고 남아 있는 고가서방의 책 세 권도 불쏘시개로 만들었다. 이제 남은 건 무거운 냉기를 뿌리는 쇳덩이들뿐이었다. 그리고 가슴속에 하나 가득한 복수에 대한 일념과.

산속의 생활을 시작한 세철의 몸이 산의 짐승들보다도 일찍 움직였다. 움집을 나선 그는 덩굴을 꼬아 기다란 줄을 엮었다. 그렇게 꼬아진 줄을 산 사면의 절벽에 길게 늘어뜨렸다. 그리곤 길이를 대중하며 줄을 잡고 절벽을 내려갔다.

삼십여 장에 달하는 절벽은 끝이 없는 것만 같았다. 새벽 여명에 드러난 푸르름은 날카로웠다. 미끄러지고, 발을 헛딛고, 튀어나온 바위에 몸을 긁히고, 꺾어진 나뭇가지에 생채기가 생기고, 그렇게 힘들여 내려온 절벽을 올려다보며 주저앉았을 때 해가 얼굴을 디밀었다. 거친 숨에 들썩거리는 몸을 재차 일으켜 세웠다. 그리곤 비비 꼬이는 다리를 옮겨가며 다시 줄을 잡았다.

올라가는 길은 내려올 때보다 배는 힘이 들었다. 손아귀엔 감각이 없고 어깨와 목을 타고 허리가 쑤셔오며 종내에는 마비가 왔다. 하지만 몸의 고통을 외면하고 오르기를 멈추지 않았다.

사력을 다해 절벽을 올라온 세철은 기진해 있었다. 온몸의 힘을 누군가 빨아먹은 것처럼 몸통이 공허해 있었고 후들대며 떨리는 팔다리는 학질에 걸린 것만 같았다. 그러나 흔들리는 몸뚱이를 이를 악물며 다시 일으켜 세웠다. 어느새 전신이 땀에 젖어 후줄근했다.

이번엔 마보(馬步)로 발을 벌리고 서서 앉았다 일어서기를 반복했다. 오십 회를 넘겼을 무렵부터 무릎이 뻑뻑해지며 고통이 슬금슬금 피어올랐다. 이를 악물었다. 계속해서 쉬지 않고 몸을 움직였다. 삐걱대는 뼈와 근육의 소리들이 귓가에 들리는 것만 같았다. 그리고 그사이 태양은 머리 위로 솟구치고 있었다.

태양의 위치를 보며 시간을 가늠하던 세철은 다리를 모았다. 서 있던 자리는 흘러내린 땀으로 축축이 젖어 있었고, 뻣뻣한 두 다리는 이제 감각이 없었다. 발바닥부터 시작한 후끈한 열기가 속에서부터 피어오르며 하반신을 타고 치솟아올라 왔다.

그 열기와 고통을 털어내며 쉽사리 움직여지지 않는 양 발을 힘겹게 들어 올려 가볍게 구르기 시작했다. 그리고 조금씩 발을 높이 올려 점점 빠르게 속도를 높여갔다. 그렇게 가속이 붙어 교차하는 발을 동시에 뛰어올렸다.

무릎이 가슴을 찼다. 곧바로 착지하는 두 발을 다시 도약시켰다. 그렇게 껑충껑충 뛰며 절벽 위를 돌았다. 숨소리가 쉿소리로 변하고 가슴이 화로처럼 타오를 적에 머리 위의 태양은 다시 중천을 지나 기울고 있었다.

태양을 보고 도약뛰기를 멈춘 세철은 제대로 서지도 못하고 기다시피 해서 움집으로 돌아왔다. 돌아오자마자 옷을 벗고 온천에 몸을 담갔다. 혹사당한 빈약한 육체가 비명을 질렀다. 그런 몸을 쉬지 않고 주

물러 댔다. 그러기를 얼마 후, 나른한 피곤함과 함께 고통이 조금씩 사라져 갔다.

온천욕을 끝내 직후는 바로 망치를 잡았다. 그리고 밤이 이슥해질 때까지 쉬지 않고 휘둘렀다. 그 모습은 예전의 어떤 이처럼 미친 것만 같았다.

어느새 산을 울리는 망치 소리는 산의 일상이 되어가고 있었다.

노을이 부서지는 화염처럼 시뻘겋게 불을 당겼다. 그 불길 같은 일몰을 보며 절벽가에 마주 앉은 세철은 조용히 눈을 감았다. 가부좌를 튼 두 다리 위로는 양 손바닥을 뒤집어 하늘을 보며 가지런히 올려놓았고 서산을 향한 앞가슴은 약간 수그린 듯 편안하게 앞을 향해 열어 놓았다. 그리고 턱을 당겨 세운 머리는 천중(天中)을 향해 정수리를 보이며 고요히 묵상에 잠겨들었다. 그 묵상 속에 가르침의 목소리가 고요한 천둥처럼 울려 퍼졌다.

숨 쉬기… 하늘과 땅의 중간에 낀 모든 살아 있는 것들이 숨을 쉬니 그것에는 이유가 있다. 땅에서는 그 생육의 기운을 받아 자라난 것들을 음식 삼아 생명을 키우고, 하늘에선 가득한 조화의 기운을 받아들여 생명을 유지한다. 그중 후자가 바로 호흡이니, 무예를 배우는 자에게 있어 숨 쉬기는 바로 조화(造化)의 지침(指針)이다.

내가 이르는 호흡법에는 이름이 없다. 이것은 말 그대로 바른 숨 쉬기일 뿐, 천하의 높다 하는 사람들이 말하는 신공절학(神功絶學)이 아니다. 그러나 신이(神異)하게 여겨지는 그 모든 것들도 결코 근본의 도리를 벗어날 수 없음이니, 이제 전하는 것이 바로 근원(根源)의 그것이다.

명심하라. 숨을 쉰다 함은 바로 천지(天地)와 교감(交感)함이니 그 충만하고 가득한 기운과 무애하게 소통을 이루는 날까지 결단코 근본을 저버려서는 안 될 것이다. 그리하여 때가 이르면 충만한 법열(法悅)로써 광활한 우주와 하나 되는 그날이 찾을 것이니, 그때가 되면 스스로 천하를 오시하여도 무방하리라.

세철은 책 속의 글자가 음성이 되어 내리는 훈도를 따라 조용히 숨을 들이마셨다. 양손의 장심(掌心)과 두 발바닥의 족심(足心), 머리끝의 두심(頭心)을 열어 하늘을 향하고, 가슴의 흉심(胸心)은 불어오는 절벽의 바람을 받아 서산 일몰을 안아들였으며, 등 뒤의 배심(背心)은 웅혼하며 고요한 산정의 정기를 말없이 받아들였다.

마음속의 숫자를 나누어 세며 마시던 숨은 스물을 세어서야 아랫배에 가득 들어찼다. 지긋한 마음으로 내리누르니 거부하며 요동 치던 기운이 차곡히 눌려져 갔다. 그 상태로 열을 세어 나가니 눌렸던 기운이 오르며 가슴을 치받는다. 그때에야 작게 입을 열어 고르고 깊은 숨을 가늘고 길게 뱉어 나갔다. 이 또한 서른을 세어 끝을 맺으니 마지막에 이르러 들이 마신 숨 십 할 중의 칠 할이 뱉어졌을 때 삼 할을 뱃속에 남겨 꿀꺽 삼켜 버렸다. 직후에 또다시 처음처럼 숨을 들이마시니 어느새 육신이 제 스스로 깨어나 호흡을 일구어 나간다.

처음 산을 찾았던 이 년 전의 네 번 세기로 들이키던 숨에 비하면 비약적으로 늘어난 길이가 아닐 수 없었다. 그렇듯 몸은 빠르게 변화하고 있었다.

세철은 어느새 구름 위를 주유하는 듯한 자유로운 몸의 상태를 방임하며 온몸을 풀어 나갔다. 수면 위의 파문처럼 차츰차츰 내부로부터 발원된 진동이 머리끝부터 발끝까지 소름처럼 퍼져 나갔다. 흡사 신새벽에 내린 첫 이슬을 마신 것처럼 청신한 감응으로 온몸이 열려 나갔다. 그리고 이내 물에 풀린 먹물처럼 피부를 타고 스며 나와 외기(外氣)와 어울리며 호응하였다.

피부를 타고 간질이는 물결처럼 출렁대는 흐름이 느껴졌다. 그것은 하늘의 웃음이었고, 지는 해의 손짓이었으며, 잠들기 전 산의 숨소리였다.

세철의 얼굴에 그윽한 편안함과 미소가 어려 나갔다. 온몸이 공명하고 있었다. 흡사 북의 진동 소리가 바람을 타고 산야에 퍼져 나가듯 내부로부터 피어 나온 기운이 천지와 호흡하며 풀려 나가고 있었다. 참으로 이적(異蹟)과 같은 신령한 체험이었다.

그러나 충만한 미소를 물던 세철의 얼굴이 불현듯 조금씩 굳어져 갔다. 이내 미소가 사라진 얼굴에는 한줄기 주름으로 미간이 줄을 그었다.

충일한 자유로움을 차단한 것은 느닷없이 풍기는 비릿한 노린내였다. 산바람에 실려 코끝에 스며든 그것은 곧바로 정체를 짐작할 수 있게 해주었다. 그리고 냄새 뒤에 실려온 위험한 기운은 세철의 심경을 완전히 깨뜨려 버렸다. 놈이 공격의 의지를 밝힌 것이다.

가부좌를 풀어낸 세철이 무릎을 세우며 천천히 뒤를 돌았다.

놈이 그곳에 있었다. 절벽 위 공지의 끝, 김을 뿜어내는 온천의 옆으로 화로의 불길을 우측으로 벌려두고, 너와를 얹어놓은 움집의 뒤쪽에서 고개를 들이민 채 바라보고 있었다.

놈의 뒤쪽에는 산 정상을 가로막는 거대한 암석들과 검푸른 수목들만이 흔들리며 공포에 떨었고, 마주 선 등 뒤로부터 불어오는 붉은 바람은 노을의 기운을 실어다 피를 뿌려대고 있었다. 검은 줄이 씰룩대는 놈의 몸통이 피를 뒤집어쓴 것처럼 꿈틀거렸다.

'세철은 화등불 같은 호랑이의 눈을 마주 보며 입술을 씹었다. 처음 놈의 종적을 발견했던 것은 두 달 전이었다. 여름을 맞아가는 산의 생령들이 온통 푸르게 푸르게 제 몸들을 치장해 나가던 무렵, 새벽 수련을 위해 나선 움집의 바깥에는 온통 놈의 발자국이었다.

일렬로 늘어선 손바닥만한 놈의 발자국은 화로를 제외한 온 사방에 가득히 널려 있었다. 그렇게 처음 등장을 알렸던 놈은 온천 옆에 제 배설물을 놓고 가는 것으로 자신의 의지를 알려왔다.

그 뒤로 밤이면 어김없이 놈의 포효 소리가 산을 울려댔고 아침이면 놈의 흔적이 사방에 가득했다. 하지만 세철은 신경 쓰지 않았다. 아무리 호랑이의 기세가 무섭다곤 하나 그것은 불민하고 힘없는 민초들이 신령으로 경외함에 있어 산군(山君)일 뿐이지, 짐승과 인간의 경계가 분명하다고 믿는 세철에겐 무의미한 일이었다.

거기에 세철은 놈의 출몰을 긴장과 자극으로서 받아들였다. 놈은 밝은 대낮과 화로의 불 기운이 잦아드는 저녁을 피해 심야에만 으르렁댈 뿐 실질적인 위해가 될 것은 아무것도 없어 보였다. 그렇게 갑자기 나타나 제 땅임을 주장하는 산 주인의 경고를 무시하고 지내온 날들이 두 달여였다. 그런데 넘어가는 해가 아직도 끝자락을 보이고 지금 놈이 예상을 깨고 갑작스레 들이닥친 것이다.

세철은 예상치 못한 사태에 당황했지만, 놈과의 시선을 떼지 않으며 조용히 오른손을 뒤 허리로 가져갔다. 그 모양을 본 놈이 발짝을 떼어 놓으며 그르렁거렸다. 뱃속을 울려 나와 흉기 같은 송곳니 틈새로 새어나온 그 소리가 세철의 온몸을 긁어대었다. 돌아가던 세철의 손이 멈춰 섰다. 그러나 목적하던 것은 이미 손에 쥐고 있었다. 반 자 길이의 손칼이었다.

천천히, 느릿하게 칼을 빼 든 세철은 놈과의 거리를 가늠해 보았다. 자신은 절벽의 끝, 낡은 움집의 옆. 대략 육칠 장이 넘지 않을 거리였다. 피할 곳도 없었다. 뒤가 절벽인 것은 말할 것도 없거니와 몸을 움직이는 순간 놈의 몸통이 도약하며 덮쳐들 것이었다. 방만히 생각하고 대비하지 않은 후회가 뒤늦게 밀려왔다.

그 순간이었다.

크워어어엉!

놈이 갑자기 울부짖으며 훌쩍 뛰어나왔다. 마치 거대한 바윗덩이가 허공에 던져지고 유연하게 내려앉는 것 같았다. 반사적으로 자세를 낮춘 세철은 손칼을 손에 들고 눈을 부릅떴다. 거리를 좁혀 나온 놈의 눈이 신경질을 내며 손칼을 보고 있었다.

훅, 하고 놈의 숨결을 따라 노린내가 퍼져 나왔다. 세철의 이마에서 진득한 땀이 흘러내렸다. 놈은 세철의 전신을 주먹만한 눈으로 바라보며 어슬렁 발길을 떼어놓았다. 세철의 발이 주춤 한 발을 물러 나왔다. 놈은 그 모습을 보며 천천히 화로를 돌기 시작했다.

어느새 흘러내린 땀이 세철의 눈가로 스며들었다. 쓰린 기운이 눈을 파고들었다. 하지만 세철은 눈조차 깜박거릴 수가 없었다. 그때, 화로를 돌던 놈이 그 속의 불길을 보며 커다랗게 울부짖었다.

크와아아아앙!

그 순간 세철은 땅을 차며 옆으로 튀어 나갔다. 놈의 몸도 용수철처럼 팅겨 오르며 단 한 번의 도약으로 거리를 좁혀 세철을 향해 덮쳐 내렸다. 온천물을 보고 놈을 피해 뛰던 세철의 머리 옆으로 시뻘겋게 벌려진 놈의 아가리와 갈퀴 같은 앞발이 후려쳐 내려왔다.

세철은 숨을 들이키며 몸을 옆으로 뒤집었다. 같은 순간 오른손에 들려 있던 단도를 그어 올리며 몸을 돌렸다. 세철의 몸이 땅에서 한 자를 두고 누운 채로 팽이처럼 돌아가고, 그 위를 타 넘는 집채만한 호랑이의 앞발이 세철의 칼 든 손을 후려치며 땅에 내려앉았다.

캉!

은빛의 작은 단도가 저만치 날아가며 소리 내고 떨어졌다. 땅에 떨어져 구른 세철은 오른손을 파고드는 예리한 아픔에 고통을 느낄 사이도 없이 정신없이 일어서야만 했다. 그러나 상체를 반도 일으키기 전에 다시 후려쳐 온 호랑이의 앞발은 세철의 왼 어깨에 깊은 홈을 그으며 살을 갈라 내렸다.

"크흑!"

비진 신음과 흉악한 고통이 온몸을 쓸어내렸다. 그러나 세철의 고통은 그것으로 끝나지 않았다. 재차 삼차, 마치 쾌검술의 달인이 뿌려대는 검날처럼 연이은 대호(大虎)의 앞발은 세철의 몸을 난자하며 후려쳐 왔다.

필사적으로 몸을 웅크리고 두 손을 들어 머리만을 막은 세철은 바위로 때려 맞는 듯한 거센 충격과 온몸 가득한 뜨거운 느낌에 정신이 아득해졌다. 충격과 고통, 공포가 한데 어우러지며 점점 의식이 혼미해져 갔다. 그때, 후려치던 두발을 모두 세철의 몸통에 올려놓은 채로 놈이 포효하였다.

크와아앙!

가물거리던 세철의 정신이 찬물을 쓴 것처럼 깨어 나왔다. 저것은 마지막을 알리는 승리의 신호였다. 마음이 다급해졌다. 피 흐르는 얼굴을 들고 두 눈을 부릅떴다. 그 순간 포효하던 놈의 눈길이 되돌아오며 시선이 마주쳤다. 놈의 눈은 마치 불을 쏟는 것만 같았다. 일그러진 주둥이에선 거대한 상아질의 이빨들이 흉물스런 흰빛으로 번들거렸다. 그리고 갑자기, 놈이 올려놓았던 앞발을 치우며 한 걸음을 물러 나갔다. 눈길은 올려 붙인 팔 사이로 쳐다보는 세철의 시선을 붙잡고서였다. 세철은 숨을 들이쉬었다. 눈에는 핏기가 어렸다. 이제 놈의 마지막 일격이 있을 것이었다.

출렁거리는 것처럼 뒷걸음하던 놈의 어깨가 동작을 멈추었다. 그리고 꿈틀대던 주둥이가 흉악하게 벌어진 순간, 최후의 일격이 짓쳐들어왔다. 그야말로 번개가 므색한 몸놀림에 천지를 물어뜯을 가공할 이빨들이었다. 놈은 이미 전의를 상실한 유약한 먹이에게, 마지막까지 최선을 다한 공격을 퍼붓고 있는 것이었다. 그러나 흐르는 피로 범벅이 된 세철은 끝까지 눈을 감지 않았다. 웅크린 몸을 더욱 오그라뜨리고 기다리며 내리 찍히는 짐승의 이빨을 보고 있었다.

그렇게 숨통을 끊으려 내려오는 이빨을 향해 웅크렸던 세철의 몸이 활처럼 튕기며 터져 올랐다. 그 끝에 세철의 발끝이 창대처럼 솟구치며 놈의 눈을 찍어버렸다.

피잇!

바람처럼 세철의 몸이 거꾸로 솟구치며 땅을 밀고 튀어 올랐다. 그리고 다시 한 번 땅을 차며 일 장여를 물러 나왔다. 그 순간 주춤하던 호랑이의 고통스런 울부짖음이 천둥처럼 터져 나왔다.

크아아앙! 크워어어어엉!

거칠게 고개를 흔들며, 세철의 몸을 치던 두 손으로 비벼대는 앞머리에는 발끝의 궤적이 찢고 나간 눈두덩이 사이로 터져 버린 눈알을 뚫고 핏물이 흘러나오고 있었다. 놈은 땅을 구르면서 요동 치며 울부짖었다.

세철은 미친 듯 발광하는 대호를 보며 주변을 살펴 나갔다. 하지만 몸통이 흔들리며 핏물이 흩어져 내렸다. 그리고 흘러내린 피만큼이나 온통 후들거렸다. 그러나 그간의 수련으로 단단해진 몸뚱이 덕분인지 피 흘리는 피류의 상처 외엔 극심한 부상의 징후는 보이지 않았다. 참말로 천행이었다.

뜻밖의 몸 상태에 안도하며 곧바로 찾던 물건의 위치를 확인하였다. 그것은 멀리 있지 않았다. 스러지는 잔양(殘陽)에 붉은 빛을 반사하는 손칼은 우측으로 이 장여를 떨어져 땅에 뒹굴고 있었다. 그 위치를 확인한 세철이 주저없이 칼을 향해 몸을 움직였다. 하지만 한 발짝을 내디딘 순간, 더 이상 움직일 수가 없었다. 발을 내뻗은 세철의 좌측으로부터 뻗어 나오는 가공할 기세는 두 발을 묶어놓으며 온몸을 옥죄어 들었다.

세철은 천천히 고개를 돌려 기운의 진원을 바라보았다. 거기엔 찢겨져 나간 오른쪽 눈알을 안면에 매단 채 남겨진 한쪽 눈에 불을 지른 대호가 몸을 세우고 있었다. 대롱대는 눈알이 아래턱까지 내려왔고 곧추 세운 온몸의 근육 위로 빳빳한 털들이 바늘처럼 일어서고 있었다. 악물린 톱날 같은 이빨 사이론 분노의 숨소리가 가르렁대고 새어 나왔다.

한쪽만 남은 대호의 눈을 보며 세철은 몸의 상태와 주변의 상황을 다시 점검해 보았다. 자신과 칼과의 거리는 이 장여. 호랑이와 자신과의 거리 또한 이 장 남짓. 한순간에 도약하여 거리를 좁힌다 하여도 용수철 같은 저 짐승의 몸짓을 능가하긴 힘든 노릇이었다. 거기에 자신의 몸은 부상으로 인해 쓰러지기 일보 직전이었고, 호랑이의 몸은 한쪽 눈알만이 빠져 있을 뿐, 분노한 거친 힘을 쏟기 위해 잔뜩 웅크리고 있는 상태였다. 아마도 자신이 칼을 집을 때쯤이면 등덜미를 물어뜯고 있을 것이다. 하지만 어차피 죽기는 매일 반, 결정을 내려야만 했다.

심중에 결심이 섰을 때, 호랑이가 내뿜는 비린 숨결이 고개를 돌려 마주 보는 세철의 볼을 핥아대는 것처럼 끼쳐왔다. 세철은 피 흘리며 갈라진 피부 위로 부스럼 같은 소름이 무수히 돋아나는 것을 느꼈다. 그리고 불 같은 놈의 눈은 크르렁대며 씰룩이는 볼 위에서 무섭게 팽창하고 있었다. 바로 그 순간 세철이 노리던 기회가 찾아왔다.

힘줄에 붙어 대롱대던 눈알이 흔들리는 볼의 떨림에 따라 툭 하고 떨어져 내렸다. 그 짧고도 미묘한 순간, 호랑이의 이목이 흩어졌고, 찰나의 때를 놓치지 않은 세철은 칼을 향해 몸을 띄웠다.

혼신의 힘으로 짧고 강하게 세 번을 땅을 찬 후에야 칼을 잡을 수 있었고, 그 순간 날아오른 호랑이는 이미 배후를 덮쳐 내리고 있었다. 칼을 잡은 세철은 필사적으로 몸을 돌리며 대호를 향해 마주쳐 나갔다. 어릴 적 대장간에 들렀던 범잡이들의 말이 이 순간 천둥처럼 귀에 울려 퍼졌다.

"범을 잡으려면 벅의 태를 파고들어야 한단다. 그리고 몸통을 마주 안아야 하지. 머리를 놈의 턱 밑에 넣고 두 손을 깍지 껴 허리를 잡으면 제아무리 집채만한 범이라도 물어뜯고 발길질을 할 수가 없는 법이다. 그리고 그때가 되면 놈의 목덜미나 뱃구레에 칼침을 먹여주는 것이지."

어느새 세철은 덮쳐 내리는 놈의 흉신 같은 주둥이 아래 얼굴을 묻고 맞닥뜨린 몸통을 안아버렸다. 곧바로 육중한 체중이 몸 위로 실리며 굉량한 충격이 등짝을 엄습했다. 하지만 세철은 손을 놓지 않았다. 두 발로는 놈의 허리 쪽을 감싸 안았고 둘러진 두 팔은 놈의 등짝 가죽을 움켜쥐고 안면을 틀어박았다.

거친 숨소리와 숨 막히는 노린내가 진동을 하며 뜨거운 침이 흘러 얼굴을 적셨다. 분노한 놈이 포효하며 땅을 굴렀다. 첨예한 고통이 등판과 옆구리를 지나 육중한 범의 무게에 깔리는 팔다리로 퍼져 나갔다. 그 밑으로 잔돌들이 튀며 부서져 나갔다.

세철은 입술을 짓씹었다. 자신을 떨어내기 위해 몸부림치는 범의 거대한 몸통과 울음을 온몸으로 느끼며 같이 굴러 나갔다. 하지만 등가죽과 함께 움켜잡은 칼을 쓰기에는 여력이 미치지 않았다. 그러기 위해 오른손을 떼어낸다면 붙잡은 대호의 몸에서 떨어져 나갈 것만 같았다. 그러나 이대로 시간이 지난다면 힘이 빠진 그에게는 뻔한 결과만이 있을 뿐이었다.

범의 턱 밑에 얼굴을 묻고 있던 세철은 눈을 치켜떴다. 뜨여진 눈 안으로 희고 누린 범의 목털들이 아프게 찔려 들어왔다. 그 목덜미를 입을 벌려 힘껏 깨물었다. 놈의 목덜미 가죽이 늘어지며 더욱 발광을 하였다. 그러나 세철은 두 발을 더욱 힘껏 조이고 입으로 문 턱 가죽의 힘으로 버티며, 등 뒤를 잡았던 오른손을 풀어냈다.

그 손으로 놈의 옆구리를 힘주어 찔러 넣었다.

크와아아앙!

뜻밖의 고통에 놀란 놈이 세차게 뒹굴어 나갔다. 세철은 힘이 빠지는 어금니를 더욱 조여 물며 칼날을 그어 올렸다. 놈의 몸이 꿈틀대며 고개를 귀신처럼 흔들어 제꼈다. 그러나 세철은 사력을 다해 찔러 넣으며 더욱 더 악착같이 그어 올렸다. 어느새 그어진 틈으로 손이 들어

갈 공간이 생겨나고, 쏟아져 나온 뜨거운 피는 굴러가는 서철과 대호의 온몸을 적셔갔다. 세철은 그어 올리던 칼을 뽑아냈다. 그리고 이미 그어져 벌어진 틈 사이로 거세게 칼 든 손을 쑤셔 박았다.

크오오오워어엉!

괴성으로 울부짖는 호랑이의 몸이 구르기를 멈췄다. 하지만 세철의 손은 이미 팔뚝까지 박힌 채로 뱃속을 휘젓고 있었다. 손끝에는 여러 가지 것들이 걸려들었다. 그러나 그 끝에 들린 작은 칼은 사정없이 자르고 갈라냈다. 왼팔이 눌린 채로 마주 안고 옆으로 누운 형상이 된 세철은 입에 문 목덜기의 가죽에서 미세한 떨림을 느낄 수가 있었다. 그 떨림은 차츰 호랑이의 전신으로 퍼져 나갔고, 강도는 점점 커져만 갔다. 그리고 세철의 오른손은 뜨겁게 꿈틀대는 가슴속의 맥동 주머니를 만날 수가 있었다. 세철은 그것마저도 여지없이 터뜨려 버렸다.

캬아아아웅!

커다란 뒤틀림으로 쿨렁, 호랑이의 몸이 경련하기 시작했다. 크르렁대던 주둥이로는 검붉은 핏덩이들이 터져 나왔고 힘차게 요동질하던 네 활개는 꿀럭대며 부들거리는 떨림으로 점점 굳어져 갔다. 그리고 벌어진 옆구리의 틈 사이로는 뜨거운 생명의 기운이 바람처럼 빠져나가고 있었다. 세철은 입에 물었던 목덜미의 가죽을 천천히 놓았다.

어느새 밝음이 다한 하늘빛은 짙은 산의 색깔처럼 어두워져 있었고, 꿈틀거림이 잦아들던 호랑이의 커다란 몸은 짐짝처럼 무거워지며 차갑게 식어만 갔다. 세철은 옆구리에 박은 팔을 뽑아내며 돋을 끄집어냈다. 육신의 고통보다는 정신적인 몽롱함으로 묘한 울렁임이 가슴에 맴돌이질했다.

칼을 잡은 오른손을 들어보았다. 어둠에 잠겨 저만치 떨어진 화로의 불빛만이 전부인 눈 아래에 불그죽죽한 칼이 손 안에 쥐어져 있었다. 가슴에 맴돌이 치던 울렁임이 묘한 감흥으로 전신에 퍼져 나갔다. 그리고 죽어버린 호랑이를 바라보았다.

마치 겨울에 얼어 죽은 민가의 고양이처럼 네 발을 뻗고서 누워 버린 그 모습은 이미 생전의 흉포함과 만수지왕(萬獸之王)의 위엄이 사라지고 보이지 않았다. 그런 초라한 모습으로, 옆구리엔 길게 그어진 칼자국과 퀭하게 뚫어진 눈구멍만이 죽어버린 호랑이의 마지막 흔적이었다.

세철은 긴 한숨을 내쉬며 칼을 떨어뜨렸다. 그러나 그때, 산과 골을 울리는 거대한 포효 소리는 세철의 머리를 흠칫 다시 일으켜 세워 버렸다.

크아아아아아앙!

세철은 버렸던 칼을 집고 일어서며 사방을 정신없이 둘러보았다. 숨막히는 긴장이 또다시 밀려들었다. 그러나 주위는 어둠뿐이었고, 어딘가 모르게 들려오는 또 다른 짐승의 포효 소리는 쉬지 않고 산을 때리고 있었다.

그 밤은 그렇게 점점 깊어만 갔다.

철(鐵)의 세월(歲月) 5

　오늘도 산을 울리는 굉량한 포효 소리를 들으며 세철은 눈을 떴다. 어김없이 울어제끼는 저 짐승의 울음소리는 새벽이 끝나감을 알리고 있었다. 그리고 그것은 또 다른 하루에 대한 새로운 경고였다.

　몸을 일으켜 누웠던 자리를 내려다보는 세철의 눈길에 지난 기억이 어렸다. 벌써 일 년 전이었다. 온몸에 발톱으로 그어 내린 흉터 자국을 남겨준 호랑이는 이렇게 잠자리의 깔개 가죽으로 변해 버렸다.

　육질을 이루었던 고기는 이미 모두 먹어 치웠고 호치(虎齒)는 꿰어서 벽에 걸어놓았다. 살을 바른 뼈들은 황토물에 담가 한 달을 보낸 후 고르게 빻고 갈아서 끼니마다 복용을 했다. 그리고 이젠 더 이상 남아 있는 것이 없었다. 지금도 손끝에 만져지는 넓은 가죽을 제외하고는 존재했던 흔적이 모두 사라진 것이다.

　자리를 일어나 들창을 보니 새벽 별들이 조금씩 기울어가고 있었다.

지금도 움집 바같의 새벽 어둠 속 어딘가에는 놈이 지켜서 있을 것이
다. 울부짖는 저놈이 연전(年前)에 죽인 대호 놈의 형제인지 어미인지,
혹은 새끼인지 알 수는 없었지만, 놈은 지난 일 년간 세철의 주위를 맴
돌며 기회를 엿보고 있었다.

알 수 없는 일이었다. 한낱 짐승에게 인간과 같은 심정이 있을 리가
만무하건만 놈은 마치 복수를 하기 위해서인 듯 세철의 곁을 떠나지
않고 맴돌았다. 그리고 그러한 놈의 의도는 얼마 지나지 않아 알 수 있
었다.

상처가 아물어 첫 사냥을 나갔던 지난겨울, 눈 내리던 산비탈을 달
리던 산양의 뒤를 좇다가 놈과 마주치고 말았다. 놈이 있던 곳은 비탈
의 노송 위였다. 흡사 표범처럼 나무를 타올랐다가 눈을 헤치고 귀신
처럼 뛰쳐나온 놈은 앞발질 한 번에 산양을 쓰러뜨리고 끔찍한 이빨로
목줄을 물어뜯었다. 버르적대던 산양의 목줄기에서 피가 터질 때, 놈
은 뜨끈한 김이 오르는 피를 떨구며 고개를 쳐들었다. 그리고 세철을
향해 흉기 같은 이빨을 드러내고 으르렁거렸다. 그 악기(惡氣) 가득한
대호의 두 눈을 보며 세철은 직감할 수 있었다. 그건 바로 복수였다.

지난겨울의 일을 생각하며 각반(脚絆)과 비구를 차고 일어선 세철은
한쪽 벽에 기댄 강도(鋼刀)로 손을 뻗었다. 차가운 쇠의 느낌이 손안에
가득 피어올랐다. 예상하지 못했던 호랑이와의 사투 이후 여분의 쇠를
벼루어 만들어낸 호신무기였다. 그리고 그것은 복수를 노리는 대호와
의 대면에서 효과를 드러냈다. 놈은 날 선 예리함을 보여내는 쇠의 위
험함을 알고 있었다. 경험에 의한 것인지 본능으로 비롯한 것인지는
알 수 없으나, 세철의 손에 들린 두 자 길이의 강도를 보며 심한 목울
음과 몸짓으로 거부감을 보였다. 그리고 칼빛 같은 투기(鬪氣)를 뿌리

는 세철을 보다 짙은 자취를 남기고 고개를 돌려 사라져 갔다.

놈이 남기고 간 건 요악(妖惡)한 냄새와 일직선의 발자국, 그리고 식어버린 산양의 몸통이 전부였지만 세철은 본능으로 느낄 수 있었다. 언제고 다시 있을 놈과의 조우와 불 같은 눈 속에 담긴 짐승 이상의 영민함을.

칼을 뒤 허리에 비껴 찬 세철은 문을 밀고 나섰다. 새벽 이슬을 머금은 찬바람이 어두운 산의 몸을 치며 스쳐 갔다. 이미 초록이 가셔가는 산은 가을을 준비하고 있었고, 멀리로 아스라이 보이는 산 그림자들은 지나는 바람에 가을의 소식을 받고 몸을 흔들었다. 이제 짧은 가을이 가고 나면 또다시 혹독한 겨울이 올 것이다.

세철은 눈 안에 들어오는 절벽 위의 공지를 둘러보았다. 역시 곳곳에 놈의 흔적이 스며 있었다. 하지만 놈은 절대로 제 존재를 과시하지는 않았다. 그저 유유히 다가와서는 제 놈이 보고 있다는 경고만을 주고서 사라져 갈 뿐이었다. 지금도 화로 옆에 서 있는 세철을 어디선가 주시하고 있을 것이 틀림없었다. 하지만 세철은 느낄 수 있었다. 냄새조차 숨기고 숨소리마저 감춘 저 짐승의 포악한 기운은 지울 수 없는 존재감으로 온몸을 자극하고 있기 때문이었다.

세철은 가볍게 숨을 들이키며 허리를 굽혔다. 머리는 처든 채로 움집 너머의 어둠을 보았고, 손은 화로 옆의 조그만 자루로 느리게 뻗어냈다. 이윽고 자루를 들어 어깨에 둘러매고 천천히 절벽가로 걸음을 옮겼다. 그때까지도 시선은 고정되어 있었고, 줄을 잡고 절벽에 몸을 태우자 놈의 존재감이 사라져 버렸다.

줄을 잡은 세철은 움집 너머 수목 뒤의 어둠 속으로 주던 시선을 버리고 빠르게 절벽을 타고 내리기 시작했다. 이미 몸에 익은 절벽 타기는 줄이 필요없을 지경이지만, 놈보다 빠르게 움직이기 위해선 촌음을 아껴야만 했다.

세철은 급속히 땅과 가까워지고 있었다. 지면과의 거리가 삼 장여를 남겨놓았을 때, 세철은 줄을 놓고 두 발로 절벽 면을 차버렸다.

휘익, 바람 치는 소리가 귓가를 간지럽힐 때 두 팔을 벌리고 거꾸로 떨어지던 세철의 몸이 우아한 곡선으로 돌면서 착지를 했다. 땅에 닿은 두 다리는 구부려지는 듯하다가 바로 되튕겨졌고, 탄력을 받은 몸은 사선으로 공중제비를 돌아 내리며 산비탈을 차고 달리기 시작했다.

주변의 경물들이 빠르게 뒤로 사라져 갔다. 바람은 코와 얼굴을 치며 흩어졌고, 늘어진 나무들의 가지 끝은 어깨와 몸통을 스치며 휘청거렸다. 세철은 숨을 들이키며 더욱 속도를 몰아붙였다. 발 끝에 의지를 실어 땅을 밀어 보냈고, 그 힘을 받은 지면은 쏘아붙이듯 탄력을 실어 주었다. 그렇게 받은 힘을 다시 온몸에 돌리며 눈 앞에 나타나는 장애물들을 차고 넘어서 바람처럼 달려 내렸다.

어느새 하늘에는 푸름한 기운으로 아침이 오고 있었다.

질풍처럼 달려가는 세철은 온몸에 부딪치는 숲 속의 바람을 느끼며 기억을 더듬었다. 머리 속에 남아 있는 책 속의 가르침은 이렇듯 무시로 떠올리고 되새기며 집중하여 수련해 나갔다. 목소리는 또렷하게 이야기를 전해주었다.

투기에 있어 중요한 것은 오직 한 가지. 맞선 상대를 쓰러뜨리는 것이다. 그러나 과연 어찌해서 상대를 제압할 것인가. 방법은 오직 하나. 상대의 공격으로부터는 안전하고 멀리, 나의 공격은 가깝고 치명적으로. 이 한마디에 모든 것이 담겨져 있다. 그러나 혹자는 너무도 뻔한 이치라 현실과 배반된 이야기라 한다. 하지만 누차 밝히듯이 근본을 저버린 도리는 성립하지 않는 법. 너무도 평이하여 세인들이 간과하는 그 법을 깨우쳐야만 나의 무예를 완성할 수가 있는 것이다. 또한 이에 대한 깨우침에는 첩경이 없는 고로 흘린 땀과 들인 노력의 시간에 비례하여 결과가 있을 것이다.

첨언하자면, 세상의 모든 것에는 흐름과 결이 있다. 그것은 물결의 흐름과 바람의 흐름과 같은 자연의 흐름부터 시작하여 돈의 흐름, 계절의 흐름, 인간과 역사의 흐름, 천지와 우주의 흐름에 이르기까지 삼라의 만상을 두루 관통하는 진리인 것이다. 그 흐름을 타고 결을 짚어야만 앞서 말한 근본의 도리를 깨우칠 수가 있는 것이다.

전갈은 집게발에 솟은 몇 가닥 털로써 세상과 그 속에 가득한 기류의 흐름으로 적의 공격을 감지한다. 그리하여 높이 세운 꼬리의 독침으로서 상대를 일격에 제압한다. 그러나 그러한 흐름을 타는 전갈조차도 사막쥐의 뇌전 같은 연속 공격에는 먹이로 죽어가는 법이다. 그것이 바로 흐름을 타고 결을 짚은 것이니, 이처럼 세상의 공부는 먼 곳에 있지 않고 도처에 산재한 법이다.

잊지 마라. 원하는 것이 있다면 근본의 도리와 땀의 공덕을 결코 저버려서는 안 될 것이다.

세철은 전방을 가로막은 바윗덩이를 차고 오르며 가르침의 뜻을 입속에 되뇌었다. 머리 속에 남겨진 알 수 없는 선인(先人)의 가르침은 시종일관 피땀 어린 가혹한 노력의 과정을 요구했다. 의문을 가질 여유도 없었지만, 그대로의 수련 때문인지 삼 년이 지난 지금은 이처럼 바위를 차며 비상하고 있었다.

흡사 날다람쥐처럼 활개를 펴고 나아가던 세철의 몸이 또다시 나타난 전방의 고목을 보며 몸을 수축했다. 곧바로 머리를 수그리고 말아진 몸이 허공에서 한 바퀴 맴을 돌더니, 접혀진 두 발로 고목의 몸통을 차고 또 한 번 튕겨져 나갔다. 그렇게 나아가는 모습은 마치 쏘아진 화살과 같았다.

마치 슬쩍 슬쩍 지면을 스치며 비행하는 검은 제비처럼 세철은 이 나무와 저 바위로, 이 가지를 밟아 저 가지를 다시 튕기며 유령처럼 숲 속을 나아갔다. 어느덧 눈앞에는 저만치 앞쪽 아래로 비탈 숲이 끝나고 있었고, 그 뒤로 흐르는 한줄기 계류는 시원한 소리를 귓가로 들려주고 있었다. 그 물줄기를 보며 세철은 속도를 줄여 나갔다.

그런데 그때 왼편으로 둘러쳐진 산의 칠부 능선쯤에 무서운 속도로 나무숲을 헤치며 달려가는 그림자가 보였다. 여명에 싸인 그림자는 폭풍처럼 내달리고 있었고, 그 지나간 자리엔 떨어진 나뭇잎들이 휘말려 오르며 숲의 생령들과 함께 울음을 울었다. 그림자의 정체는 바로 알 수 있었다. 놈은 복수를 꿈꾸는 새로운 산의 주인, 호랑이였다.

세철은 산을 치달려 내리는 대호의 종적을 바라보며 두 눈을 번득거렸다. 연이어 늦춰졌던 속도를 다시 피워 올리며 전방의 계류를 향해 몸을 날렸다. 그렇게 인적없는 산중엔 때 아닌 두 줄기 바람이 숲을 가르며 경주를 하기 시작했다.

달리는 세철의 옷깃이 바람에 부대끼며 펄럭거렸다. 그렇게 바람을 헤치며 달리던 몸이 물가에 닿자마자 땅을 차며 날아올랐다. 마치 직선 같은 포물선을 그리던 몸이 물길의 중심으로 떨어질 때, 수면을 때리듯 스쳐 나간 발끝이 재차 몸을 띄워 올렸다.

순식간에 몸은 계류의 반대 편에 닿아 있었고, 달려오던 힘을 풀어내기 위한 세철의 몸은 회전하며 발끝을 땅에 그었다. 그 마지막 동작으로 뒷꿈치를 땅에 박고 멈춰 섰을 때는 물가의 모래땅을 헤치고 바닥에 그려진 발의 궤적들이 이지러진 태극 문양처럼 연이어 그어져 있었다. 그리고 그렇게 산을 타 내리고 물을 건넌 세철의 모습은 이야기 속의 산귀신처럼 표홀하고 거침이 없었다.

고개를 돌린 세철의 시선에 폭넓게 흐르는 얕은 계류의 물살이 보였다. 그 물살의 중심에 간간이 떠내려가는 나뭇잎들이 보이고 있었다. 처음 내를 건너는 수련을 시작했을 땐 무수히 빠지고 자빠졌었다. 물에 떠가는 나뭇잎을 밟고 내를 건넌다는 것이 허황되고 부질없이 여겨졌었다. 그러나 그렇게 물속에 처박히고 고꾸라져도 쉬지 않고 반복하여 수련을 해나갔다. 스스로 여겨도 고집스럽고 무지한 행등이었다.

하지만 그런 일이 반복되던 어느 날, 발끝에 밟힌 나뭇잎을 차고 떠오르는 몸이 느껴졌을 때 두 발은 사 장여의 내를 건너 반대 편에 닿아 있었다. 그 뒤로 세철은 수련을 함에 있어 털끝만한 의심도 갖지 않았다.

어느덧 능선을 타 내리건 호랑이 놈의 종적이 점점 가까워지고 있었다. 세철은 그 방향을 주시하다가 몸을 돌렸다. 돌아선 앞쪽에는 빽빽한 대나무 숲이 병풍처럼 둘러서 있었다. 그 사이로 아침 바람이 울며 지나가고 있었고, 대나무들은 몸을 흔들어 부대끼며 서글프게 울음을 울었다. 그 안으로 세철은 발길을 들이밀었다.

대숲의 중앙으로 천천히 걸어 들어와 어깨에 가로 메었던 마대를 풀러내는 순간 찌릿한 살기가 등판을 파고들었다. 어느새 놈이 다가와 있는 것이다. 하지만 세철은 고개를 돌리지 않았다. 언제나처럼 놈은 대숲의 바깥에서 주위를 맴들 것이다. 그러다가 단 한 순간이라도 방심을 보이는 그때, 귀신처럼 달려들어 목줄기를 물어뜯을 것이다.

등짝에 와 닿는 살기를 털어내며 세철은 숨을 들이켰다. 청량한 대

숲의 공기가 폐부 가득 밀려들었다. 그리고 손에 들린 마대를 열어젖
혔다. 안에 있는 내용물은 은빛이 예리한 한 뼘 길이의 유엽비도(柳葉
飛刀)들이었다. 끝에는 실처럼 가는 줄이 달려 있었고, 길이는 제각각
이었다. 그중의 열 개를 끄집어내어 주변의 대나무에 매달았다. 서 있
는 자리를 중심으로 빙 둘러 매달아놓으니 흡사 열 자루의 칼날 감옥
에 갇힌 그런 형국이었다.

대호의 존재와 비도들의 위치를 가늠하던 세철의 몸이 부지간에 꿈
틀, 동작을 터뜨렸다. 첫 번째는 오른발을 앞으로 내밀어 자세를 낮추
고, 함께 나간 오른손 평수로 몸 앞의 대나무를 후려쳤다. 부러지지 않
을 만큼만 강약을 조절하여 후려친 대나무가 휘청 뒤로 몸을 휘었다가
바람처럼 휘익 되쏘아져 왔다. 그 끝에 매달렸던 비도가 빗살처럼 날
아오며 귀 옆을 가르고 지나갔다.

피잇!

고개를 틀어 비도를 피한 세철이 빙글 뒤로 몸을 돌리며 뒤편의 대
가지를 돌려찼다. 역시 나무는 휘청거리며 휘어졌고, 그 몸통이 반탄
력으로 튕겨지기도 전에 귀밑을 스쳤던 첫 번째 비도가 뒤로 당겨지는
힘에 의해 또다시 빛을 그었다.

스핏!

급하게 상체를 숙이자 뒷머리로 칼날이 지나가고, 굽혔던 몸을 펴올
리는 세철의 가슴으로 두 번째 비도가 꽂혀져 들어왔다. 곧바로 핑그
르르 돌아버리는 어깨를 스치며 비도가 지나가고, 돌아가던 몸통에서
뻗어 나온 손과 발이 종횡으로 난무하며 쉬지 않고 주변의 대나무들을
차고 후려쳤다.

손과 발에 맞아 휘어지고 튕겨지는 대가지들은 정신없이 흔들거렸

다. 그리고 그 끝에 매달린 예리한 유엽비도들은 은빛의 궤적으로 공간을 가르며 세철의 몸을 난자해 들었다.

피피피피피핏!

소리조차 위험하게 날아 서 있었다. 그러나 세철의 몸은 그물 속에 갇힌 고기처럼 꿈틀거리며 유연하게 출렁거렸다. 모두가 묘기처럼 간발의 차이로 비껴 나갔다. 하지만 그 와중에도 의식의 한쪽은 대숲 바깥의 흉포한 짐승에게 쏠려 있었고, 귀신처럼 흔들리는 믐은 최후를 대비한 체력의 안배에 정신을 쏟고 있었다.

칼날들은 쏘아지고 되돌아가는 궤적 속에 서로 몸을 부딪쳐 팅기기도 하고, 낭창낭창 휘어지는 대나무들은 마찬가지로 주변과 부딪치며 알 수 없는 방향으로 마구 칼날을 쏘아 보냈다. 그 속에서 세철의 몸은 조금씩 지쳐만 갔고, 이마에 흐르는 땀만큼이나 전신에 새겨지는 칼날의 흔적들이 점점 더 많아져 갔다.

동천(東天)은 이미 밝아 머리 위로 해가 솟고 있었고, 이슬이 말라버린 댓잎들의 퍼석거림은 시간의 흐름을 말해 주었다. 그런 소리들과 바람의 흐름, 그리고 높아가는 태양의 뜨거움을 가늠하던 세철이 한순간 아지랑이처럼 희뿌예지기 시작했다. 그리고 그렇게 궁혼한 그림자 같은 세철의 몸 위로 비도들이 쑤셔 박혔다. 아니, 머리쿠터 발끝까지 전방위를 찢어발겼다. 하지만 세철의 몸은 베어지지 않았다.

뿌옇게 불분명했던 몸으로 비도들이 뚫고 지나갈 때 처음처럼 갑자기 뚜렷해진 세철의 돈에서 손과 발이 튀어나왔다. 그렇게 튀어나온 두 주먹이 날아드는 비도들의 몸통을 후려쳐 버렸고, 옆구리에서 떨어진 양 팔굽은 그 옆을 파고든 비도들을 올려치고 돌려쳤다. 그사이 배후로 다가드는 비도들은 비틀리며 튀어 나간 번개 같은 발끝에 맞아 떨어져 나갔고, 그 틈을 파고든 비도들은 도약하며 휘둘린 양 무릎에 힘을 잃고 날아가 버렸다. 그렇게 정적 후에 터진 폭풍 같고 폭발 같았던 한순간이 지난 후 세철의 몸이 멈춰 섰다.

주위를 둘러싼 대나무들은 아직도 미친년처럼 흔들리며 휘적대었고 그 끝에 매달린 열 자루의 유엽비도들은 날카로운 힘을 잃고 흐느적거렸다.

세철은 타격 시에 머금었던 숨을 돌리며 조용히 뿜어내었다. 그리고 그렇게 열린 감각의 안쪽에서 낮은 그르렁거림의 흉측한 숨소리를 들을 수가 있었다. 그 소리를 들으며 얼굴에 흐르는 땀방울을 털어냈다. 아마도 조금만 더 지쳤더라면, 아니, 몸에 그어진 비도의 상처에서 조금만 더 피 내음이 짙었더라면 놈은 주저없이 대숲으로 뛰어들어 발톱을 그어댔을 것이다.

자신을 노리는 호랑이의 존재를 의식하며 흔들리는 비도들을 쳐다보던 세철이 그것들을 거두어들였다. 처음과 같이 줄을 갈무리해 마대에 담고 나서 어깨에 가로 멨다. 그리고 왔던 길을 따라 한 발 한 발 대숲을 걸어나갔다. 손은 뒤허리에 걸쳐 매단 강도의 손잡이를 잡고 있었고, 눈길은 무심하게 가라앉히며 전방만을 주시하여 나아갔다.

그 앞에 놈이 버티고 있었다. 대숲으로 들어서는 초입, 작은 관목들로 양 옆이 길처럼 둘러쳐진, 흐르는 계류를 등 뒤로 둔 숲길의 정중앙에 놈이 버텨서 있었다. 흡사 작은 동산만한 체구로 양 어깨를 들쳐 세우고, 옛이야기 전설 속의 호랑이처럼 검날 같은 송곳니를 드러내 보이며 숨을 뿜고 있었다. 두 눈알은 유리알 같은 광택으로 무섭게 번질거렸고, 잘록해졌다가 불룩해지는 아랫배의 숨결은 폭발할 것처럼 긴장을 주고 있었다.

세철은 천천히 손에 쥔 강도를 드러내 보였다. 시선은 지옥불 같은 놈의 두 눈과 마주 놓고 부딪쳐 갔고, 경직이 일 것 같은 두 다리는 천천히 놈을 향해 떼어놓았다.

마주 보던 놈의 눈에 확 하고 불이 일었다. 꿈틀대던 주둥이는 귀밑까지 벌어져 갔다. 그리고 마침내 놈의 목청이 커다랗게 소리를 질렀다.

크와아아앙!

놈의 울음을 타고 죽은 생명들의 냄새가 지옥처럼 맡아져 왔다. 나아가던 발걸음에 힘이 빠지고 고막을 타고 들어온 위협의 소리는 용기를 뽑아내어 갔다. 세철은 흔들리는 몸을 다잡아갔다. 손에 들린 강도는 날을 들어 앞으로 내딜고, 힘이 새는 두 다리는 어금니를 물며 앞으로 걸어내었다. 그렇게 한 발 한 발 놈과의 거리가 좁혀지고 있었다.

버텨선 놈의 얼굴도, 다가가는 세철의 얼굴도 비켜설 의지는 없어 보였다. 주변은 때 아닌 정적에 감겼고, 떠들썩한 산새들조차 고개를 박고 떨고 있었다. 그렇게 두 생명들의 간격은 점점 더 좁아만 갔다.

다가가는 세철의 얼굴에 식었던 땀이 흘러내렸다. 으르렁대는 놈의 입가에도 침이 떨어지고 있었다. 어느새 둘의 사이는 한 장 반만을 남겨두고 있었다. 세철은 놈과 마주 보는 눈알이 빠질 것만 같았다. 그러나 혀를 깨물며 눈길에 의지를 실어 마주쳐 나갔다.

마침내 놈과의 거리가 일 장만을 남겨놓은 순간, 세철이 또 한 발을 내디뎠을 때 놈의 발이 스르르 한 걸음을 물러 나갔다. 입가에는 여전히 흉기 같은 이빨을 내놓고 으르렁거렸으며, 마주 보던 눈길은 조금씩 비껴나고 있었다. 그리고 세철이 발을 또 한 걸음을 내놓은 순간에 놈은 다시 한 걸음을 물러 나와 모로 돌린 고개를 쳐들고 으르렁거렸다.

그렇게 눈빛을 주던 놈이 거대한 몸을 틀어 천천히 숲 속으로 들어가기 시작했다. 놈은 흔들리는 꼬리 끝만을 보여주고 숲 속과 동화하며 흐릿하게 사라져 가버렸다.

　멀어져 가는 놈의 뒷모습을 보던 세철은 막힌 숨을 틔워내었다. 그리고 흔들리는 몸을 움직여 계류를 건너가기 시작했다. 그 모습은 처음처럼 비상하는 것이 아닌, 무거운 발로 첨벙대며 걷는 모양이었다.

　맨손으로 절벽을 오르는 모습은 마치 산 원숭이 같은 모습이었다. 손을 잡기가 무섭게 발을 차 오르는 모습은 정련된 용수철의 힘처럼 탄력이 있었고 윗몸을 벗어버린 상체는 잘 발달된 근육으로 우람해 보였다.

　절벽을 오르던 세철은 코를 자극하는 향기에 동작을 멈췄다. 그리고 시선을 돌려 향기의 근원을 찾아냈다. 분홍의 꽃잎을 여러 장에 나누어 절벽 틈에 몸을 내민 그것은 이름을 알 수 없는 화사한 산꽃이었다. 꽃의 향기처럼 계절은 어느새 봄 옷을 입고 있었다. 어느덧 산속에서 맞는 일곱 번째의 봄이었다.

　시선을 거두고 다시 귀신같은 몸놀림으로 절벽을 올라갔다. 손발을 차고 오르는 모습은 흡사 엎드려 뛰는 모양처럼 거침이 없었다. 그리고 정상에 올라와선 정해진 순서대로 연무를 시작했다.

　몸이 떠올랐다. 희뿌연 바람 같은 것이 지나갔다. 그것은 세철의 발이었다. 한 번의 도약으로 허공에 스물일곱 번의 발길질을 차 넣는 다리는 모습도 보이지 않았고 소리조차 들리지 않았다. 그저 희끗한 잔상만이 남았을 뿐이었다.

　땅을 찬 세철의 발이 다시 떠올랐다. 그리고 몸이 돌았다. 허공에 보이지 않는 손과 발의 그림자가 난무했다. 그 모습은 마치 소용돌이 속으로부터 수없는 창대가 터져 나오는 것만 같았다. 연이어 휘돌아 내리는 착지와 함께 내려쳐진 주먹에 백 년 넘어 살아온 적송의 몸통이 터져 버렸다. 와지끈 하는 소리를 남기고.

쓰러지는 적송의 몸통을 보는 세철의 미간이 찌푸러들었다. 그 모양은 무언가 마음에 들지 않는 모습이었다.

'아직도인가? 권법요람과 육합도법, 그리고 투수요결의 내용은 대동소이하다. 각기 주먹과 발을 쓰고 칼과 암기를 매개로 삼을 뿐 근간이 되는 내용은 오직 하나. 가장 효과적으로, 그리고 보다 능률적으로 상대를 쓰러뜨리는 것. 그러기 위해서는 쓰러뜨리고자 하는 상대와의 거리가 최우선의 명제다. 떨어져 있는 적을 과연 어떻게 해치울 것인가. 이것은 모든 무예인의, 아니, 모든 무예와 문파가 틀어쥔 화두인 것이다.'

세철은 수련의 근간이 된 우물 속의 석실에서 발견한 책자를 떠올렸다. 의문의 해답은 거기에 있었다. 그리고 언제나 한결같은 책 속 기인의 주장은 이러했다.

세상의 어떠한 무예의 비기라 할지라도 그것이 사람의 몸을 통해 펼쳐지는 이상 그 근간이 되는 몸의 단련을 무시할 수 없고, 몸을 닦아나가고 체력을 길러내는 방법에는 지름길이 없다. 남들이 한 번을 뛸 적에 두 번을 뛰고, 또 한 번의 주먹질을 할 적에 두 번을 해라. 그리고 중첩해 나아가 남들보다 열 곱의 땀을 흘리고, 거기에 다시 더해 백 배의 노력과 공을 기울인다면, 그렇게 단련된 손과 발은 당할 자가 없다.

또한 제아무리 천하의 장사라도 사람인 이상 주먹질을 당하면 고통을 느끼게 마련인데 가격한 곳을 재차 타격하면 고통은 배가된다. 그러나 어떠한 누구라도 두 손 놓고 맞고 있지만은 않을 것인데, 그러한 방어가 소용이 없도록 단련을 해야 한다. 이런 문제를 해결하기 위한 방법이 바로 거리와 속도인데, 상대가 한 번 손을 쓰는 시간에 열 번, 스무 번의 공격을 한다면 문제될 것이 없다. 그러나 그러하기 위해서는 가격점이 되는 상대와의 거리를 좁혀야만 하는 것이고, 이에는 상대와 나와의 거리를 반으로 접어 다가서는 방법인 첩지(疊地)가 있다. 그리고 그렇게 접은 것을 또다시 반을 접고, 또다시 되접어 나가고, 이렇게 접다 보면 결국은 상대와 내가 한 점에서 만나게 된다. 바로 그때에는 거리와 공격을 위한 속도의 개념이 무용해지는 것이다. 그리고 그것을 이루기 위한 바탕으로 흐름과 결을 짚는 수련이 선행되어야만 한다. 또한 무엇보다도 중요한 것은 이러한 모든 것들을 이루기 위해서는 어느 무엇보다도 강한 의념(意念)이 필요함이다. 한순간에 공간을 접어 뛰는 강철 같은 다리, 한 주먹에 백 번을 내뻗는 번개와 같은 빠른 주먹, 일수(一手)에 강을 뒤집고 일각(一脚)에 산을 허무는 패력의 힘은 모두가 신심(信心)을 잃지 않는 일관된 의념에서 비롯함이다.

거듭 말하거니와 필사(必死)와 분골의 의지가 없는 자라면 이제라도 중단하기를 바라노라. 나의 무예 만상투격술은 자신을 버릴 준비가 되어 있지 않은 자라면 결코 대성을 이룰 수가 없기 때문이다.

역시나 다시금 되뇌어보아도 처음 접하는 자라면 미친 자의 헛소리로밖에 들리지 않을 황당무계한 내용이었지만, 세철은 철저하게 그 미친 소리 같은 책의 내용을 따라 수련했다. 그 기간이 벌써 칠 년이었다.

뿌리도 알 수 없고, 내용조차 수상한 수련의 절차에 처음에는 수시로 회의도 들었었다. 하지만 책의 내용을 따른 때문인지 스스로의 노력 때문인지는 알 수 없지만 점점 달라져 가는 몸과 마음에 가일층 박차를 가했다. 회의는 언제인가 사라졌고, 남겨진 것은 변화된 몸과 마음이었다. 오로지 책의 내용처럼 수련에 목숨을 걸어왔었다. 그리고 칠 년째의 수련으로 접어든 이 순간은 휘둘러지는 손과 발에 바위와 고목이 부서져 나갔다. 그러나 목표로 잡은 일타에 서른 번의 주먹질과 발길질은 아직도 세 번이 부족한 채로 더 이상의 진전이 없었다.

생각에 잠겼던 시선을 내려 두 발을 내려다보았다. 발목 위로 시커먼 쇠빛이 보이고 있었다. 바지를 걷어 올렸다. 시커먼 쇠빛은 무릎까지 올라와 있었다. 그랬다. 그것은 무쇠가 틀림없었다. 무릎 아래 정강이를 둘러싼 그것은 양 옆으로 이음매가 보이는 둥그런 원통과 같았다. 흡사 종아리의 모양을 따라 철갑을 씌워놓은 것 같은 유려한 모양이었으며, 두께는 서 푼이 넘어 보였고 재질은 예사로 볼 수 없는 시커먼 묵빛이었다.

마치 각반처럼 양쪽 다리에 달라붙은 그것은 무게도 만만치 않아 보였다. 그리고 그런 쇠붙이는 세철의 양쪽 팔에도 채워져 있었다. 아마도 손발에 채워진 그것들을 벗어버린다면 목표로 하는 일격삼십연타는 수월히 해낼 수 있을 것이었다. 하지만 진실한 수련의 목표가 아니기에 외면하고 있었다.

세철은 걷었던 바지를 내리고 땀을 씻어내며 화로를 향했다. 화로 옆에는 거무튀튀한 묵빛의 원반이 두 개가 놓여 있었고, 역시 같은 색의 재질로 보이는 반 토막 난 초승달의 조각이 여섯 개가 있었다. 내버려진 것처럼 놓여진 물건들은 아버지의 제작 방법을 따라 세철의 손에 의해 만들어지는 제이의 혈리표였다.

세철은 유심한 눈으로 가만히 그것들을 바라보았다. 저것의 모양을 만들어내기까지 무수한 피땀을 흘렸다. 도대체가 아무리 불을 돋우어도 달구어지지 않는 운철은 산 뒤쪽의 노천탄에서 캐 온 검은 석탄을 하루 밤낮을 먹어야만 겨우 붉그스름해져 갔다. 그것에 풀무를 가하고 또다시 석탄을 줄기차게 대어 먹이고, 그렇게 끝도 없이 반복을 해야만 겨우 녹여낼 수가 있었던 것이다.

바라보던 혈리표의 날을 집어 든 세철은 날을 벼리기 시작했다. 팔뚝에 채워진 철비구와 다리에 채워진 무쇠 각반처럼, 기존의 합금에 운석의 조각인 운철을 섞어 제련한 혈리표는 몸체의 강도만큼이나 날을 세우기가 힘이 들었다.

수없이 때리고 또 때리기를 멈추지 않고 접어 만든 초승달의 날은 칠 년 동안 오십 번이나 접어낸 공을 백 겹의 날로 대신하고 있었다. 그 날에 다시 이빨을 세우고 대다수의 명검(名劍)과 보도(寶刀)가 그러하듯 육각으로 날을 잡았다. 거기에 숫돌을 댄 지가 벌써 석 달째였다.

세철은 조급해하지 않았다. 처음엔 복수를 꿈꾸는 일이 가망조차 없어 보였다. 그러나 자신이 들인 시간의 노력만큼 가능치는 조금씩 승산이 높아지고 있었다. 아마도 머지않은 시간 안에 원수를 찾아 떠날 수 있을 것이다. 물론 그러기 위해서는 손에 잡은 혈리표의 날을 세워야 하고, 아직은 부족한 일격삼십연타의 성취를 이루어야만 했다. 그리고 그날이 되면 세상은 자신의 존재를 알게 될 것이다.

어느새 해가 넘어가며 사방이 어둠에 물들고 있었다. 산에는 또다시 밤이 찾아든 것이다. 그러나 손을 놀리는 세철에겐 밤조차도 낮과 같은 것 같았다.

산 위에 눈이 쌓였다. 아직도 내리는 눈은 막막히 하늘을 덮어 내리고 있었지만 불길 오르는 화로 옆에 앉은 세철은 작업에 열중이었다. 그 어깨와 머리 위에 눈이 쌓이고 녹아내렸지만 알지 못하는 것 같았다.

머리는 수그린 채로 손 위의 물건에 집중하고 있었고 굵은 어깨의 근육만큼이나 벗어버린 윗몸의 팔뚝은 작은 통나무통처럼 거세고 강인해 보였다. 그 팔이 움직일 때마다 가슴과 팔뚝의 근육이 미려하게 꿈틀거렸고, 수도 없이 그어진 크고 작은 상처들이 지렁이처럼 꾸물렁대었다. 특히나 오른 가슴의 아랫부분부터 시작하여 어깨까지 그어 올라간 굵고 흉악스런 흉터는 오랜 시간이 지나 보임에도 불구하고 선명함을 드러나 보였다.

앉아 있는 세철의 손에 들린 것은 까맣게 윤기를 반질거리는 묵빛의 혈리표였다. 둥근 원반으로 얇고 세련된 형태의 그것은 담백한 거울처럼 표면이 맨질거렸다. 그러나 자세히 들여다보니 그렇게 깨끗한 표면 위로 미세한 홈들이 종횡으로 그어져 있었다. 마치 중심 부분에서 몸통 가장자리에 이르기까지 방사형의 거미줄처럼 촘촘하고 정교하게 그어진 흔적은 예사로 그어놓은 것이 아닌 현묘한 법칙을 담고 있는 것 같았다.

바늘 같은 강철 송곳으로 그려진 모양을 따라 섬세하게 손질을 하던 세철이 이윽고 고개를 들어 올렸다. 얼마나 심력을 기울였는지 이마에는 땀이 맺혔고, 팔다리를 죄다 드러낸 반벌거숭이의 차림에도 불구하고 몸통은 뜨거운 김을 피워 올렸다. 마치 계절도 비웃고 내리는 눈발조차도 무시하는 것 같았다.

세철은 천천히 손 위의 혈리표를 면포로 닦아 나갔다. 정성껏 두 개의 혈리표를 윤기나게 닦아 나린 후, 반씩 나뉘어져 옆쪽에 뒹굴고 있는 철비구와 철각반을 집어 들었다. 나누어진 이음새를 맞추어 네 짝의 무쇠덩이를 팔다리에 채워 넣었다. 이미 손목과 발목 언저리는 시커멓게 죽었던 살이 허물과 물집으로 죽었다 살아나기를 반복하면서, 두텁고 거친 가죽처럼 다른 피부를 이루었다. 그렇게 되기까지 어느덧 십 년의 세월이 흐른 것이다.

차가운 느낌으로 조용히 팔다리에 찬 무쇠덩이를 바라보던 세철은 비구의 표면에 그려 넣은 무늬를 살펴보았다. 세심히 보지 않으면 분간 못할 그것은 도약하는 호랑이었다. 지난 세월 동안 끊임없이 달구고 두들겨 가며 몸에 맞추는 동안 그려 넣은 것이었다. 그 의식의 저변에는 자신의 손에 죽은 호랑이와 그것에 대한 복수를 노리는 또 다른 대호의 존재가 작용했음은 틀림이 없었다. 그리고 그것은 스스로 품은 의지에 대한 끊임없는 확인과 독려였었다.

내려다보던 팔다리를 가볍게 탁탁! 소리 내어 친 세철은 혈리표를 집어 들고 앉았던 몸을 일으켜 세웠다. 그 몸짓으로 머리 위에 얹혔던 눈이 우수수 흩어지며 흉터와 근육으로 불거진 몸이 제 모습을 드러내었다. 그것은 흡사 금강역사의 현신 같았다. 육 척 장신의 강인한 투사의 몸통과 그 피부에 문신처럼 새겨진 수많은 흉터 자국들. 거기에 팔과 다리를 감싼 시커먼 묵빛의 쇠붙이들은 묘한 감흥과 함께 마주 보지 못할 긴장과 압박을 흘려냈다.

세철은 눈바람을 맞으며 화로를 등지고 돌아섰다. 검게 그을린 얼굴에는 표정이 없었지만 짙은 눈썹 아래 우묵한 두 눈동자는 많은 감회를 이야기하는 듯 유심했다. 시선은 초라한 움막과 김을 피워 올리는 온천샘을 보고 있었다. 문득 지나간 십 년 세월이 꿈결같이만 느껴졌다. 그 시간을 생각하니 곧은 콧부리가 시큰해지고 굵은 입매가 꿈틀거렸다. 가슴속에선 뜨겁고 뭉클한 것이 치받아 올랐다.

이젠 떠날 때가 된 것이었다.

심회를 털어버리고 다시금 굳어진 눈매로 차분히 심정을 갈무리한 세철이 움집 너머 뒤쪽의 암반과 수목으로 이루어진 산정을 바라보았다. 그리고 두 손에 들려진 혈리표를 들어 올렸다. 양손에 각각 들린 원반을 합장하듯 마주 포갠 후 서로 다른 방향으로 마찰하듯 비벼 돌렸다.

슈캉!

귀신같은 세 개의 이빨들이 각자의 몸통에서 튀어나왔다. 그리고 그 검은 이빨을 본 세철의 눈빛이 번쩍 불을 토할 때 휘둘러진 두 팔과 함께 두 개의 혈리표가 비행을 했다.

쿠오오오오오오!

용(龍)의 울부짖음 같은 들어보지 못한 소리가 산을 가르며 퍼져 나갔다. 그러나 소리에 놀라 산이 떨기도 전에 그 용음(龍吟)을 뚫고 날아간 검은 두 줄의 선은 산의 몸통을 산산이 찢어발기고 있었다.

콰콰콰콰콰콰콰!

거목이 갈라지고 바위가 튀어 올랐다. 지면이 폭산하고 뿌리째 파헤쳐 잘려 나갔다. 산의 정상을 이루던 구성 요소들이 산산이 부서지고 가루져 나갔다. 그 위를 검은 두 줄기 번개가 비행하고 있었다. 그것은 마치 분노한 산신의 노여움과 같았다. 그리고 광포한 그 힘은 세철의 두 손을 들락거리며 기운을 받아내고 있었다.

눈앞에 펼쳐지는 엄청난 광경에 세철은 눈가를 떨었다. 이젠 더 이상 숙지할 것이 없을 정도로 조종에 익숙해졌지만, 처음에는 던져지면 돌아올 줄 모르는 쇳덩이에 불과했었다. 그러나 혈리표 운용의 비밀인 표면의 문양과 미로 같은 그 길을 따라 풀어내는 세심공(細心功)의 완성 이후는 거칠 것이 없었다. 그것은 마치 보이지 않는 실을 풀어 날리는 연놀이와 같은 느낌이었다. 그리고 그 결과는 이렇게 지옥을 연출해 내고 있었다.

이제는 갸웃하던 의문의 모든 것이 풀어졌다. 어찌해서 한갓 철공장이가 한 쌍의 암기로 세상을 도륙내었는지 짐작이 되었다. 이것에는 숨겨진 또 다른 내력이 있는 것이 분명했다. 복수에 눈먼 한 개인이 만들어냈다기에는 믿을 수 없는 물건이 이것이었다. 이만한 무기를 만들려면 적어도 당문과 같은 곳에서 수대를 걸쳐 많은 이들이 연구하고 노력해야만 가능할 일인 것이다. 아니, 그래도 불가능할런지도 몰랐다.

거기에다 운용심법인 세심공은 간단한 듯하면서도 현묘한 도리를 품은 범상치 않은 것이었다. 어딘가 모르게 제한되고 가공된 듯한 흔적이 엿보이지만, 이것 또한 오랜 시간의 역사를 지닌 내력이 깃든 심공(心功)임에 틀림이 없었다. 분명 숨은 곡절이 끼어 있음이 명백해 보였다.

세철은 손 안으로 날아 들어오는 혈리표를 받아 들었다. 그리고 두 개의 물건이 흔적을 남긴 산정을 바라다보았다. 참으로 가공할 노릇이었다. 이전의 모습이 완전히 사라진 산정은 귀신의 갈퀴로 파헤쳐진 무덤의 형상처럼 혹독하게 깎여 나간 비참한 모습이었다.

그 위로 눈이 쌓이고 있었다. 아프고 참혹한 상처를 메워주듯이, 내리는 눈은 점점 더 많아지고 굵어져 가고 있었다. 눈은 세철의 머리 위에도 손 위의 혈리표에도 내려앉고 있었다. 그 서늘한 감촉에 새삼 어색함을 느끼는 세철은 소름이 돋아 올랐다. 부르르 어깨를 털어냈다. 그러나 어쩌면 소름의 원인은 다른 곳에 있는지도 몰랐다.

자꾸만 눈길이 가는 손 안의 혈리표는 말없이 차가움만 더해가고 있었다.

떠나는 세철의 길을 막고 선 것은 예의 그 호랑이 놈이었다. 늘상 그렇듯이 계류의 앞길을 막아서던 놈은 오늘도 변함없이 얼어붙은 물가에 버티고 서 있었다. 그러나 마주쳐 오는 눈빛이 전과 같지 않았다. 산을 떠나는 세철의 행색을 안 것인지 다급한 초조가 눈 안에 가득 들어 있었다. 그럴 수밖에 없었을 것이다. 지난 칠 년간을 하루같이 노려 오던 목표가 사라지는 것인데, 한낱 짐승의 심정이라 해도 분별이 없을 수가 없었다.

세철은 길을 막고 조급하게 어슬렁거리는 놈의 행태를 가만히 바라보았다. 지난 시간의 대부분을 저놈으로 인해 긴장을 늦출 수가 없었다. 절벽을 탈 때나 대숲을 나올 때도, 사냥을 나갈 때나 망치질을 할 적에도 언제나 놈의 시선을 떨쳐 낼 수가 없었다. 그러나 한편 생각하면 수련을 함에 있어 득이 되어 작용한 점도 작지 않았다. 그리고 그러한 기억들을 모두 통틀어 오늘이 놈을 보는 마지막 날이 될 것이었다.

지금까지도 놈이 노리는 것은 세철의 목숨이었지만, 늠은 이미 늙어가고 있었다. 나무 밑동을 치는 발톱도 무디어진 지 오래고, 다른 짐승의 목줄을 뜯던 송곳니도 닳아진 것이 예전이었다. 그 반면에 세철의 강인함은 주체 못할 정도로 나날이 달라져 갔다. 이미 진작에 놈의 목숨을 취할 수도 있었지만, 산의 일상으로 받아들인 세철은 그렇게 하지 않았었다. 그리고 언제부터인가는 놈조차 역전된 힘의 상황을 받아들이는 듯 보였다. 그럼에도 복수를 향한 놈의 집념은 오늘에까지 꺾이지 않고 있는 것이었다. 집요함과 함께 옅은 서글픔마저도 느껴졌다.

버티고 선 호랑이를 보며 어쩔 수 없음을 느낀 세철은 뒤허리에 비끄러맨 강도를 잡아 뽑았다. 그리고 놈을 향해 걸음을 옮겼다. 그걸 본 놈의 털들이 곤두서고 벌어진 주둥이에서 울음이 울려 나왔다. 다급해진 놈의 숨결이 서리처럼 김을 뿜어냈다.

세철은 칼을 치켜들었다. 이제 마지막 처리를 하고 모든 것을 종결지을 때였다. 그러나 그때 둘 사이를 만류하듯이 산속 멀리서 안타까운 짐승의 울음이 울려 퍼졌다.

캬우우우우웅!

그 소리를 들은 대호 놈의 눈 속에 급격한 떨림이 생겨 나왔다. 놈은 고개를 좌우로 흔들며 불안해했고, 갑자기 큰 걸음으로 맴을 돌며 안절부절 못했다. 그 외중에도 시선은 세철에게서 떠나지 않았고, 놈을 부르는 것이 확실한 울음소리를 떨치지 못하고 있었다. 울음소리는 또다시 애타게 들려왔다. 놈은 그제야 돌아가지 않던 고개를 돌리며 산과 세철을 번갈아 쳐다보았다.

세철은 흔들리는 놈의 눈길을 마주 보며 칼을 내렸다. 그 모양을 불안하게 바라보는 놈의 시선을 느끼며 세철은 천천히 가슴 앞에 수평으로 칼을 눕혔다. 그 칼날을 양손으로 움켜잡고 힘주어 분질러 버렸다.

캉!

날카로운 쇳소리와 함께 강도가 두 조각으로 부러져 나갔다. 그 소리와 모양에 움찔 뒤로 물러서던 놈이 알 수 없는 의미로 으르렁거렸다.

세철은 손에 잡혀 있는 두 조각의 강도를 숲 속으로 던져 버렸다. 그리고 아무 일 없던 것처럼 걸음을 옮겨서 걸어가기 시작했다.

사뿐하게 내딛는 걸음은 불안한 대호의 곁을 스치며 지나쳐 갔다.

제 앞을 지나는 세철을 바라보는 호랑이 놈은 움직이지 않고 있었다. 발길은 계속해서 계류를 건너가고 있었고 등 뒤가 돼버린 대호 놈에게선 숨소리만 들려 나올 뿐이었다.

그렇게 세철은 점점 더 멀어져 갔다. 그리고 멀어져 간 걸음이 어느새 까마득해질 무렵, 산을 뒤로 두고 세상을 향해 걸어가는 세철의 등 뒤에서 커다란 포효 소리가 천둥처럼 울려 퍼지고 있었다.

크와아아아앙!

2장 중원행(中原行)

중원행(中原行) 1

　계절이 다한 모양인지 내리던 눈은 진눈깨비로 변해 흩날리고 있었다. 땅은 질척거렸고 하늘빛은 회색으로 을씨년스러웠다. 인적없는 여로는 황망스러웠으며 바람은 여전히 차가웠다. 춘삼월을 앞둔 날 빛치고는 정말 고약하기 이를 데 없었다.

　이런 음울한 날씨를 뚫고 장성(長城)을 넘어 하북(河北) 땅에 들어선 지 하루, 처음 만난 마을은 적막하고 고즈넉하기만 했다. 아니, 그뿐만 아니라 마치 버려진 촌락처럼 개 짖는 소리조차 들리지 않았다.

　당나무를 지나쳐 마을로 들어서는 세철은 인적 끊긴 거리를 보며 걸음을 옮겼다. 이상한 일이었다. 얼핏 보아도 백여 호는 족히 되어 보이는 마을은 사람의 흔적이 없었다.

　더구나 농한기인 이 겨울에, 또한 경도(京都)로 통하는 요로 중의 한 곳에 위치한 접경 부락에 사람의 모습이 보이지 않는다는 것은 이상스

러웠다. 너무나 조용했다. 텅 빈 것도 같았고 마치 야경꾼의 딱딱이 소
리에 맞춰 잠든 한밤의 정경과도 같았다. 다만 날이 아직 밝을 뿐이었
다.

의아함을 품고 둘러보는 사이 어느덧 세철의 발은 마을의 중앙을 걷
고 있었다. 다시 한 번 주변을 돌아보았다. 역시 눈에 보이는 집들은
모두가 문들을 걸어 닫은 모습이었고, 동리를 관통하는 중심로의 한 켠
에 위치한 마방(馬房)에서는 말들의 입김만 푸르릉거리며 흩날려 나왔
다.

세철은 고개를 내밀고 자신을 넘겨다보는 말들과 눈길을 맞추다 문
득 걸음을 멈춰 세웠다. 그리고 한곳을 주시하며 걸음을 옮기기 시작
했다. 세철이 목표로 하는 곳은 마방의 바로 옆집이었다. 그곳은 모두
가 닫아 걸린 인가와 상점들의 모양과 달리 대문을 활짝 열어젖힌 모
습이었다. 그리고 그곳으로부터 귀에 익은 소리가 들려 나왔다.

땅. 땅. 땅.

망치질 소리가 흘러나오는 곳은 길다랗게 말들이 매어진 마방 옆에
붙어 선 대장간에서였다. 천천히 발걸음을 옮기던 세철은 그 앞에 멈
춰 서서 찬찬히 안쪽을 살펴보았다. 그리고 비어버린 것 같은 마을에
서 처음으로 사람의 종적을 발견해 냈다.

세철의 눈에 제일 먼저 들어온 것은 바깥 벽에 차곡히 포개어 기대
져 있는 여러 장의 문짝들이었다. 회색에 가까운 갈색의 무늬로 거친
표면을 찾을 길 없는 그것들은 맨지름란 표면만큼이나 세월의 기록을
내비쳤다. 그리고 그 안쪽으로는, 시커멓게 물든 듯한 대장간의 바닥
이 칙칙하고 무겁게 눈에 보였다.

그 바닥을 따라 제일 깊숙이 벽쪽으로는 커다란 화로가 시뻘겋게 달

아 있었고, 화로의 타로 앞 대장간의 정중앙에 쇠를 벼르는 모루가 짐
승처럼 버텨 앉은 것이 눈에 들어왔다. 그 모루 앞에 마을로 들어와 본
유일한 사람인 대장장이가 서 있었다.

예기치 않은 인기척에 놀란 대장장이는 세철을 빤히 쳐다보았다. 오
른손엔 내려치다 만 망치가 들려 있고, 왼손에는 철 집게로 집어 든 쇠
붙이가 잡힌 채로였다. 경색된 얼굴은 이미 중년을 넘어 보였으며, 이
마를 동여맨 무명 수건 아래의 낯빛은 불길에 그을린 쇠빛이었다.

그런 대장장이의 눈빛이 사나워지며 급격하게 좁아들었다. 시선은
꺼림칙한 빛깔로 변하며, 얼굴 가득 의심과 경계를 담은 신색을 내보였
다. 그런 눈으로 문가에 선 세철을 머리끝부터 발끝까지 차곡히 살펴
보았다.

대장장이의 눈에 비친 세철의 모습은 흥미로웠다. 이방인이 분명해
보이기는 하고 있지만, 여로를 가진 자의 행색으로는 많이 부족해 보였
다. 더구나 이런 계절에 이렇게 흉한 날씨에 말이다. 하지만 이방인 사
내의 모습은 서리서리 위압감을 뿜어내는 범과 같았다.

신장은 육 척을 훌쩍 넘겨 보이는 장대한 체구였고, 굵직한 어깨와
팽팽하고 길쭉한 팔다리는 위협마저 느낄 정도였다. 얼굴빛은 자신처
럼 검붉은 구릿빛이었으며, 강렬해 보이는 낯색 안쪽의 숱 검은 눈썹은
검날처럼 짙고 예리했다.

그 아래 우묵한 두 눈은 잠자는 범의 눈알처럼 위험스러워 보였고
굵게 선을 그은 입술은 천주부동의 의지를 내비치고 있었다. 거기에
더해 몸에 걸쳐진 흑색의 무복은 색 바랜 흐릿함으로 사내의 기세를
고조시켜 주었고, 그 옷 위로 도드라져 보이는 몸의 굴곡은 예사로이
보이지 않았다.

그런 강인한 인상의 사내 등에 중들이나 메는 회색의 바랑이 걸쳐
매어져 있었다. 그리고 자신처럼 바라보던 이방인 사내가 입을 열어
말했다.

"불 좀 쪼입시다."

고저없는 굵은 저음의 목소리가 담담하게 흘러나왔다. 그러나 대장
장이는 이렇다 할 말이 없이 세철의 얼굴만 쳐다보고 있을 뿐이었다.

"안 되겠소?"

한 발 다가선 세철이 다시 한 번 물었다. 그런 그의 등 뒤로 여전히
진눈깨비가 흩날려 내렸고, 처마 밑으로 다가선 세철의 몸 위로 녹아
내린 낙숫물이 떨어지고 있었다. 세철의 머리와 어깨가 축축히 젖어
내렸다. 그리고 그 모습을 바라보던 중년의 대장장이는 답변이 아닌
질문을 던졌다.

"어디서 오는 길인가?"

질문을 받은 세철은 잠시 대장장이의 얼굴을 바라보았다. 그리고 곧
바로 대답을 했다.

"요하(遼河)를 건너서 오는 길이오."

대장장이는 또다시 질문을 했다.

"어디로 가는 길인가?"

"하남(河南) 땅으로 가오."

세철의 대답 역시도 간단명료했다.

대답을 듣던 대장장이는 세철의 얼굴에서 무엇인가를 찾아내려는
기색이었지만, 무표정한 구릿빛의 얼굴은 아무것도 읽어낼 것이 없어
보였다. 그리고 그렇게 얼굴만 보며 대답을 내어주지 않는 사이, 세철
의 발길은 뒤를 향해 돌아서 버렸다.

"실례했소."

한마디를 던지고 미련없이 돌아서는 모습은 처음처럼 갑작스러웠다. 대장장이의 눈에 짧은 당황이 스치고, 나오지 않던 대답은 그제야 흘러나왔다.

"들어오시게, 겉손을 내치는 일은 없는 법이니."

돌아서던 세철의 발길이 우뚝 멈춰 섰다. 다시금 시선은 대장장이에게로 돌아갔고, 곧바로 발길을 옮겨가며 제 집을 들어가는 사람처럼 거침없이 안으로 들어섰다.

"많이 젖었군 그래."

세철의 행동을 바라보던 대장장이가 젖은 몸을 쳐다보며 말을 건넸다. 그러나 대꾸없는 세철은 고맙다는 인사도 없이 화로 앞으로 다가섰다. 중년의 대장장이 역시 신경 쓰지 않는 듯 세철의 옆모습을 보며 다시 말했다.

"엔간히 몸을 녹이거든 가던 길을 가시게나. 자칫 잘못하면 봉변을 당할 수도 있을 테니."

뜻 모를 한마디를 던져 내고 대장장이는 멈췄던 작업을 다시 시작했다. 세철은 고개를 틀어 대장장이를 바라보았고, 시선을 외면한 대장장이는 망치만을 휘둘러 댔다.

땅. 땅. 땅.

튀듯이 소리가 울려 퍼졌다. 쇠는 이리저리 맞아가며 울고 있었고 그걸 때리는 중년의 사내는 일에 열중이었다. 그리고 그 모습은 기억 속의 누군가를 많이 닮아 있었다.

유심한 빛으로 대장장이를 바라보던 세철은 시선을 다시 돌렸다. 눈앞에는 화로가 열기를 뿜어내며 화르락거렸다. 그 안에는 벌겋고 노랗고 파란 불꽃들이 광대들처럼 춤을 추었다. 그렇게 어우러지는 춤사위 속에서 지나간 일들이 아련하게 피어올랐다.

송화촌… 석벽야산… 대장간… 나그네… 혈리표… 아버지… 아버지……!

기억 속의 일들이 아버지의 마지막 얼굴에 미친 순간, 세철의 두 주먹이 움켜쥐어지며 울듯이 부르르 경련을 했다. 한껏 치켜뜬 눈은 삼켜 버릴 것처럼 불꽃을 노려보았고, 악물린 어금니 위로 볼 근육이 주름을 지었다. 그리고 서릿발 같은 살기가 온몸을 타고 뻗쳐 나왔다.

숨 막힐 듯한 분노였다.

"이, 이보게나."

그 기세를 느꼈음인지 망치를 내린 대장장이가 당황한 어투로 말을 걸었다.

흠칫, 정신이 돌아온 세철은 자신의 실태를 깨달으며 대장장이를 돌아보았다. 어느새 표정은 처음처럼 변해 있었다.

"허, 허흠. 자, 자네, 그 옷 말일세."

아무 일 없던 것처럼 무표정을 짓고 있는 세철에게 불안한 눈빛의 대장장이는 헛기침을 하며 다른 말을 건넸다.

"아무래도… 불가에 널어 말리는 것이 낫지 않겠나? 그래야 더 빨리 마를 듯한데……."

말을 들은 세철은 시선을 내려 자신의 매무새를 돌아보았다. 젖었던 옷이 불가에 선 덕분인지, 어느새 하얀 김이 모락모락 피어오르고 있었다. 그러나 아직도 여전히 축축했다. 그리고 방법을 권해준 대장장이의 말은 머물 시간을 단축하라는 축객의 의미이기도 했다. 세철은 대장장이를 보며 말을 건넸다.

"오래 머물지 않습니다. 마을에서 길양식만 구하면 바로 떠나겠습니다."

검고 우묵한 눈을 들어 말하는 세철은 여전히 무표정했다. 하지만 그 얼굴과 말을 들은 대장장이는 미안한 마음이 들었는지 표정을 누그러뜨리며 한숨을 내쉬었다.

"후우! 미안하이. 인심이 이러해서는 아니 되는 법인데, 때가 때인지라서 못할 소리와 눈치를 주게 되었구먼."

세철은 가만히 대장장이만 바라보았다. 그는 또다시 입을 열어 이야기했다.

"동리에 들어오며 느꼈겠지만 마을에 큰일이 있어 모두가 몸을 숨기고 두문불출이라네. 이유인즉슨, 비마대(飛馬隊)라 일컫는 마적의 무리들이 오늘내일 쳐들어올 예정이기 때문이지."

세철의 눈길이 한숨 같은 대장장이의 시선을 좇아 길가를 둘러보았다. 그렇게 돌아간 대장장이의 눈길은 길 밖에 머물며 목소리만 들려나왔다.

"벌써 여러 차례 그런 일이 있었지. 사람이 죽고 재물과 여자들을 빼앗기고… 관가에 고변을 해보아도 군병들이 몰려왔다가 가면 그뿐, 놈들의 수탈은 끊이질 않았다네."

"경도(京都)가 지척인데 도적 떼란 말입니까?"

세철의 굵직한 목소리가 의아함을 담고 물었다. 대장장이는 돌아갔던 고개를 다시 돌리며 입을 열었다.

"등잔 밑이 어둡다고, 토포군을 상주시키지 않는 한 그런 것은 아무 소용이 없다네. 더구나 놈들은 바람처럼 떠도는 마적 떼이니까 말일세."

세철의 눈을 바라보며 이야기하는 대장장이의 얼굴에는 애석함과 분노가 어려 있었다. 그리고 그는 세철의 이야기를 끄집어냈다.

"사람 보는 내 눈이 틀리지 않다면 자네는 마적 떼와는 관련이 없겠지만, 까마귀 날자 배 떨어지더라고 오해받기 딱 알맞은 때에 찾아든 셈이네. 이처럼 어수선한 때에 자네 같은 인상의 신원이 불명한 사내는 경계를 할 수밖에 없겠지."

말을 마치며 대장장이는 마주 보던 세철의 시선을 슬쩍 외면했다. 세철은 무덤덤하게 이야기했다.

"난 도적 떼와 관계가 없습니다."

감정이 실리지 않은 명료한 세철의 말에 대장장이는 다시 눈길을 주었다. 그리고 조심스럽게 얘기했다.

"그렇겠지……. 하지만 모두가 닥쳐올 일에 대해 신경을 곤두세우고 있는 지금, 사소한 것이라도 큰일의 단초가 되는 법일세. 더군다나 마을에서는 지금 마적 떼와 맞서기 위한 방안을 강구 중이라네. 때문에 수상한 거동을 보이는 외지인들을 극도로 경계하고 있다네."

잠시 말을 끊은 대장장이는 모루 위에 내려치던 말없는 쇠붙이로 시선을 주었다. 그리고 긴 한숨과 함께 푸념 같은 걱정을 늘어놓았다.

"휴우, 그러나 뜻대로 될런지… 연줄있는 무림인들을 초빙했다지만 수십 인의 도적들을 어찌 당해내려나……. 게다가 강호인들이라 하는 것들도 결국에는 도적에 매한가지인 것을."

넋두리 같은 대장장이의 말을 들으며 세철은 생각했다. 세상은 곳곳에서 도적놈들이 들끓었다. 그것이 재물을 훔치는 도적이든, 사람의 목숨을 빼앗는 도적이든, 또는 역사를 무너뜨리고 나라를 강탈하는 도적이든. 그리고 그런 도적놈들은 아무런 이유 없이, 하등의 상관 없이 타인의 인생에 끼어드는 것이다. 그렇게 예고없이 끼어들어서는 제 욕심을 채우고자 남의 일생을 도륙내는 것이다.

그런 놈들은 모두 죽여야 했다. 아니, 잡아서 씨를 말려야 했다. 하지만 무엇보다도 중요한 것은, 그런 도적놈들에게 휩쓸리지 않을 힘이 있어야 했다. 힘만 있다면, 무시해도 좋을 만큼의 능력만 있다면 자신의 인생을 지키고 가족의 인생을 보존할 수 있는 것이다. 그것이 세상이었다. 힘있는 자가 이기는 것. 그런 자의 말이 법이 되고 규율이 되는 것. 세상은 여지껏 그렇게 굴러왔고 앞으로도 그렇게 흘러갈 것이다.

지금 이 마을에도 그런 일이 벌어지고 있는 것이다. 그리고 결과는 이들이 가진 힘으로 판가름날 것이다. 그 마적 떼가 강하다면 마을은 다시 또 봉변을 당할 것이고, 반대로 마을의 힘이 세다면 부락을 지켜낼 수 있을 것이다. 그러나 만에 하나라도 세불리한 일이 되어진다면 반항을 한 마을은 몰살을 당할 수도 있을 것이다. 그리고 그것은 반격을 결심한 순간부터 이들이 각오해야 할 일인 것이다.

아마도 그런 일이 벌어진다면 많은 이들의 인생이 뒤바뀔 것이 분명하다. 또 거기에 부속된 가족들의 인생까지도. 안타까운 일이다. 그렇지만 개입하고 싶지 않았다. 그럴 수 있는 여유도 없었지만, 이것은 이들이 당면한 일일 뿐이었다. 세철에겐 세철 자신의 일이 있다. 그 일만으로도 벅찼다.

이미 십 년간이나 종적이 묘연한 그놈을 찾기 위해서는 하루라도 빨리 소림사로 가야만 했다. 그리고 그 절의 중들에게 물어봐야만 했다. 아마도 소림의 승려들은 그놈의 뒤를 좇고 있을 것이었다. 그리고 그놈의 종적을 찾게 된다면, 그때는 세상의 끝장을 볼 것이었다.

가지를 치던 생각이 원수 놈의 영상에 이르자 다시금 악물려지는 입술과 무거워지는 마음으로 눈빛을 돋우던 세철은, 이내 생각을 털어내며 고개를 세웠다. 그리고 대장장이를 쳐다보았다. 하지만 대장장이는 세철을 보고 있지 않았다. 그의 시선은 문 밖의 거리를 향하고 있었고, 벌려진 입에서는 당혹스런 음성이 흘러나왔다.

"이런! 저들이 나타나는구만. 어허, 낭패로세……."

세철이 처음 올 때처럼 마을의 중심거리를 거슬러 오는 사내들의 기세는 험악하기 그지없었다. 일행의 숫자는 모두 일곱이었고, 그들의 선두를 두 사내가 앞서 걷고 있었다. 그리고 모두가 대장간의 앞에 다다랐을 때 선두의 두 사내 중 왼편의 사내가 입을 열어 말했다.

"이봐, 당신! 어디서 오는 길인가?"

위협스런 사내의 목소리는 칼칼한 느낌을 주었다. 삼십 대 초반의 얼굴은 하관이 빠른 길죽한 말상이었고, 얼굴만큼 기다란 키에 청색 무복을 받쳐 입었다. 그 뒤에 포진하듯 선 다섯의 사내들도 청색의 무복이었으며, 핍박하는 험한 얼굴로 손에는 유엽도(柳葉刀)들을 들고 기세를 부렸다.

선두에 선 또 한 사내는 기품있는 유려한 얼굴에 질 좋은 남색 무복을 입은 젊은 사내였다. 서늘하게 세철을 바라보는 표정은 여유로웠으며, 마주 안은 두 팔 사이에는 날씬한 안령도(雁翎刀)가 안겨 있었다. 그 얼굴도 삼십을 갓 넘겨 보였다.

긴장이 고조되는 그 순간, 처음 사내가 던진 질문에 대한 대답은 대장장이의 입에서 흘러나왔다.

"지나는 길이라 하오. 하남까지 간다고 하던데……."

질문을 던졌던 말상사내의 눈이 돌아왔다. 그 눈과 입이 대장장이에게 화를 내었다.

"당신에게 물었나? 앙? 그리고 낯선 자를 보면 자경단(自警團)에 발고하라던 마을의 훈령을 잊은 건가?"

움찔한 대장장이는 급하게 입을 열었다.

"아니, 그런 것이 아니라, 이 청년은……."

"아니면?"

말을 끊으며 말상사내의 음성은 강하게 터져 나왔다.

"아니면 우리 자경단을, 아니, 나 삼양권(三陽拳) 이귀(李龜)를 무시하는 것인가? 저자가 적도(賊徒)의 무리가 아니라는 증거라도 있나? 우리가 지금 왜 이러고 있는지 모르나? 엉?"

대장장이의 얼굴은 당혹함에 붉게 달아올랐다. 그리고 그 붉음은 모멸에 대한 분노로 바뀌어갔다. 그는 붉은 얼굴로 삼양권 이귀를 바라다보았다. 그러나 그뿐 이내 분노한 눈길을 거두며 고개를 돌려 버리고 말았다.

그 모양을 보던 삼양권 이귀란 자는 가볍게 코웃음을 치며 냉소했다.

"흐흥! 하고 싶은 말이 있는 모양이군. 좋아! 유가(柳哥), 당신에 관한 일은 나중에 다시 따지기로 하지."

삼양권 이귀는 다시 세철에게로 눈길을 돌렸다. 그러나 그때 묵묵히 서 있던 세철이 발걸음을 들이밀고 입구로 나섰다. 시선은 대장장이에게 향한 채였고, 입으로는 태연하게 작별의 인사말을 내뱉었다.

"불, 잘 쬐고 가오."

말은 짧고도 간단했다. 간다는 인사였다.

　발걸음은 성큼성큼 거침이 **없었고** 당황한 대장장이도, 황망한 표정의 일곱 사내도 그런 세철의 표정없는 얼굴만 보고 있었다.

　그렇게 총망스런 짧은 순간, 문틀을 넘어 한 걸음을 내딛는 세철을 보며 안령도를 안은 사내가 눈살을 찌푸렸다. 그와 동시에 삼양권 이귀가 소리를 질렀고, 다섯의 사내들은 세철의 앞길을 가로막았다.

　"뭐, 뭐야? 막아!"

　세철의 앞을 막아선 사내들은 유엽도의 손잡이를 잡고 있었다. 눈빛은 흉흉하기 이를 데 없었고 힘이 들어간 손은 여차직하면 바로 뽑아서 그어댈 기세였다.

　"뭐냐! 이놈! 어딜 그냥 가려는 게냐? 묻는 말에 제대로 답을 안 하는 것을 보니 뒤가 구린 놈이로구나!"

　입구를 넘어 오른편으로 멈춰 선 세철의 등을 보며 삼양권 이귀의 길쭉한 턱이 들썩대면서 소리쳤다. 그리고 앞을 막아선 다섯 사내들을 마주 보던 세철의 넓은 등이 천천히 뒤를 향해 돌아섰다. 그 눈이 삼양권 이귀를 보고 말을 꺼냈다.

　"지나던 길이었소. 이 길로 떠나겠소."

　표정없는 얼굴에 기복없는 굵직한 목소리였다. 그러나 삼양권 이귀의 눈빛은 여전히 거세었고, 튀어나오는 칼칼한 목소리는 공격의 성향까지 짙게 내보였다.

　"당치 않은 소리! 어딜 마음대로 간다는 게냐? 이미 마을로 들어설 때부터 네놈의 동태를 살피고 있었다! 적당(敵黨)에 대한 혐의가 벗겨질 때까지 네놈은 아무 데도 갈 수가 없다!"

　이귀의 태도와 말을 듣는 세철의 눈빛이 조금씩 짙어져만 갔다. 그러나 이귀의 안하무인한 음성은 계속 흘러나왔다.

"흥! 이런 시절에 그런 허술한 차림의 여행자라? 네놈이 비마대의 간세가 아니라면 이런 시기에 마을을 찾을 까닭이 없겠지! 일 년 내내 여행자라 해봐야 봄철에 경도를 향하는 상단의 무리밖에 없는 곳이다. 보아하니 네놈도 한가락 수가 있어서 홀로 숨어들었겠지만, 순순히 말을 듣는 것이 좋을 것이다. 그렇지 않고 허튼 수를 부리다간 참살을 면치 못할 것이다!"

움직임없는 세철의 행동을 어찌 해석했는지, 비웃는 듯 협박하는 듯 이귀의 얼굴은 차갑게 호통 치며 미소를 지었다. 그리고 그런 그의 눈길은 조용히 칼을 안고 갈짱을 진 남색 무복 사내를 곁눈질로 훔쳐보았다.

"흐흐흐! 지난번 너희 놈들이 보낸 간세가 어찌 되었는 줄 아느냐? 바로 여기 계신 대협의 일도(一刀)에 목이 떨어져 버렸다. 단 한 칼에 말이다!"

이귀는 보기 싫은 웃음을 짓고 있었고 안시도의 남의(藍衣)사내는 가벼이 미소를 그리고 있었다. 이귀는 여전히 무표정으로 일관하는 세철의 얼굴을 보며 쐐기를 박듯이 말을 던졌다.

"이분 대협이 바로 팽씨 세가(彭氏世家)의 이자(二子)이신 경혼도(驚魂刀) 팽조(彭徂) 어른이시다! 네놈들도 짐작했기에 간세를 보냈겠지만, 이제 너희 마적의 무리 놈들은 모두 팽가 어르신들의 칼날 아래 개돼지처럼 죽어갈 것이다!"

선언하듯 내뱉은 말은 마을의 일에 팽씨 세가가 개입했음을 말하였다. 그 말속에 찬양하듯이 지칭된 팽가의 둘째 아들은 조금씩 더 미소를 짙게 그려갔다. 세철은 그들을 향해 다시 말했다.

"억지를 부리는군."

짧은 음성은 무겁게 가라앉아 각이 졌다. 그러나 그들은 느끼지 못하고 있었다.

"억지인지 아닌지는 조사를 해보면 알 일! 순순히 결박을 받아라!"

삼양권 이귀의 말은 이제 칼끝처럼 날이 돋아 나왔다. 그 앞에 선 세철의 검은 눈썹이 꿈틀, 요동질을 했다. 하지만 음성은 차분하게 이어져 나왔다.

"네 말대로 내가 간세라면 이렇게 허술하게 돌아다니지는 않았을 테지. 그렇지 않은가? 나는 마적 떼 따위와 관계가 없다. 길을 터라."

세철은 어느새 경어를 버리고 담담하게 평대를 하고 있었다. 그 반응이 즉각 튀어나왔다.

"뭐야? 네 말대로? 길을 터라?"

세철의 말을 되뇌며 씹어 먹을 것처럼 노려보던 이귀가 다시 소리쳤다.

"오냐! 앞뒤 분간을 못하는 걸 보니 네놈이 죽으려고 작심을 한 모양이구나! 네놈이 간세인지 아닌지는 끌고 가서 매타작을 안겨주면 드러날 일! 얘들아, 결박을 지어라!"

결정을 내린 이귀의 마지막 명령이 터져 나왔다. 그 말에 맞춰 다섯의 사내들이 칼을 뽑았다.

창! 차창! 치앵!

칼들이 예리한 몸통을 들어 흔들거렸고, 다른 손에 포승을 쥔 사내들이 다가들었다. 세철은 그 모양을 보다 다시 이귀에게로 시선을 주며 힘주어 말했다.

"거듭 말하지만… 길을 비켜라."

세철의 음성은 무겁게 가라앉아 있었고 눈빛은 조금씩 불길이 올라오고 있었다. 그러나 표정은 여전히 변화가 없었다.

"흐흥! 웃기는 놈이로군. 뭣들 하는 게야? 어서 무릎을 꿇려라!"

바라보며 조소하던 이귀가 재차 소리 질렀다. 세철은 칼 든 다섯 사내에게로 고개를 돌렸다. 그리고 서리 같은 음성으로 조용히 말을 던졌다.

"갈 길을 막는다면 가만있지 않겠다."

음산함을 넘어 한기가 도는 목소리가 불붙은 세철의 두 눈 아래에서 울려 나왔다. 다가서던 사내들은 심상치 않은 그 서슬에 움찔, 걸음을 멈추었다.

"이런, 머저리 같은! 반항하면 팔다리 하나쯤은 잘라내도 좋다! 어서 잡아!"

이귀의 추상같은 명령이 다시 떨어져 내렸다. 주춤하던 사내들은 다시 다가서며 어금니와 미간에 힘을 주고 무섭게 칼들을 휘둘렀다.

쐐액! 시엑!

정면을 가로막은 두 개의 유엽도가 먼저 떨어져 내렸다. 각기 양쪽 어깨를 노리고 내려치는 칼날은 회색의 하늘빛을 반사하고 있었다. 하늘은 어느새 내리던 진눈깨비를 감춰 버렸다.

그 하늘 아래서 세철은 두 개의 유엽도를 향해 반 보를 내디디며 두 주먹을 가슴 안에 십자로 모았다. 그리고 바깥으로 뿌려 휘둘렀다.

카캉!

쇠를 때리는 소리가 요란하게 터져 나왔다. 그와 동시에 세철을 내려치던 두 개의 유엽도가 좌우로 흩어지며 날아가 버렸다. 칼의 주인들은 찢어진 손아귀를 잡고 세철을 바라보았으며, 뒤쪽의 삼양권 이귀는 경호성을 내고 입을 벌렸다.

"뭐, 뭐가······."

그제야 사람들의 눈에 들어온 것은 떨어진 두 자루의 유엽도였다. 폭발하듯이 좌우로 튀어 나간 두 자루의 칼들은 마치 대장간의 대망치로 후려친 것처럼 도면(刀面)이 우그러져 있었다. 그렇게 종이장처럼 구겨진 모양으로 축축한 땅바닥에 내동댕이쳐져 있는 것이었다. 떨어진 칼들은 아직도 부르르 진동하고 있었다.

뜻밖의 사태에 놀란 두 사내들은 주춤주춤 뒷걸음질을 했고, 나머지 사내들도 칼을 내리고 뒷걸음질을 했다. 그 광경을 보는 이귀의 눈엔 당황스러움과 분노가 뒤섞여 나왔다.

이귀는 옆에 선 팽조를 돌아보았다. 세철을 보는 팽조의 시선은 뜻밖의 이채로 반짝거리는 빛을 보였다. 그리고 그런 팽조의 시선이 이귀에게로 돌아왔을 때, 이귀는 입술을 물고 세철을 향해 나서야만 했다.

힘들게 연결을 주선한 팽가와의 인연을 이런 하찮은 일로 실망시킬 수는 없는 노릇이었다.

"물러서라!"

전의를 상실한 다섯 사내에게 이귀가 소리쳤다. 우물쭈물 뒤로 물러서는 그들을 보며 이귀는 눈살을 찌푸렸다. 하지만 자경단이라곤 하여도 칼쓰기 몇 수를 익혔을 뿐인 마을 청년들에게 뭐라 할 수는 없는 노릇이었다.

한숨을 속으로 삼킨 이귀는 세철의 앞으로 마주 서며 차갑게 입을 열었다.

"주먹 힘이 가상하구나. 역시··· 숨겨진 한 수가 있다 이거겠지? 어디, 그 주먹이 나에게도 통하는지 두고 보자!"

이귀는 조소처럼 말을 뱉으며 세철을 향해 두 눈을 부라렸다. 그러
나 세철은 여전히 무표정이었고 두 팔을 내려뜨린 방임의 자세로 바라
다볼 뿐이었다.

그 얼굴을 마주 보던 이귀가 자세를 낮추었다.

오른발에 체중을 실어 무릎을 조금 구부렸고 왼발은 앞으로 내밀어
가볍게 뒷꿈치를 치켜세웠다. 허리는 꼿꼿이 세워 정면을 향해 힘을
주었고, 오른손을 가슴 앞에, 왼손을 그 앞쪽으로 내밀어 즈먹을 쥔 궁
보(弓步)의 자세를 잡았다. 그리고 차분히 호흡을 들이마시더니 폭발하
는 기합과 함께 터지듯 몸이 튀어나왔다.

"타앗!"

정련되고 빠른 몸놀림이었다. 기합과 함께 체중을 지탱하던 오른발
이 땅을 차며 밀어내고, 그 힘을 받은 왼발이 쭈욱 앞을 뻗으며 신형을
낮춰갔다. 뒤좇아온 오른발이 앞선 왼발을 스치며 앞서 나갈 때, 솟구
치며 떠오르는 신형과 함께 오른 주먹이 터져 나왔다. 소용돌이치며
옆구리를 떨치고 나온 주먹은 세철의 가슴으로 찍혀들고 있었다.

피잇!

바람을 가르는 소리가 귓가에 들리는 듯했다. 그리고 세철을 향해
뻗어가는 주먹을 보며 이귀의 입가에는 회심의 미소가 걸리고 있었다.

턱.

그런데 손끝의 느낌이 이상했다. 소리도 경쾌하지 않았다.

그 원인은 곧바로 눈에 보였다. 가슴이 아닌 세철의 왼손이 이귀의
정권을 받아 잡고 있었다. 서 있는 자세는 처음처럼 그대로였고 구릿
빛 얼굴은 여전히 무표정했다. 다만 이귀를 바라보는 두 눈에서 뜨거
운 기운이 넘실대며 흘러나왔다.

"이, 잇!"

당황한 이귀는 잡힌 주먹을 뿌리치려 했다. 그러나 거암에 맞물린 것처럼 주먹은 요지부동 힘을 쓸 수가 없었다. 이귀의 낯색에 다급함이 스쳤다.

"차핫!"

곧바로 위기를 모면키 위한 이타가 터져 나왔다. 이귀의 왼발이 번개처럼 세철의 낭심으로 꽂혀들었다. 요음각(腰陰脚)이었다. 그러나 그런 회심의 공격도 예상처럼 되지는 않았다.

뻗어오르던 이귀의 왼발에 세철의 오른발 정강이가 나가 맞부딪쳤다. 그런데 발과 다리가 격돌한 소리치고는 이상한 소음이 터져 나왔다.

텅!

"어헉!"

격돌음과 함께 이귀의 신음도 터져 나왔다. 인상을 잔뜩 찌푸린 그는 발을 주춤거리며 맞부딪친 세철의 정강이를 찡그린 채 노려왔다. 그리고 곧바로 눈빛만이 반짝거리는 세철을 향해 욕설을 내뱉으며 왼주먹을 휘둘렀다.

"이 자식!"

하지만 그 역시도 소득없이 끝나고 말았다.

"그허억!"

붙잡은 오른 주먹을 세철이 뒤집어 꺾어 올리고 있었다. 손목과 팔굽의 안쪽 관절이 하늘을 보고 있었고, 쪽 펴진 팔굽에 직각으로 꺾어진 손목은 아프게 혈관이 치솟아올랐다.

던진 왼 주먹이 채 닿기도 전에 이귀는 일그러진 얼굴에 식은땀을 흘려내며 조금씩조금씩 그 자리에 주저앉았다. 그 얼굴을 내려다보며 세철이 나직이 입을 열었다.

"아픈가? 내가 비켜서라고 하지 않았었나?"

고통에 일그러진 이귀의 입에서는 신음만이 흘러나올 뿐이었다. 하지만 세철의 물음에 답을 주는 이는 따로 서 있었다.

"이봐!"

세철의 고개가 소리나는 곳으로 돌아갔다. 거기엔 팽가의 둘째 아들 팽조가 서 있었다. 세철을 보는 눈은 오연하고 차갑게 가라앉아 있었으며, 가슴 앞에 모였던 손은 천천히 칼을 풀어냈다. 그 손이 날씬한 안령도의 몸통을 조용히 끄집어 올렸다.

스르릉.

깨끗한 은빛 칼날이 요염하게 반짝거렸다. 세철은 그 모양을 말없이 바라다보았다. 칼을 뽑은 팽조 역시도 말이 없었다. 이귀를 놓아주라던가 자신과 대적해 보자고 지껄이지도 않았다. 그저 눈길을 세철에게 맞추며, 천천히 옆 걸음으로 길의 중앙을 향해 걸어나갔다.

말없이 자신을 도발하는 팽조의 시선을 받으며 세철은 꺾어 쥔 이귀의 주먹을 들어 올렸다.

"으어억!"

소리를 내며 주저앉았던 이귀가 몸을 세웠고, 엄지를 벌린 세철의 오른 손날이 날아와 목울대를 후려쳐 버렸다.

"커헉!"

격한 신음과 함께 풍차처럼 발을 들고 돌아간 이귀가 땅에 처박혔다. 뒤통수부터 처박혀 구겨진 몸은 바닥을 구르며 경련을 해댔다. 그 모습을 보던 다섯 청년이 숨을 들이킬 때 세철은 길 중앙의 팽조에게로 걸음을 옮겨갔다.

마주 선 둘 사이로 늦겨울의 바람이 싸늘히 불어 닥쳤다. 그 바람을 맞아 뒤로 동여맨 세철의 검은 머리가 말총처럼 휘날렸고, 대치한 팽조의 칼 든 소매가 우는 것처럼 펄럭거렸다.

세철은 팽조의 담담한 기색 속에 불처럼 꿈틀거리는 투지를 볼 수 있었다. 누구나 흥분하고 투기를 흘려낼 수는 있으나 저처럼 제 자신을 제어하며 정돈하여 순열한 투지로 바꾸는 것은 쉬운 일이 아니었다.

가히 명가의 자제다운 기품이었다. 하지만 그럼에도 불구하고 세철의 적수가 될 수는 없었다. 세철은 지난 십 년간을 매일처럼 목숨을 걸어왔지만, 마주 선 팽조의 칼날에는 그런 절박함이 없었다. 그것이 바로 체험의 차이였고 의지와 신념의 간격이었다.

이 장의 거리를 두고 마주 보던 세철이 불현듯 먼저 발을 떼었다. 눈길은 팽조의 두 눈에 고정시킨 채였고, 걸음은 거침없이 좁혀들었다. 바라다보는 팽조의 눈빛에는 당황이 어리었다가 곧바로 불꽃 같은 투기가 새어 나왔다.

그렇게 다가선 세철의 걸음이 두 팔 길이로 좁혀졌을 때 팽조의 동공이 팽창하며 몸통이 흐릿해졌다. 그러나 흐릿함 속에 실은 오른발이 한 보 앞의 땅을 내딛은 순간, 오른손에 쥐어 위를 향해 거꾸로 솟구친 안령도가 세철의 몸통을 반분하였다.

피잇!

진저리쳐지게 빠른 쾌도였다. 그러나 그렇게 하복부를 가르며 솟아오른 칼날은 세철의 가슴께에서 멈춰 서고 말았다.

카앙!

또다시 날카로운 쇳소리가 거리를 울려 퍼졌다. 소리의 발원지는 세철의 가슴이었다. 그 가슴 앞에 날을 위로 한 안령도가 세철의 왼손 하박에 가로막혀 동작을 멈추었다. 경색된 팽조의 시선이 팔뚝으로 향했고, 그 팔에 둘러진 묵빛의 철비구를 확인할 수 있었다.

그리고 그 찰나에 칼날을 비껴 밀쳐 낸 세철의 검은 몸이 질풍처럼 다가들었다.

그 모습은 순간 공격을 하던 팽조의 몸짓보다도 더욱 빨랐다. 그렇게 검은 귀신처럼 간격을 없애고 다가선 세철의 옆구리에서 둥글게 돌며 터져 나온 오른 주먹은 팽조의 아래턱을 후려치고 돌아갔다.

털컥, 소리가 동시에 터지고, 보면서도 피하지 못한 팽조의 몸은 짐짝처럼 기울어져 내렸다.

철푸덕!

진창처럼 축축한 땅에 팽조의 몸이 쓰러지며 소리를 냈다. 땅에 튕겨진 머리는 한 번 더 덜렁거렸고, 움직임이 없어진 몸은 시체처럼 뻗어버렸다. 그렇게 쓰러진 오른손에 팽가의 도법을 뿌리던 안령도가 쥐어져 있었다. 틀어진 옆얼굴은 하악골이 부서졌는지 이상하게 뒤틀려진 모양이었다. 전광 같은 단 한 순간에 팽가의 새끼 호랑이는 이렇게 비참한 모습으로 사냥되고 만 것이다.

세철은 바닥에 널브러진 팽조에게 주던 시선을 거두고 뒤를 돌았다. 그곳엔 아직도 꿈틀대며 버르적대는 이귀가 제 목을 부여잡고 바닥을 비볐고, 그 뒤의 대장간에는 대장장이의 얼굴이 보이고 있었다.

세철을 바라보는 그의 얼굴은 반쯤 입을 벌린 채로 넋빠진 사람 같았다. 그리고 그 옆의 다섯 청년들은 놀란 채로 굳어 있었다. 시선은 쓰러진 팽조와 이귀를 번갈아 보고 있었고, 그 가운데 선 세철을 보는 눈빛에는 두려움이 가득 배어 나왔다.

그중의 한 명이 마침내 뒤를 돌아 뛰기 시작했다. 그런 제 동료를 보던 나머지 넷이 주춤주춤 걸음을 물렸으며, 곧 이어 앞서 간 동료처럼 뒤도 안 보고 뛰어가기 시작했다.

뛰어가는 그들을 보던 세철은 아직도 인적이 없는 황량한 마을의 거리를 돌아보았다. 그리고 쓰러진 자들을 뒤로 두고 조금씩 개이는 하늘을 보며 걸음을 옮겼다. 이대로 길양식을 구하는 일은 포기하고 가야 할 것 같았다. 길게 뻗은 마을의 중심 길은 저만치 앞쪽으로 끝을 보이고 발길을 인도했다.

잿빛 바람이 불었다. 예상하지 않았던 소란은 끝이 나버렸고, 마을을 떠나가는 세철의 등 뒤에선 여전히 인기척이 없었다. 그저 말들만이 푸르릉거리고 있을 뿐이었다. 그리고 멀찍이 바라보는 중년의 대장장이는 그런 세철의 뒷모습을 말없이 보고 있었다.

중원행(中原行) 2

"게 섰거라!"

소리치는 목소리가 마을의 끝자락을 싸고 도는 회색 산허리를 때렸다. 강제를 명령하는 음성은 범종 소리처럼 커다랬고 무게 실린 위엄은 둔중하게 울려 퍼지고 있었다. 마을을 막 벗어나던 세철은 짐작되는 일들을 떠올리며 고개를 돌렸다. 생각 외로 신속한 반응이었다.

소리 지른 사내가 달려왔다. 아니, 날아오고 있었다. 발끝이 한 번 땅을 찍을 때마다 삼사 장을 도약하는 모습은 산중의 표범 같았고 허공을 물길처럼 거슬러 다가오는 신형은 유령처럼 표홀했다. 그런 사내의 뒤를 또 다른 인영들이 꼬리처럼 따라붙어 달려왔다.

피웃!

사내의 신형이 세철의 전방을 차고 오르며 머리 위를 넘어갔다. 잿빛 허공을 넘어 실패가 돌아가듯 옆으로 돌아 내린 사내가 땅을 딛었을 때, 짙은 남색의 옷자락은 파라라락 바람과 부딪치며 소리를 질렀다.

사내는 세철이 가던 길을 막아서 있었다. 연이어 사내의 뒤를 따른 인영들이 차례로 날아 내렸고, 우뚝 선 세철의 옆과 뒤를 모두 막아서 버렸다.

세철은 자신의 앞을 막아선 사내를 쳐다보았다. 짙은 남색의 무복으로 중년을 넘어서는 얼굴에는 호목(虎目)이 빛났고, 잘 기른 검은 수염은 위엄을 주고 있었다. 그리고 한쪽 손에 들린 두 자 길이 직배도(直背刀)는 사내의 정체를 짐작할 수 있게 해주었다.

이상한 날이었다. 생각지 않은 귀찮은 일이 자꾸만 발길을 붙잡는 날이었다. 장성을 넘어 들어와 처음 만난 마을에선 뜻밖의 시비를 겪었고, 그로 인해 길양식도 못 구하고 지나치던 마을은 빠르게 뒤축을 붙잡고 있었다. 여정을 생각하니 확, 하고 짜증이 치밀어 올랐다.

아이를 때리면 어른이 집을 나선다던가? 이건 꼭 그 꼴이었다. 눈앞에 선 중년의 사나이가 누군지 알 것 같았다. 겪어본 같은 색의 짙은 남의, 칼을 손에 품는 예사롭지 않은 몸가짐, 일거에 시위하듯 단축해 온 놀라운 경공.

마을 일에의 개입을 들은 팽가의 사람이 틀림없었다. 그리고 이들은 자신의 동료를, 가족의 일을 따지러 온 것임에 분명하였다.

"그놈입니다! 그놈이 팽조… 커헉!"

세철을 지칭하는 소리는 뒤늦게 달려오던 한 놈의 입에서 터져 나왔다. 그러나 휘청대며 뛰어오던 그놈은 소리친 때문인지 채 말을 잊지 못하고 피를 토했다. 삼양권 이귀였다. 놈이 목을 잡고 주저앉아 피를 토하는 이유는 아마도 세철이 안겨준 손날의 후유증인 모양이었다. 그 모양을 찡그리고 바라보던 중년 사내가 근엄히 세철을 바라보며 입을 열었다.

"어디로 가는 길인가?"

감정이 절제된 목소리였다. 마을에 들어섰을 땐 어디서 오느냐고 묻더니 이번엔 어디로 가느냐고 묻고 있었다. 울화 같은 기운이 가슴속에 들끓었다. 하지만 사내가 물어오는 질문은 무게가 달랐다. 막아선 이유가 팽조와의 일이 분명한데도 추궁이 아닌 노정(路程)을 묻고 있었다. 분노보다는 세철의 정처와 일의 원인을 캐고자 하는 기색이었다. 그것은 주위를 둘러싼 여러 명의 젊은이들도 마찬가지였다. 말없이 세철만을 바라보는 눈들에는 분노가 넘치고 있었지만, 선도하는 중년 사내의 처분을 따르고 기다리는 모습들이었다.

세철은 대답 대신 그들을 차례로 둘러보았다. 좌우 옆을 막아선 네 명의 사내들은 팽가의 사람들이 분명해 보였다. 맞춰 입은 것 같은 색 짙은 남의에 손에 잡힌 안령도. 그중 왼편에 선 한 사내는 팽조와 닮아 있었다. 아마도 한 배로 나온 듯한 그 사내의 눈에서는 짙은 살기가 흘러넘쳐 나왔다. 그리고 뒤를 막아선 일남일녀. 각기 날씬한 장검을 든 그들의 눈빛에선 투기나 살기보다는 호기심이 배어 나왔다.

세철의 시선은 앞을 향해 다시 돌아갔다.

"금사촌(錦絲村)을 찾은 이유가 무엇인가?"

다시 중년 사내의 질문이 흘러나왔다. 세철은 사내와 눈빛을 맞추며 마주 보았다. 그러나 고집스런 굵은 입매는 열리지 않았다.

"그대는 마적단의 일원인가?"

엇나가는 질문은 또다시 흘러나왔다. 이번에도 세철은 대답하지 않았다. 하지만 참지 못한 누군가가 소리를 질렀다.

"이런 쳐 죽일 놈 같으니! 무영도(無影刀) 어르신의 말씀이 들리지 않느냐?"

버럭 호통을 친 자는 팽가의 제자로 보이는 사내였다. 핏대 선 얼굴로 입을 벌린 그는 세철을 잡아먹을 듯이 노려보고 있었다.

세철의 고개가 소리 지른 자에게로 돌아갔다. 팽조의 형제로 보이는 사내 옆에 선 그자는 기세를 돋우며 칼을 붙잡고 눈을 부라렸다. 그를 보는 세철의 눈썹이 곤두서고 어깨가 꿈틀거렸다. 두 눈은 새파랗게 빛을 냈고 귀화처럼 넘실거리는 퍼런 독빛을 뿜어냈다. 그 모습은 아무리 담량 좋은 사내라도 마주 보기 힘든 야차 같은 형상이었다.

눈빛을 본 자들은 오금이 저리고 등골로 식은땀이 흘러가는 것을 느껴야만 했다.

소리친 사내가 움찔거리며 눈빛을 거두어들였다. 아무리 자신들의 세(勢)가 유리하다고는 하지만, 정체를 알 길 없는 야수 같은 눈빛의 저 사내는 팽조를 쓰러뜨린 자였다. 그것도 믿을 수 없게, 단 한 수에 박살을 냈다는 것이었다. 있을 수 없는 일이었다.

팽조가 과연 어떤 자인가. 그는 그렇게 쓰러질 수 없는 사람이었다. 팽가 비전인 오호단문도(五虎斷門刀)를 연성한 것은 둘째 치고라도, 자타가 공인하는 강북무림(江北武林) 최고의 후기지수 중 한 명이었다. 그것은 옆에 선 팽가의 장자(長子) 팔비도(八臂刀) 팽수(彭首)도 마찬가지였지만, 두 사람은 그렇게 대내외로 인정받던 팽가의 자랑이었다. 그러나 그런 팽조가 저자에게 쓰러진 것이다. 그리고 그것은 이 자리에 선 모두가 알고 있었다.

"말을 하지 않을 셈인가?"

때마침 세철의 기세를 흩트리는 음성이 흘러나왔다. 세철의 시선이 돌아갔다. 무영도라 불린 팽가의 중년 사내였다. 답을 요구하며 고조

된 그의 눈을 향해 세철이 되물었다.

"당신은 누구요?"

무영도란 중년인의 눈에 순간 허탈함이 스쳤다. 그리고 세철의 뒤쪽에 선 일남일녀의 입에서는 가벼운 탄식이 나왔다. 좌우에 선 팽가의 인물들은 기가 막힌 얼굴을 만들었다. 그 얼굴들은 모두가 무영도란 외호를 듣고도 어찌 모를 수 있냐는 표정이었다. 그러나 세철의 얼굴은 모르쇠였다. 그 얼굴을 유심히 바라다보던 중년인은 물음에 순순히 답을 주었다.

"나는 팽가의 사람으로서 세가주의 동생이 되는 팽귀호(彭貴鎬)라 하네. 강호의 사람들을 나를 일러 무영도라고도 하지. 그리고 자네와 격돌했던… 팽조, 그 아이는 나의 조카가 되네."

껄끄러운 부분을 흐리며 자신을 밝힌 팽귀호는 곧바로 본론을 꺼내 들었다.

"자, 이젠 마을을 찾은 목적을 이야기해 보겠나? 그리고 자네의 정체는 무엇이지?"

어느새 말투는 무거워졌고 눈빛은 날이 서 있었다. 하지만 마주 보는 세철은 돌 같은 표정만 지어 보였다. 그리고 그 입을 통해 나온 대답 역시 무쇠 같았다.

"난 할 말이 없소. 길을 비키시오."

싸늘한 공기가 주변을 얼려 나갔다. 마주 서서 대답을 들은 무영도 팽귀호의 눈끝이 조금씩 위를 향했고, 주변에 선 젊은이들의 얼굴에선 분노가 피어올랐다. 그리고 그들의 곁에 주저앉아 전체를 조망하던 삼양권 이귀는 불길한 생각이 꾸물거리며 피어나는 것을 느꼈다. 지금의 이 상황은 어쩐지 자신이 겪었던 마을 안에서의 일들과 닮아 있었다.

아니, 거의 똑같았다.

정체를 묻는 일행. 비켜 서라는 검은 사내. 그리고 그 후에 벌어지는……

이귀는 아픈 목을 잡고 고개를 세차게 흔들었다. 같은 일이 반복된다는 것은 꿈도 꿀 수 없었다. 지금 저 시커먼 색 일색인 사내놈과 마주 선 사람은 보통 사람이 아니었다. 그는 하북(河北)의 패자(覇者) 팽가주 백일천승도(百日千勝刀) 팽진성(彭眞性)의 동생이며, 휘두르는 칼 그림자조차 보이지 않는다는 절정의 도객(刀客), 무영도 팽귀호였던 것이다. 그런 그의 심기를 건드린 저놈은 이제 곧 두 쪽이 날 것이었다.

"무례하군! 종전의 일에도 불구하고 예의를 갖춰 물었건만 대답이 그러한가? 끝내 힘을 쓰게 만들 참인가?"

차갑게 높아진 팽귀호의 음성이 터져 나왔다. 그러나 그런 팽귀호의 노여움보다도 먼저 몸을 움직인 자가 있었다.

세철의 왼편에서 팽귀호가 서 있는 전면으로 훌쩍 몸을 옮긴 자는 팽가의 장자, 팽수였다. 그 모양을 보고 당황스런 눈빛이 된 팽귀호가 팽수를 불렀다.

"수(首)야!"

"죄송합니다, 숙부님."

팽귀호를 등지고 세철을 바라보며 팽수는 짧게 말했다. 하지만 그 한마디에 팽수의 모든 심정이 담겨 있었다.

겪어보고 싶었을 것이다. 과연 눈앞의 저 사내가 팽조를 쓰러뜨릴 만한 능력을 가졌는지, 저렇게 오만무도한 행태를 보일 만큼의 실력을 갖춘 자인지, 그리고 팽씨 세가의 자존심에 흠집을 낸 대가를 치러주고 싶었으리라.

　팽귀호는 팽수의 뒷모습을 바라다보았다. 말없이 심정을 삭여내던 조카가 앞을 막고 나선 것이다. 저런 모습은 꼭 젊은날의 자신 형제를 닮아 있었다. 역시 피는 속일 수 없음이런가. 그런 성정을 아는 이상 이 이상은 말려도 소용이 없음이었다. 하지만 눈앞의 저 젊은 청년은 정말 위험해 보였다.

　몸 밖으로 뿜어지는 강렬한 기세도 기세이려니와 눈으로 보진 않았지만 팽조를 한순간에 쓰러뜨렸다는 자였다. 그걸 증명하듯 혼절한 채로 쓰러진 조카 팽조의 하관은 쇠망치로 후려친 것처럼 뭉거져 있었다. 하지만, 하지만 그것이 과연 가능할 것인가?

　자신의 조카들은 걸음을 걷기 시작한 다음부터 손에 칼을 잡았다. 그 세월이 삼십여 년이었다. 혹독한 수련에 수련을 거치고 밤을 잊고 밥 때를 버려가며 칼만을 휘두른 것이다. 그런 조카를 상대로 저 이름 모를 젊은 청년이 일수에 제압했다? 납득이 되지 않는 일이었다. 아니, 설명조차 되지 않는 일이었다. 그렇다면 일의 결과는 왜 그러했을까? 혹시 어떤 우연이나 팽조의 실수는……?

　말없이 세철을 바라다브던 팽귀호가 이윽고 칼 든 손을 뒷짐지며 한 발을 물러났다. 팽수의 행동에 대한 승낙이었고, 판단이 불투명한 일에 대한 모험스런 선택이었다. 하지만 그 역시도 불과 이십오륙여 세로 보이는 저 청년의 무우가 그러하리라고는 받아들이기 힘들었다. 더구나 촌가를 수탈하는 일개 마적 떼에 연루한 혐의를 받고 있는 자의 능력이 그러하다면, 자신들의 생각은 애초부터 잘못되어 있었던 것이 틀림없었다.

　팽귀호가 그렇게 물러서자 팽수의 투기가 급격히 퍼져 나오기 시작했다. 그리고 그는 세철을 향해 이글거리는 눈빛을 쏘아 보내며 낮고 분명하게 이야기했다.

"그대가 마적 떼 따위인지는 중요하지 않다. 부탁받은 마을의 일 또한 이젠 개의치 않는다. 하지만 내 동생을 쓰러뜨리고 가문의 명예에 도전을 한 대가는 치르게 해주마."

말을 마치며 팽수는 도병(刀柄)을 잡았다. 왼손에 잡힌 도갑은 허리 뒤로 숨었고 오른손에 잡힌 칼 손잡이는 터져 오를 것 같은 기세 속에 침묵하고 있었다. 그 모습을 변함없는 시선으로 세철이 바라보았다.

둘 사이에 보이지 않는 급류가 몰아치는 것 같았다. 하늘은 아직도 잿빛이었지만 대치한 두 사람 사이로 흐르는 회색 바람은 열풍처럼 굽이쳐 흘렀다. 그 광경을 바라보는 사람들은 차가운 계절의 심술을 못 느끼는 듯 뜨겁게 눈들을 데우고 숨을 죽였다.

세철은 사내를 바라다보았다. 정돈된 기세와 품격, 그 속의 진중함. 상대를 경시하지 않는 마음과 분노를 투기로 이끌어내는 정심과 집중. 그리고 몸에 붙은 일부처럼 느껴지는 한 자루 안령도. 감탄할 만한 자세였다. 동생도 그러했지만 그 형 역시도 명가의 자제다운 기품을 엿보이고 있었다. 하지만 그런 상대를 바라보는 마음속의 심화는 조금씩 더 커져만 갔다.

저들은 자신에게 싸움을 걸고 있었다. 이것은 말 그대로 호가호위(狐假虎威)하는 시비였다. 자신들의 세를 믿고 지나는 나그네일 뿐인 자신에게 말도 안 되는 이유를 걸어 핍박하고 있는 것이다. 자신은 마적이 아니다. 지나는 길일 뿐인 마을에 무슨 일이 있었는지도 알지 못한다. 그리고 분명하게 이야기했다. 자신은 마적 따위와 상관이 없다고. 하지만 저들은 듣지 않는다. 그리고 갈 길이 다급한 자신의 앞을 계속 막아선다. 더 이상 변명할 필요 따위는 느끼지 않는다. 팽가의 위세 또한 알

바 아니다. 이젠 때려 부수고 가는 수밖에는 도리가 없었다.

"와라."

세철이 두 팔을 좌우로 넓다랗게 벌려 보이며 팽수를 향해 손짓했다.

그 모습을 보고 발도(拔刀)의 자세를 잡고 있던 팽수의 눈이 급격하게 찢어지며 눈가에 불이 튀었다. 그리고 바로 그 순간,

슈에에엑!

팽수의 몸이 세철의 가슴 앞으로 바람처럼 짖쳐들었다. 칼을 잡은 옆구리에선 은청(銀靑)의 번개가 피어올랐다. 눈부시게 시린 그 번개는 섬광처럼 작렬하며 세철의 가슴을 그어내렸다. 세철은 어깨부터 사선으로 가슴이 갈라진 판이었다. 그러나 그 순간, 세철의 오른발이 뒤로 빠지며 몸이 빙글 돌았다. 그렇게 돌며 뺨을 후려치듯 돌아 나온 왼손 평수가 칼몸을 후려쳐 버렸다.

파앙!

소리와 함께 내리긋던 안령도가 땅을 향해 처박혀 내렸다. 동시에 팽수의 안면으로 회전해 들어오는 세철의 검은 팔굽이 있었다. 눈앞의 사태는 그제야 판단이 들었다. 팽수의 동공에 아득함이 서렸다. 이제는 부서지는 일만 남은 것이다. 하지만 세철의 팔굽은 방향을 틀어 나갔다.

피이잇!

화끈한 기운이 턱 끝을 스치며 돌아 나가 버렸다. 팽조는 그 원인을 곧 알 수 있었다. 자신의 몸 앞에서 용틀임하는 수룡처럼 돌아 나간 세철이 마주한 사람은 팽귀호였다. 그리고 그렇게 세철과 마주 선 무영도 팽귀호의 손엔 두 자 길이 직배도가 빼 들려 있었다.

승패가 결정나던 그 찰나의 순간에 팽귀호의 칼이 팽수를 구하기 위해 끼어든 것이었다.

"손속이 과하구나!"

팽귀호가 소리쳤다. 곧바로 세철도 입을 열었다.

"웃기는군."

팽귀호의 얼굴이 일그러졌다.

"뭐, 뭐야? 이놈이!"

"이런 무도한 놈이!"

창! 치앵!

칼을 뽑아 드는 소리, 욕설 소리와 함께 반응이 즉각적으로 나왔다. 팽수를 제외한 나머지 세 명의 팽가 무사들이었다. 하지만 팽수는 아직도 땅을 보고 있었다. 엄청난 힘과 부딪치며 방향을 바꾼 채 땅에 박힌 칼날을 아직도 붙잡고서였다. 그렇게 망실한 듯한 모습을 검(劍)을 든 일남일녀가 바라보고 있었다.

"물러서라!"

이제는 확연히 분노를 드러내는 팽귀호가 문중의 제자들을 향해 소리쳤다. 죽일 듯이 세철을 노려보던 무사들은 팽귀호의 기색을 살피며 뒤로 물러났다.

팽귀호는 다시 세철을 향해 말을 했다.

"전후(前後)를 따져 보고자 했건만, 방약무인(傍若無人)한 네놈의 태도와 손속을 보니 어쩔 수 없겠구나! 네 스스로 자초한 일이니 내 칼이 무정(無情)타 원망하지 마라!"

팽조와의 대결에 끼어든 팽귀호는 이제 자신의 공격 의사를 밝혔다. 그리고 그것은 죽일 수도 있다는 얘기였다. 아니, 죽이겠다는 말이었다.

그 기세를 보며 눈빛에 심지를 돋우는 세철은 또다시 얘기했다.

"시비를 건 것도 너희들이고, 칼을 그어댄 것도 너희들이다. 그런데 원망하지 말라고……?"

말꼬리가 올라가더 그친 세철의 입가에 하얀 치아가 드러났다. 그것은 비웃음이었다.

"이런 천둥벌거숭이 같은 놈!"

분노에 휩싸인 팽귀호가 스염을 떨어가며 부르짖었다. 그리고 손에 들린 직배도가 몸을 움즈이며 반짝거릴 때, 터지는 기합 소리와 함께 공격이 시작되었다.

"차아앗!"

팽귀호의 수중에서 뇌전(雷電)이 폭발하며 터져 나왔다. 잿빛 하늘을 뚫고 떨어지는 낙뢰(落雷) 같았다. 세철의 몸을 가르기 위해 공간을 무시하고 쪼개 내리는 그것은, 하나가 두 개가 되고 두 개가 네 개가 되며 앞선 것이 뒤엣 것을 숨기고 뒤엣 것이 앞선 것을 치며 나가는, 마치 뇌전으로 짜여진 그물처럼 촘촘하고 막막하게 세철의 전신을 덮어 내렸다. 그 속도는 가히 새벽 하늘을 가르며 떨어지는 우성(流星) 같았다.

그 유성의 무리를 향해 세철의 몸이 전진해 나갔다. 땅을 차고 떠오른 발이 허공을 밟더니 뒤를 따르는 길다란 뒷다리가 원을 그으며 돌았다. 그렇게 제 어깨를 타고 넘어 커다란 원을 그리는 발꿈치가 전방을 향해 돌며 수직으로 내리그어졌다.

부아아악!

발이 허공을 가르며 내리 찍히는 소리가 비단을 찢어내는 것만 같았다. 그렇게 찢어진 공간 속에 유성의 그물도 갈라지며 찢어졌다. 그리고 그 찢어진 공간으로 떨어지는 세철의 주먹이 비처럼 쏟아져 들어왔다.

슈파바바바파바바방!

검은 운석들의 비가 쏟아져 내렸다. 허공으로부터 내리 찍히는 주먹의 우박은 일격삼십연타의 가공할 천형(天刑)이었다. 그것이 양손으로 중첩되어 폭발해 나왔다. 그 무지막지한 주먹의 우박에 맞은 유성들이 스러져 갔다. 좌우로 찢어진 그물처럼 흐트러진 그것들은 하나하나 빛을 뿌리며 박살이 났다. 그리고 모든 것이 흩어지고 부서지는 그 중심에는 팽귀호의 부릅떠진 두 눈이 있었다.

슈파바바방!

타타타탕!

"크허억!"

산산이 부서지는 직배도의 도편(刀片) 속에 팽귀호의 몸이 날아갔다. 온통 흙탕물을 튀기며 짚단처럼 날아간 몸이 질퍽한 땅 위에 궤적을 남기고 처박혔다. 손에는 부서진 직배도의 손잡이가 아직도 잡혀 있었고, 탐스런 검은 수염 위에는 핏물이 도져 흘러내렸다. 그렇게 바닥을 굴러 꿈틀거리는 모습은 짐승 같았다. 가슴은 경련처럼 순간순간 꿀럭댔고 코와 입으로는 검은 피가 게워져 나왔다. 너무도 비참한 몰골이었다.

"수, 숙부님!"

넋 나간 것 같았던 팽수가 황망히 소리를 질렀다. 그리고 기함한 모습으로 팽귀호에게 달려갔다. 그 뒤를 칼을 빼 든 채 사태를 분간 못하던 팽가의 제자들이 뒤따랐고, 놀란 눈으로 세철과 팽귀호를 번갈아 보던 일남일녀가 뒤좇았다. 외따로 떨어져 사태를 바라보던 삼양권 이귀는 급체한 사람처럼 딸꾹질을 해댔다.

걸레처럼 처박힌 팽귀호의 상태를 살피던 그들의 눈은 다시금 시커 메지는 먹장의 하늘을 등지고 선 세철의 얼굴로 돌아갔다. 그 눈빛들은 길을 막아서던 처음의 기세가 아니었다. 모두의 눈은 목전의 상황에 대한 분간 못할 공포와 두려움이 어리고 있었다.

단 한 사람, 이를 갈아 붙이며 일어서는 팽수를 제외하고는.

"이노오옴!"

분노와 욕됨을 추스르지 못하는 팽수의 눈이 화염처럼 들끓고 있었다. 부들거리는 손은 이미 창피를 당했던 안령도를 쥐어 잡고 일어섰다. 그리고 세철을 향하며 뛰쳐나왔다. 그러나 그 앞을 한 사람이 막아 세웠다.

"팽 형! 안 되오!"

막아선 사람은 여지껏 말없이 사태만 바라보던 일남일녀 중의 사내였다. 팽수가 붙잡은 그를 보며 소리쳤다.

"황보 형! 놓으시오!"

"이러면 안 되오! 진정하시오!"

소리치는 두 사내를 브며 젊은 여인은 안타까워했고, 팽귀호를 부축하는 팽가의 제자들은 어쩔 줄 몰라 했다. 그런데 그때, 안타까이 사내들을 바라보던 여인이 세철의 얼굴로 시선을 돌렸다. 무심코 돌아본 그 눈빛에는 의아함이 드러나고 있었다. 세철의 시선이 좌우로 산을 끼고 뻗어 나가는 저만치 앞쪽의 길 끝을 향하고 있었던 것이다.

사내가 바라보는 그 끝에 무엇이 있을까 생각하던 여인은 그 위의 검은 하늘에서 떨어지는 눈송이를 볼 수 있었다. 어느덧 바람은 다시 차가워지고 하늘은 눈발을 드리우고 있었던 것이다. 하지만 이 상황에 겨우 내리는 눈을……?

여인은 사내가 바라보는 곳으로 다시 눈길을 돌렸다. 그리고 알 수 있었다. 아니, 느낄 수 있었다. 미세하게 감지되는 땅의 진동이 점점 더 커지며 가까워지고 있다는 것을. 그리고 여인이 바라보고 있는 그곳을, 앉고 서서 서로를 붙잡고 있던 일행들도 바라보고 있었던 것이다.

어느새 진동은 소리로 변해 귓속을 울렸다.

그것은 말을 달리는 소리였다.

두두두두두두!

빠르게 고동 치는 지축의 심장 소리처럼 내리 밟는 말들의 발길질 소리가 산야에 가득히 퍼져 나갔다. 어느새 사방은 깔리는 어둠과 더해진 검푸른 잿빛이었다. 그 위에 헌화(獻花)처럼 눈꽃이 휘날려 내렸다.

눈 속을 뚫고 달려오는 삼십여 기의 거친 말들은 거침이 없었다. 산 모퉁이를 돌아 나올 무렵부터는 길가를 퍼져 나갔다. 넓게 대형을 퍼뜨리며 전답(田畓) 위를 달리는 모습은 흡사 암흑의 기병(騎兵)들처럼 두려운 위용이었다. 그렇게 달려온 놈들이 흩날리는 눈송이 속에 발을 들어 멈추는 모습은 위협스럽기 그지없었다.

히히히히힝!

천공을 발길질하듯, 커다란 갈색 덩치에 갈기를 휘날리며 울음을 우는 모습은 차라리 아름답기까지 했다.

그렇게 길고 힘찬 다리로 땅을 딛고, 내리는 눈처럼 허옇게 입김을 뿜어내며 멈춰 선 놈들은 사 기(四騎)가 일렬로 정렬해 섰다. 마치 훈련

받은 군마(軍馬)들처럼 길게 늘어서자, 수레 두 대가 엇갈려 갈 길을 꽉 채운 형국이었다. 그리고 투레질하던 놈들이 몸짓을 멈추자 그 위에 올라탄 인물들의 면면이 뚜렷이 보였다.

제일 선두에 선 네 명의 사내들은 호피 무늬 갑옷을 입었으며 머리에는 같은 재질의 방한모를 눌러썼다. 얼굴은 모두들 수염을 제멋대로 길렀으며 손에는 기다란 청룡언월도(靑龍偃月刀)를 치켜든 모습들이었다.

바라보는 시선은 한결같이 굶주린 짐승 같은 흉흉한 눈빛이었고, 그 눈들을 들어 세철과 또 다른 편의 팽가 일행을 내려다보는 모습은 기세가 엄엄하였다.

그런 엄중 위세의 중앙을 헤치고 한 필의 말이 걸어나왔다. 유난히 색 짙은 검은 몸통에 자르르하게 기름을 바른 듯이 윤기 흐르는 근육을 꿈틀거리는 흑마 위에는 마름질한 갈색의 가죽 배자를 받쳐 입은 사십 대의 장한이 올라타 있었다. 그자의 눈이 돌아가며 길 중앙의 세철과 그 한 켠에 널부러진 팽귀호의 모습을 바라다보았다.

팽귀호를 본 그의 눈이 반짝 빛을 발했다.

"이상하군!"

사내가 탄성처럼 말을 토했다. 앞뒤를 생략한 감탄사와도 같은 말이었다.

그 눈은 쓰러져 꿈틀대고 있는 팽귀호와 그를 부축하는 주변의 사람들을 훑어 나갔다.

사내는 또 말했다.

"내 눈이 틀리지 않다면 저자는 무영도 팽귀호가 틀림없을 텐데 어째서 저런 모습인 거지? 이상하지 않으냐?"

팽귀호 쪽으로 시선을 주고 마치 유도하듯 말을 꺼낸 사내가 제 옆의 동료를 돌아보며 의향을 물었다. 다분히 의도적인 질문이었다. 시선을 받은 수하인 듯한 사내는 대답없이 이를 드러내고 씨익 웃었고 사내는 처음처럼 다시 말을 이어 나갔다.

"하북제일의 가문이, 백일천승도 팽진성의 동생이며 무림십대도객 중의 일 인인 무영도 팽귀호가 진창을 구르는 개와 같은 몰골이라니… 정말로 기이한 일이로군 그래!"

사내의 음성은 연설을 하는 듯, 비아냥대는 듯 야릇한 어조의 독백처럼 얘기하고 있었다.

"말을 삼가하라!"

팽수가 커다랗게 소리를 질렀다. 사내는 팽수에게로 시선을 돌리며 하얗게 미소 지었다.

"호오! 범의 새끼가 같이 있었군!"

"그대 같은 자에게 능멸당할 우리 팽가가 아니다!"

팽수의 발악 같은 붉은 시선을 들여다보던 사내의 미소가 더욱 짙어져 갔다. 그 미소와 시선이 천천히 팽귀호에게로 옮겨갔다. 그리고 힘겹게 떨리는 눈을 뜨는 창백한 시선과 마주쳤다.

사내의 눈을 본 팽귀호는 안쓰러운 몸을 더욱 떨어대며 신음처럼 입을 열었다.

"신(神)… 풍도(風刀)! 조철(曹鐵)… 련(鍊)!"

끊어진 탄식 같은 음성이었다. 하지만 그 힘겨운 음성이 내뱉은 말은 결코 간단하지가 않았다.

"숙부님!"

팽수가 다급하게 팽귀호 곁으로 다가앉았다. 말을 틔운 상세가 걱정

스러운 때문이었다. 하지만 팽귀호의 분절된 음성이 누굴 말하는지 알
게 되었을 때, 놀란 눈으로 퍼뜩 고개를 돌려야만 했다.

그것은 팽수를 말리던 황보 성씨(皇甫姓氏)의 젊은 사내와 그 곁의
젊은 여인, 그리고 팽귀호를 부축해 안고 있던 팽가의 제자들도 모두
마찬가지였다. 그들의 눈은 한결같이 경악으로 부릅 뜨여지고 말았다.

신풍도(神風刀) 조철련(曹鐵鍊).

이 이름자가 주는 무게는 너무도 육중했다. 아니, 진저리쳐지는 공
포였다. 그것은 여름날 진득한 땀 속에서 허우적대는 가위눌림의 다른
이름이었고, 죽음을 좇아 지옥을 뛰쳐나온 세상의 저주에 대한 한 이름
이었다.

지금 눈앞에 선 자. 무림에 알려진 조철련은 낭인(浪人)이었다. 그가
휘두르는 무기는 석 자 길이의 장도(長刀)였다. 하지만 일거 낭인의 손
에 들린 한 자루 장도는 무림에 피바람을 몰고 왔다.

출신을 알 길 없는 그는 절강성(浙江省)의 한 해상(海商)에게 고용된
청부 무사였다. 해적이 빈번한 바닷길의 항해에서 두각을 보인 그는
곧 이름을 얻기 시작했다. 그의 배와 칼이 지나는 곳엔 핏굴이 바다를
물들였고, 떨어진 해적들의 수급이 고기들의 배를 채웠다.

점점 더 많은 사람들이 그를 알게 되었고, 그의 칼은 명성을 등에 업
고 주가는 더욱 높아져 갔다.

그러던 그가 어느 날, 나들이의 호위로 따라나선 고용주의 열다섯
살 난 딸을 겁간하고 살해했다. 사실을 알고 분노에 치를 떠는 고용주
는 척살대를 조직해 뒤를 좇았지만, 돌아온 건 모두의 몰살과 그 자신
의 목숨을 포함한 가문의 멸문이었다.

절강무림은 분노하고 경악했다. 그리고 몰살한 고용주의 지인들이

뜻을 모아 무림십대도객(武林十大刀客)의 일 인인 현암도(玄岩刀) 임홍빈(林鴻賓)에게 추살(追殺)을 의뢰했다. 하지만 그렇게 나선 현암도 마저 목이 잘려 죽자 사람들은 공포에 떨기 시작했다.

십대도객의 일 인마저 베어 죽인 신풍도 조철련은 어느덧 공포의 대명사였다. 파탄처럼 중원을 횡행하는 그의 발길이 이르는 곳마다 명망 있는 부호들의 가문이 멸문하고 소규모 문파들이 사라져 갔다. 그 무지막지한 학살과 수탈의 와중에 살아남은 자는 아무도 없었다. 그야말로 피로써 먹을 감고 머리칼로 수의(壽衣)를 짜는 지옥귀(地獄鬼)의 행로였던 것이다.

일이 이 지경에 이르자, 더 이상은 방관할 수 없었던 중원무림인들이 들고 일어서니, 그 수위에는 현암도의 죽음에 의분한 무림십대도객 중의 삼 인이 앞장을 섰다. 그 삼 인 중의 한 명이 바로 무영도 팽귀호였다.

그러나 치열한 추적 끝에 격돌한 조철련의 손에서 피어나는 신풍류(神風流)라는 근원 모를 도법(刀法)에, 그와 동행했던 수십의 사람들 중 구 할이 죽어 나가고, 나머지 두 명의 십대도객인 산동일도(山東一刀) 구자기(丘字基)와 분광도(分光刀) 사우(司宇)마저도 죽고 말았다. 놈의 칼은 이미 모든 이의 예상을 훨씬 뛰어넘고 있었던 것이다.

그 지옥 같은 결전 속에서 수많은 상처와 죽음을 밟고 놈은 도망쳐 갔었다. 그것이 칠 년 전이었다. 사람들은 피해만이 남은 허탈함 속에서 놈이 죽었을 것이라고 자위했다. 아니, 그렇길 바랐던 것이다. 그리고 그렇게 조금씩 무디게 흘러가는 시간 속에서 놈을 잊고자 애써왔었다.

하지만 놈은 죽지 않았다. 그리고 칠 년이 지난 오늘, 저렇게 멀쩡한 모습으로 도적의 무리를 이끌고 다시 나타난 것이다.

"나를 알아보는군! 하긴 그렇게 오랜 시간이 지난 것은 아니니까 말이야!"

비참한 몰골에 떨리는 눈길로 바라보는 팽귀호를 향해 조철련이 말했다. 하지만 팽귀호의 입은 붉은 핏자국이 남은 채 말할 여력이 없어 보였다.

신풍도가 이를 드러내며 또다시 얘기했다.

"그런데 그게 무슨 꼴인가? 낯빛이 안 좋은 것을 보니 많이 아픈 모양이로군 그래? 혹, 누구에게 얻어맞기라도 했단 말인가? 진짜로 그렇다면 정말 놀라운 일인걸!"

"개… 자… 식!"

힘에 겹게 팽귀호가 입을 열었다. 하지만 온통 인상을 찡그리며 고통스러워하는 모습이었다.

"흐흠! 기세는 죽지 않았군. 처음에 네놈 가문이 개입한단 얘길 듣고 많이 설레었었지. 혹시나 네놈을 만날 수 있을까 해서 말이야. 그리고 들여보낸 정탐조원의 목이 마을 앞에 버려질 때만 해도, 이런 식의 만남은 결코 예상치 못했는데 말이지."

조철련의 눈은 차갑게 비웃음을 웃었다. 그러나 그 눈과 도적 무리를 바라보는 팽귀호와 그 일행의 눈엔 끝 모를 절망이 피어나고 있었다.

이건 애초부터 잘못 생각하고 있었던 것이다. 일의 내막을 살피지 않고 성급히 군 것이 실수였었다. 조정에 세공(歲貢)으로만 일절 공납되는 금사촌의 비단은 부르는 게 값이었다. 저 멀리 서역(西域)과 왜국(倭國)에까지 알려진 그 귀물을 노리고 협박하는 무리가 있다 할 때 관의 힘을 빌지 않고 자신들을 찾아온 마을 촌장과 토박이 권사를 의아해했었다.

내막은 바로 알 수 있었다. 놈들은 세공 장부에 기록되지 않는, 순수한 마을 사람들의 숨겨진 재산인 은견(隱絹)을 노리고 있는 것이었다. 자신들 또한 사실을 알고 그것에 눈이 멀었었다. 어떤 무리인지는 모르나 떠돌이 무뢰배들의 집합체인 마적 떼를 물리치고 받게 될 그 대가는 떨치기 힘든 유혹이었다. 그리고 그것은 오래도록 지속될 수밖에 없는 은밀한 거래의 첫 시작이기도 했다.

그렇게 떠나온 길이었다. 들놀이 가듯 가벼운 마음으로, 견문을 넓히고 도적들에게 따끔한 교훈을 주겠다는 생각으로 겨우 제자 세 명과 두 조카, 그리고 때마침 세가를 놀러 온 황보가의 두 남매만을 데리고서.

하지만 너무 경솔했었다. 세상에 거저 얻어지는 것만큼 값비싼 대가를 치러야 하는 것이 없다는 것을, 그 당연하고 평범한 진리를 간과한 것이다. 그리고 그 결과를 이렇게 지옥처럼 혹독하게 치르고 있는 것이었다.

바로 이름 모를 투견 같은 젊은 놈과 저 지옥의 사신 같은 신풍도 놈에게서.

"그런데 정말 궁금하군!"

상념을 깨우며 조철련이 또다시 강한 어조로 입을 열었다. 그 소리에 사람들의 시선이 집중될 때, 그는 뒷말을 이어내며 세철을 바라다보았다.

"과연 누가 있어 천하의 무영도 팽귀호를 저 지경으로 만들 수 있는지를 말이야!"

뜨거운 조철련의 눈길이 세철의 온몸에 박혀들었다. 이제 그의 관심은 일곱만 남은 십대도객의 일 인인 팽귀호를 쓰러뜨린 자에게로 돌아간 것이다. 하지만 무심한 세철의 시선은 뒤를 돌았다.

그 눈길이 가는 곳엔 경황없는 얼굴로 주저앉은 삼양권 이귀가 있었고, 그 너머에는 어느새 마을의 입구를 봉쇄하고 나선 청색 무복의 자경단 청년들이 삼삼오오 무리를 지어 조그맣게 보이고 있었다.

"자네는 누구인가?"

돌아보는 세철을 향해 신풍도 조철련이 물었다. 강한 호기심이 묻어나는 음성이었다. 그런 고습을 삼십여 기의 인마들과 팽귀호의 일행이 바라다보았다.

세철의 시선이 조철련에게로 돌아왔다. 그리고 묵직한 음성이 새어나왔다.

"피곤하군. 더 이상 시비하고 싶지 않다. 막아선 길을 틔워라."

순간, 조철련의 눈이 하얗게 빛을 뿜었다. 뒤쪽의 호피 무늬 사내들은 살기를 띠고 다가들었다. 하지만 그들은 말이 없었다. 다만 신풍도 조철련의 손짓에 눈만을 부릅뜨고 멈춰 설 뿐이었다. 무리 중의 엄한 질서가 엿보이는 모습이었다.

마상에서 세철을 내려다브는 조철련의 얼굴에 짙은 웃음이 생겨 나왔다. 소리없는 그 웃음은 진득한 살기가 묻어 나오고 있었다. 그 웃음이 주위로 퍼져 나갈 때 나직한 음성이 흘러나왔다.

"과연 무영도 팽귀호를 박살 낸 대단한 기세로군! 정신이 나가지 않았나 다시 생각해 볼 정도로 말이야······."

음산한 미소를 입가어 만든 채 어둠에 물든 세철의 청동 같은 얼굴을 바라보며 조철련의 손이 천천히 올라갔다. 그리고 그 손짓에 맞춰 선고의 음성이 시작되었다.

"아무래도 좋겠지! 이유도 필요없고! 누구라도 이 자리를 피해갈 수는 없을 테니까 말이야!"

점점 더 짙어져 가는 살기 어린 음성 속에 조철련의 쳐든 손이 펴지며 아래로 떨어졌다.

"시작해라!"

음성과 함께 손이 떨어지자 마적들의 진영에 변화가 일어났다. 사열을 종대로 줄지어 섰던 놈들의 뒤가 옆으로 흩어져 나오며 긴 횡대로 늘어서기 시작했다. 흡사 군진의 변화처럼 삽시간에 포진을 바꾼 놈들은, 삼 인이 꼬리를 문 십 열의 횡대로 변화를 갖추었다.

놈들은 처음의 무질서하게 달려오던 모습처럼 밭고랑과 논두렁을 밟으며 길게 옆으로 늘어섰다. 그 중앙에서 신풍도 조철련의 차가운 얼굴이 세철을 바라보았고, 바로 뒤의 호피 무늬 사나이 입으로부터 명령이 터져 나왔다.

"일진(一進)!"

"하아!"

명령이 떨어지자 횡대의 제일 양쪽 끝에서 두 명의 사내가 소리치며 달려나왔다. 손에는 길고 위험한 날의 청룡도가 쥐어져 있었고 폭발하듯 뛰쳐나오는 말들의 기세는 무서울 지경이었다.

그 앞으로 함박눈이 막처럼 떨어져 내렸다. 차가웠던 바람은 기척없이 사라져 버렸고, 감감히 하늘을 덮는 하얀 눈들이 어두워 가는 산촌을 묻어버리려 시커멓게 나리고 있었다.

세철은 어느새 목화솜덩이처럼 굵어진 눈발 사이로 달려오는 두 필의 인마(人馬)를 쳐다보았다. 생경한 느낌이었다. 자신이 왜 지금 이곳에 이런 모습으로 있는지, 저들은 왜 또 이 눈 속에 칼을 치켜드는지 현실감이 결여된 공허 속에 답답함이 치밀어 올랐다.

유난히도 끈적이는 아교처럼 들어붙는 날이었다. 말도 안 되는 이유를 들어 사람을 피곤케 하는. 거기에 저 도적놈들은 무슨 이유로 가타부타 말도 없이 칼을 휘둘러 대는 것인지. 모든 게 엉크러지고 설켜진 채로 뒤엉킨 것만 같았다. 그리고 벌써 놈들이 휘두르는 긴 칼은 눈앞에 다가와 있었다.

휘날리는 칼빛을 주시한 채로 세철은 답답한 잡념을 버리고 갈 길을 생각하며 몸을 움직였다.

쇄애액!

세철의 양쪽으로 비껴가듯 후려치는 청룡도가 각기 목과 다리를 노리며 휘둘러 들어왔다. 무표정한 얼굴로 반응이 없던 세철이 움직인 것은 그때였다.

눈을 밟고 떠오르듯 환영처럼 솟구친 몸이 기수들의 눈 높이에 뭉쳐지듯 생겨나 버렸다. 그 아래의 검은 잔상을 두 개의 청룡도가 베고 지나갈 때, 가위처럼 벌어져 나온 두 개의 발이 좌우의 직선으로 찍히며 터져 들어갔다.

파팡!

소 오줌보 터뜨리는 소리가 동시에 터져 나왔다. 허공을 내리는 눈 속에 피 꽃이 터져 오르고, 청룡도를 휘두른 두 명의 마적은 말에서 튕겨져 날아 나갔다. 거친 피분수와 함께 머리가 박살난 두 사람의 몸이 눈 바닥을 튀기며 굴러 나가고, 주인 잃은 말들은 계속해서 달리며 눈 속을 뚫고 질주해 갔다.

세철의 몸이 바닥을 착지해 내렸다. 그러나 눈으로 본 상황을 파악

할 경황조차 없던 마적들의 중심으로, 검은 번개의 저주처럼 세철의 몸이 폭발해 들어갔다.

"이놈!"

뒤늦은 반응으로 신풍도 조철련의 장도가 허리춤을 이탈하며 광섬(光閃)을 그어내렸다. 그 궤적 안에 세철의 몸통이 갈라져 내렸다. 하지만 빈 눈꽃들만 칼날에 스치며 허공에 스러짐을 느꼈을 때, 깔리듯 바닥을 훑어 휘도는 세철의 하륜회축이 말의 다리를 부수며 지나갔다.

히히히힝!

고통스런 울부짖음과 함께 말의 몸통이 옆으로 회전하듯 휘익 휘돌았다. 그 몸을 차고 숫구치며 나온 조철련의 칼이 회심의 일도를 내리그었을 때는 갈라진 말 목 아래 있어야 할 세철의 모습은 이미 보이지 않았다.

귀신처럼 조철련의 말 다리를 부숴뜨리고 나간 세철의 몸은 용선풍처럼 돌아 나갔다. 그렇게 회전하며 일어선 몸이 말 사이로 끼어들었다. 그리고 회전하는 몸통에서 두 주먹이 튀어나왔다. 그 주먹에 두 마리의 말머리가 터지며 주저앉았다.

같은 순간 힘없이 주저앉는 말 위의 인물들이 떨어져 나가기도 전에 뒷곤두를 넘는 것 같은 수직의 회전으로 돌아간 세철의 두 발이 마상에 앉은 두 사람의 얼굴을 후리고 지나가 버렸다.

파꽉!

말은 소리없이 쓰러졌고, 사람은 비명없이 날아가 버렸다. 하지만 세철의 몸은 멈추지 않았다. 횡대의 중앙을 파고든 검은 번개는 쉬지 않고 낙뢰를 뿌려댔다. 그 번개를 맞은 말과 사람이 짚단처럼 흩어져 쓰러졌다.

마치 실제가 아닌 거짓 같은 그 모습을 보는 신풍도 조철련의 눈은 판단이 사라져 있었다. 그러나 눈가를 스며든 차가운 눈송이에 퍼뜩 돌아온 정신으로 바라본 현장에는 쉬지 않고 부하들의 몸뚱이가 사방으로 깨져 나가고 있었다. 조철련은 입술을 깨물었다. 그리고 커다란 목소리로 부하들을 향해 소리쳤다.

"산개(散開)!"

순식간에 늑대에게 휩쓸리는 양 떼처럼 우왕좌왕하던 마적들이 세철을 중심으로 버려두고 사방으로 흩어져 나갔다. 그리고 거리를 두고 되돌아서며 커다란 원진(圓陣)을 그려 만들었다. 그 중앙에 세철의 검은 몸체가 눈을 맞으며 서 있었다.

발 아래에는 피로 물든 눈 바닥이 조금씩 범위를 넓혀만 갔고, 피를 쏟아내는 말과 사람의 주검들이 여기저기 흩어져 있었다. 그 짧은 순간에 세철의 손에 죽어간 자들의 수효가 물경 십여 명이나 되었다.

부하들의 주검과 검은 도살 귀신처럼 서 있는 세철을 보며 조철련은 이를 갈았다. 그리고 원진으로 물러나 있는 부하들을 보며 분노에 찬 명령을 내렸다.

"오인각개(五人各個) 투창(投槍)!"

악에 받친 명령이 떨어지자 이십여 명밖에 남지 않은 마적들은 안장에 매달린 두 개씩의 중봉(中棒)을 꺼내 들었다. 곧바로 끝을 이어 맞춰 돌리니, 한쪽으로 검날이 튀어나오는 길다란 창의 형태를 갖추었다.

그렇게 한 손에 창을 부여잡고 다른 손엔 청룡도를 잡은 마적들이, 다섯 명이 일 조가 되어 맴돌이처럼 원을 좁히듯 중심으로 달려들었다. 그리고 최종 중앙에 선 세철과의 거리를 이 장여로 줄여왔을 때, 다섯 자루의 창이 아래를 향해 작살처럼 꽂혀 내렸다.

피피피피핑!

창대들이 꽂히는 순간에 세철의 검은 몸이 또다시 돌았다. 그리고 검푸르게 흐려지는 신형 속에서 수많은 손과 발이 튀어나왔다.

스파파파파파팡!

내리 찍히던 창대들이 수많은 파편으로 부서지며 산산이 튀겨져 나갔다. 그것은 맹렬한 속도로 회전하는 마차 바퀴에서 뿌려지는 흙투성이들 같았다. 하지만 그렇게 뿌려지는 파편들을 뚫고 다섯 개의 청룡도가 전신을 난자해 들었다.

돌아가던 세철의 몸이 공중으로 숫구쳐 올랐다. 그러나 언제 뒤따른 것이지, 또 다른 다섯 기의 말들에서 던져진 창들이 빗살처럼 날아들었다. 그 창들을 보는 세철의 눈이 번쩍 빛을 뿜었다. 그리곤 허공에 뜬 발을 다른 발로 차며 온몸을 쭉 내뻗었다. 곧바로 세철의 몸은 땅을 향해 번개처럼 내리꽂혔다. 그것은 마치 날개를 접고 땅으로 내리꽂히는 검은 수리의 모양이었다.

세철이 머물렀던 허공에는 창날들이 몸을 치며 비껴 나가고 귀신처럼 공간을 이동한 세철의 몸은 창을 던진 이선(二線)의 마적과 충돌을 했다.

파앙!

"쿠에엑!"

철벽을 때리는 소리와 함께 충돌한 마적 놈이 피떡이 되어 날아갔다. 곧바로 말안장을 차고 숫구친 세철의 몸이 그 옆의 다른 놈을 향해 회선각(回旋脚)을 때려 넣었다.

피이잇!

콰악!

고공으로부터 내리 찍힌 발에 놈의 목이 어깨 속으로 파묻혔다. 비명 소리조차 없었다. 그렇게 순식간에 종말을 고한 놈의 몸이 쓰러질 때, 세철은 놈의 손에 잡힌 청룡도의 손잡이를 낚아채고 다시 한 번 말 등을 차 올랐다.

등을 돌린 마적들은 그제야 세철의 몸을 보고 있었다. 그러나 성난 돌풍처럼 내리 찍히는 세철의 손을 피하기에는 너무 늦어 있었다.

검은 잔상을 남기는 것처럼 내려앉은 세철의 손이 기다란 청룡도를 무섭게 그어 내렸다. 그 궤적 안에 있던 말과 사람이 동시어 갈라져 내렸다.

콰아악!

양쪽으로 흩어지는 몸통 속에서 피 안개가 퍼져 나왔다. 그 안개를 뚫고 나간 세철의 손이 횡으로 칼을 그었다.

슈아이아앙!

엄청난 칼바람 속에 사람과 말의 몸이 같이 갈라져 나갔다. 피가 터져 오르고 잘려진 몸뚱이들이 허공으로 떠올랐다. 칼은 쉬지 않고 돌아가며 바람 찢는 소리를 질렀고, 그 앞에 걸리는 모든 것들이 산산이 조각나 흩어졌다.

지옥이 따로 없었다. 염왕이 현신해 있었다. 하지만 그 고든 것들이 너무도 순식간에 벌어져 버렸다. 하늘은 여전히 눈을 뿌렸지만 땅 위에서 솟구치는 피 비를 막기에는 부족해 보였다. 땅도 놀라고 하늘도 외면하는 참극의 한마당이었다.

자욱하던 피 안개가 눈에 갖아 떨어져 내릴 때, 귀신처럼 휘돌아 가던 세철의 몸이 불현듯 덤춰 섰다. 손에는 붉은 핏물을 떨어뜨리는 길죽한 청룡도가 악귀처럼 들려 있었고, 감감히 어둠에 물든 청동빛 얼굴은 표정이 없었다. 다만 작게 벌려진 입술 사이로 옅은 숨만이 하얗게 새어 나올 뿐이었다.

그런 세철의 앞에는 더 이상 살아 있는 생명들이 남아 있지 않았다. 열 명의 마적들은 또다시 순식간에 몰살을 하고 만 것이었다.

참혹했다. 흉신악귀 같은 세철의 모습과 지옥 같은 목전의 광경에 남아 있는 열 명의 마적들은 입술을 떨었고, 한 켠에서 지켜보던 팽가의 사람들은 눈을 감았다. 오직 한 사람, 신풍도 조철련만이 이성 잃은 분노에 휩싸여 있을 뿐이었다.

"이, 이, 이, 악귀 같은 놈! 내가… 내가 어떻게 키운 수하들인데……!"

분노에 치를 떨던 조철련이 갑자기 고개를 쳐들고 웃기 시작했다.

"으하하하하하하!"

그렇게 하늘을 보고 웃어제끼던 조철련이 세철을 향하며 걸음을 옮기기 시작했다.

허공은 묵묵히 내리는 눈덩이들로 가득했고 저 멀리 산 그림자는 어두워진 하늘 빛에 잠기며 경계를 없애고 있었다.

세철과 마주 선 조철련은 발치에 걸리는 수하들의 주검을 보며 칼을 들었다. 그리고 세철을 바라보며 조용하게 이야기했다.

"어쩌면… 어쩌면 오늘이 마지막 날이 될지도 모르겠구나. 이제껏 잘못 살았는지는 모르겠지만 지루하진 않았었다. 그리고 역시… 마지막까지도 흥에 겨웁구나."

말을 마친 신풍도 조철련은 가라앉은 얼굴로 가만히 세철만을 바라보았다. 그렇게 바라다보며 숨조차 쉬지 않는 것 같은 몸에 아주 조금씩 변화가 생겨 나오고 있었다. 그 변화는 석 자 길이의 길다란 칼끝에서 시작되었다.

직선에 가깝게 완만한 곡선을 그려 나간 날씬한 도신(刀身)이 날 전체에 푸른 빛을 머금더니 점점 더 짙어져 갔다. 그리고 영롱한 은청으로 바라보는 눈이 시려갈 때. 신풍도 조철련의 몸은 칼 뒤로 사라지고 있었다.

이윽고 칼 든 자의 모습이 사라지고 영롱한 칼만이 남은 그 순간, 공간을 가른 장도의 늘이 서철의 머리 위에 떨어져 내렸다.

피이이잇!

소리보다 빛이 빨랐다. 그 빛을 향해 세철은 청룡도를 그어 올렸다. 하지만 빛은 청룡도의 날을 갈라내며 내쳐 그어 내려왔다. 그 찰나의 순간에 몸을 물린 세철의 발이 솟구쳤다.

캉!

칼이 내리찍은 정강이에서 불꽃이 튀어 올랐다. 연이어 반동을 이용해 솟아오른 칼은 목젖을 노리고 그어 올랐고, 연달아 솟구친 세철의 반대 발은 도신을 후려차고 몸을 틀어갔다.

팡!

고개와 함께 왼편으로 몸을 돌린 세철의 신형이 등을 보일 때, 방향을 잃고 허공으로 솟구치던 조철련의 칼이 흰 빛무리에 싸이며 다시 그어 내렸다. 그 빛무리가 내리는 중심에 세철의 등이 돌아가고 있었다.

그러나 절체절명한 그 순간에, 돌아가던 고개를 땅으로 숙인 세철의 몸이 회전하는 풍차처럼 뒷발이 연이어 튀어 올랐다. 마치 칼이 변한 번개를 내리찍는 조철련의 몸통 앞에서 검은 소용돌이가 솟구치는 것만 같았다.

퍼퍽!

회륜처럼 돌아 솟구친 뒷발질에 칼을 잡은 조철련의 두 손목이 동시에 강타당했다. 그 순간에 빛무리에 싸였던 칼은 손을 떠나 비상했고, 부러지는 손목의 고통 속에 조철련의 눈이 절망을 맞을 때, 한 바퀴를 돌았던 세철의 몸이 땅을 차고 거꾸로 역회전을 시작했다. 그리고 그렇게 맹렬한 회전으로 돌아 찍히는 악령 같은 검은 다리는 조철련의 부릅떠진 미간 사이로 사정없이 틀어박혀 버렸다.

퍼억!

"꾸어억……!"

괴상한 소리가 억눌린 신음처럼 터져 나왔다. 그리고 제 가슴 앞으로 꺾어지며 파묻힌 조철련의 머리는 부들대는 손이 올라와 좌우를 더듬어댔다. 하지만 곧바로 온몸으로 퍼져 나간 경련이 차츰 잦아들 무렵, 서서히 기울어진 몸은 땅을 보고 쓰러져 내렸다.

털썩.

더 이상의 움직임은 없었다. 신풍도 조철련은 죽은 것이었다.

방금 전까지도 칼을 휘두르던 그가, 공포스런 흉명을 떨치던 절정의 칼잡이가, 잠적했던 칠 년간의 공백을 깨고 피를 뿌리려 다시 나타난 조철산이 죽은 것이었다. 그것도 이름없는 청년의 발에 개처럼 맞아서.

세철은 하늘을 올려보았다. 눈발은 점점 더 굵어지며 땅 위로 쌓이고 있었다. 주변을 둘러보았다. 어느새 사라진 것인지, 눈 속에 뒷그림자만 아스라이 보이는 마적의 잔당들은 멀리 도망질을 치고 보이지 않았다. 발길을 붙잡는 것은 이제 모두가 정리된 셈이었다. 하지만 이제는 세철의 마음이 갈등을 시작했다.

마을을 떠날 무렵부터 시작된 눈은 쉬이 그칠 기세가 아니었다. 아니, 시간이 지날수록 더욱 많아지며 길을 메워 내렸다. 이대로 길을 떠난다면 위험한 노숙을 해야만 했다.

세철은 문득 마을의 대장간이 떠올랐다. 이글대는 화로 속의 불길들도 생각났다. 눈길이 자연스레 마을 쪽으로 돌아갔다. 그리곤 결심을 한 듯 성큼성큼 발길을 옮겨놓았다.

마치 하얀 눈 속의 사신처럼 걸어가는 검은 그 뒷모습을 바로 앞을 지나가는 삼양권 이귀가 홀린 듯이 올려다보았고, 눈 속에 버림받은 아이들처럼 모여 앉은 팽귀호의 일행이 실성한 사람들처럼 하염없이 바라다보고 있었다.

그런 모두의 머리 위로 눈은 계속 내렸고, 쌓이는 눈은 처참했던 인간들의 흔적들을 차곡히 덮어주며 뿌려지고 있었다.

중원행(中原行) 3

　대장장이 유만길(柳萬吉)은 다시 찾아든 젊은 사내의 일거수일투족을 바라다보았다.

　온통 묵빛 일색의 외모에 눈바람에 젖어버려 축축이 물방울을 떨구는 말꼬리 같은 거친 머리. 면포를 들어 제 얼굴을 닦아내는 크고 투박한 손. 그 손길 사이로 보이는 감정없는 검은 눈망울. 마주 보는 화로의 열기를 받아 꿈틀거리며 전신을 피어나는 하얀 김.

　처음에도 그랬지만 신세 좀 집시다 하며 한마디만을 내뱉고 들어선 사내는 아무 일도 없던 것처럼 태연했다. 그저 제 일만을 하고 있을 뿐이었다. 보는 사람의 눈길엔 과연 저 사내가 저녁 무렵의 눈 속에서 수십의 마적 떼와 대결을 벌이고 또 그자들의 생명을 눈발처럼 흩어놓은 자인지 의심스러웠다.

　격전은 정말 대단했었다. 자경단이라며 무림인들의 위세를 빌어 어깨에 헛힘을 주고 다니던 젊은 놈들은 다가가지도 못하고 마을 끝에서 훔쳐보고 있었다. 자신 역시도 그런 청년들의 등 뒤로 사건의 현장을 넘겨다보았다. 그리고 휘날리는 눈발 속에서 손가락만하게 보이는 검은 사내가 움직일 때마다 벌어지는 일에 입을 다물 수가 없었다.

분명 평범치 않은 사람이라고 생각을 가지긴 했었지만, 일개 촌락의 대장장이인 자신조차도 알고 있는 무영도 팽귀호가 그 손에 쓰러질 땐 기함하지 않을 수 없었다. 더더군다나 수십에 달하는 끔찍한 마적무리를 단 혼자서 상대해 너다니… 아니, 피곤죽을 만들어 눈 속에 파묻어 놓았으니 분명 범인(凡人)이 측량치 못할 대단한 용력(勇力)과 신상 내력을 가진 사람이 틀림없었다.

마을은 이제 환부의 종양과 같았던 목전의 시름을 잘라낼 수 있게 되었다. 그런데 그것이 힘들게 초빙해 온 팽가의 사람들이 아닌 마적 떼로 오인받아 시비하던 지나가는 한 청년에 의해서였다.

남의 일처럼 훔쳐보던 모두가 놀라고, 결과를 듣고 숨어 있던 사람들이 당황스레 기쁜 빛으로 뛰쳐나왔다. 하지만 사람들은 말조차 건네길 주저하며 멀찍이 떨어져서 바라만 보고 있을 뿐이었다.

동아줄처럼 목을 조여오던 마적들의 일은 부탁했던 팽씨들의 부상과 더불어 교묘하고도 이상하게 꼬이고 또 풀려 나갔다. 그 일의 중심에는 시비하던 사내가 있었다. 그리고 그 청년은 지금 사람들의 시선을 헤치고 내 집 안에 들어와 있는 것이다.

여전히 남의 눈길을 의식하지 않는 사내는 손과 발에서 뭔가를 풀어 냈다. 이음매를 벌리자 반절로 분리되어 떨어져 나온 그것은 검은 묵빛의 쇳덩이들이었다. 바라보던 유만길은 이채로운 눈길로 그것들을 쳐다보았다. 각각 양손 팔목과 두 다리에서 풀어낸 그것들은 강철 비구(臂具)와 무쇠 각반(脚絆)이었다.

검은 빛깔을 칙칙이 풀어내는 모양의 그 쇳덩이들은 보통의 재질이 아닌 특수한 합금의 몸체가 틀림없어 보였다. 면포를 쥔 사내의 손이 걷어 올린 제 팔목과 다리께의 물기를 닦아내더니 분리해 놓은 쇳덩이들의 몸통 역시도 세심하게 닦아 나갔다. 곧 이어 화로의 불길 앞으로 들이밀어 깨끗이 말리고는 처음처럼 양팔과 두 다리에 채워넣었다.

채워진 그 모양은 흡사 강철의 팔다리를 가진 사람 같았다. 위압을 주는 쇠 빛이 시커멓게 윤기를 흘러내며, 팔꿈치 아래부터 손목까지 하박의 전체를 감싼 쇳덩이는 제 살처럼 착 들러붙었고, 무릎 아래를 미려하게 뻗어 발목까지 둘러싸 안은 강철 몸매는 천상신장의 종아리처럼 패력의 힘이 뭉클 피어나는 형상이었다.

무게 또한 만만치 않아 보였다. 쉬 볼 수 없는 견고한 재질은 둘째 치고라도 팔다리의 반절씩을 둘러싼 분량이 상당했기 때문이었다. 그런데 가만 생각해 보니 여태껏 저런 것들을 손발에 차고 싸웠다는 이야기가 되었다. 자신이 아는 상식으로 무공이란 것이 남보다 빨리 움직여야만 유리한 지경을 점하는 것으로 알고 있는데, 하물며 저런 무쇠덩이들을 손발에 차고서라니… 고개가 절로 돌아갔다.

유만길은 쇠에게서 시선이 옮아간 청년의 얼굴을 보며 뜨거운 숨을 삼켰다. 눈앞의 청년은 자신의 생각만으론 인물의 추측이 불가능한 그런 사람이 분명했다. 밖에서는 눈 내리는 어둠도 잊은 채 등을 든 마을 사람들이 분주히 움직이고 있었다. 그리고 그중의 상당수는 대장간을 에우듯이 둘러서서 안을 들여다보는 중이었다. 그러나 모두가 자신처럼 말이 없었다. 그들에겐 아직도 낯모르는 청년이 화인지 복인지 구분이 안 가는 것이다.

"아주 좋은 쇠로군."

뭔가를 얘기해야겠다는 강박에 휩싸이며, 침묵을 깨고 청년의 몸에 들러붙은 쇠붙이들을 보던 유만길이 무심코 얘기했다.

흘깃 돌아다본 청년은 이음매를 매만지며 탁탁 소리나게 양 팔목을 쳐올렸다. 그 모습은 흡사 강철의 몸통에 강철의 쇠붙이를 갖다 붙이는 강철 인간의 모습이었다.

"합금인가? 흔치않은 재질이 여럿 섞인 것 같은데……."

쇠를 만지는 사람 특유의 관심으로 물어오는 질문에 세철의 고개가 유만길에게로 돌았다. 그리고 간단히 얘기했다.

"운철(隕鐵)을 섞었소."

"운철이라고?"

조금 높아진 소리로 되꿀은 유만길의 얼굴이 궁금증을 허소한 사람처럼 조금씩 풀어졌다. 그리고 감탄을 내뱉었다.

"그랬군! 어쩐지 뽑어내는 빛깔이 범상치 않더라니… 그런데 정련하기가 쉽지 않았을 터인데 용케도 모양을 만들어냈군. 어떤 장인의 솜씨인가?"

말이 없던 세철이 신세를 지는 대장장이의 궁금한 눈을 보며 대답을 했다. 그러나 역시 말은 짧았다.

"내가 만들었소."

잠시 혼란스런 얼굴로 괄과 다리의 쇠붙이와 세철의 얼굴을 번갈아 보던 대장장이 유만길이 조급히 물었다.

"자네가 만들었다고? 저 운철을 직접?"

믿기 어려운 얼굴을 한 그는 대답도 기다리지 않고 연속해서 되물었다.

"쇠를 다룰 줄 안단 말인가? 그것도 합금을? 허어! 놀랄 일이로군!"

유만길은 진정 놀라웠다. 쇠를 만지는 일이 천생의 업인 그에게 청년의 말이 무얼 뜻하는지 알기 때문이다. 아마도 오랜 시간과 노력이 들었을 터였다. 그만큼 운철은 구하기도 쉽지 않은 귀물(貴物)이었지만, 자체가 가지는 재질의 견고함과 강도로 인해 정련을 함에 있어 수 년의 시간을 들이는 것이 보통이었다. 거기에 또 다른 종류의 철을 섞어 합금을 함에 있어서는 두말할 필요조차 없는 일이었다.

자신도 모르게 벌어진 입을 닫지 못하던 유만길은 때마침 작은 소요가 이는 문밖의 사람들에게로 시선을 돌렸다. 소요의 원인은 사람들의 중심을 헤치고 나타난 세 가닥 수염의 구부정한 늙은이였다.

늙은이는 유만길 자신도 잘 아는 자였다. 그 역시 그렇다는 걸 말하듯이 유만길을 향해 아는 눈짓을 해 보였다.

늙은이는 금사촌의 촌장 하 노인이었다.

문턱을 넘어 들어온 하 노인은 벽쪽의 화로를 보며 등을 보이고 있는 세철을 잠시 동안 말없이 바라보았다. 곧 이어 가벼운 헛기침과 함께 방문자가 있음을 조용히 알렸다.

"크흠, 흠, 젊은 무사께 촌락의 얼굴을 맡고 있는 늙은이가 인사를 여쭙고자 왔소이다."

뜻밖의 등장에 어리둥절한 얼굴로 촌장과 세철의 옆모습을 유만길이 번갈아 보는 사이, 웅크린 흑범 같던 세철의 등이 천천히 뒤를 향해 돌아섰다. 얼굴은 여전히 표정없는 가면 같았고 육중한 기세는 마주 보기 힘든 위압을 뿌리며 주변에 흩어져 갔다.

"허, 허흠! 부락에 닥친 위난(危難)을 뜻밖의 귀인이 물리쳐 주었삽기에 수장된 자로서 감사의 념을 표하는 것이 합당한 도리일 듯하여,

목숨과 재산을 구원한 촌민들을 대표하여 감사의 말씀을 드리고자 왔소이다."

주눅 든 음성으로 하 노인이 찾아온 뜻을 얘기했으나, 세철의 얼굴은 변함 없이 표정을 안 보이며 건네다볼 뿐이었다.

"들은 바로는… 처음에 약간의 오해로 인하여 불미한 일도 있었다고 알고 있으나, 결과로는 마을의 안전을 해치던 도적의 무리들을 물리쳐 주신 은인이 되시니, 혹여라도 마음에 꺼리시는 일이 있거들랑 거두어주시길 바라오며, 응당 은덕에 대한 보은을 하는 것은 당연한 도리이지만 따로이 하교하실 일이 계시거든 말씀을 바라오이다."

간간이 세철의 눈빛을 살피는 촌장 하 노인의 말은 마적을 물리쳐 준 일의 고마움과 대가에 관해 얘기하고 있었다. 하지만 말없이 그 얼굴을 보던 세철이 말한 것은 전혀 뜻밖이었다.

"원해서 한 일은 아니었소만… 값을 달라면 주시겠소?"

"그, 그야 저희가 감당할 수 있는 것이라면 뭐든지……."

"길양식을 조금 마련해 주시오."

불안한 심사로 말끝을 흐리던 촌장의 눈은 간단하게 튀어나온 세철의 한마디에 흐리던 눈길을 다시 맞추었다.

"길… 양식이란 말씀입니까?"

재우쳐 묻는 촌장의 물음에 닫힌 세철의 입은 고개만 가만 끄덕여보였다.

"그건 어려운 일이 아니지만, 어찌 그만한 것으로 은덕에 대한 보답을……."

"다른 것은 바라지 않소."

더 이상의 부언을 끊는 세철의 한마디였다.

촌장 하 노인은 그런 세철의 구릿빛 얼굴을 가만히 바라다보았다. 그리고 뭔가를 결심한 듯 심중에 담아두었던 의구에 찬 한마디를 끄집어내었다.

"은인께 외람된 말씀이오나, 저희 마을을 들르신 이유가 정녕 다른 뜻이 있어서가 아니오이까?"

결국은 제일 묻고 싶었던, 힘들게 꺼낸 촌장의 말소리를 들으며 세철은 문밖을 내다보았다. 하루의 사건에 잠을 잊은 사람들은 아직도 주변에 모여 서서 시선을 모으고 있었고, 그 사람들의 머리 위에선 그칠 줄 모르는 눈이 계속해서 떨어져 내렸다. 세철은 조용히 얘기했다.

"눈이 그치면 떠날 것이오."

내리는 눈을 바라보며 던진 세철의 한마디에 모든 뜻이 담겨 있었다.

늙은 촌장 하 노인은 말을 아끼는 젊은 무사의 말과 얼굴에서 전후로 이어진 속뜻과 진정을 알아낼 수가 있었다. 그리고 안도했다. 저 청년에게서는 스스로가 얘기한 길양식 이외에는 어떠한 물욕이나 감춰진 이면도 발견할 수 없었던 것이다.

눈을 보던 세철의 몸이 다시 화로를 보며 돌아섰다. 더 이상 할 말이 없는 것이다. 그 무쇠덩어리 같은 뒷등을 보던 촌장 하 노인은 이윽고 깊숙이 읍을 드렸다. 그리고 천천히 물러 나왔다.

아마도 청년무사는 눈이 그치는 하늘을 보며 마을을 떠나갈 것이다. 본인의 얘기처럼 아무런 대가도 바라지 않고. 또한 밤사이의 처소에 관한 얘기 따위도 불필요할 것이다. 그가 정한 곳이 유가의 대장간이라면 그곳을 벗어나지 않을 것이 분명했다.

오랜 시간을 살아오면서 많은 부류의 사람을 겪어보았지만, 저런 류의 사람들은 뒤를 돌아보지 않는다. 오직 목표한 것만을 보고 달려가며 구구한 세사의 인연에도 신경 쓰지 않는다. 그리고 저런 사람에게 구원을 받은 마을의 일은 진실로 조상의 음덕이 보살핀 천행이 아닐 수 없었다.

하 노인은 유가의 대장간을 물러 나오는 내내 조상들께 감사를 올렸다. 그리고 사람들에게 손짓하며 물러가기를 권했다. 그렇게 권유하며 물리치는 촌장의 뒤를 따라 모여 섰던 마을의 사람들도 분분히 흩어져 갔다. 그 모양을 말끄러미 바라보던 유만길이 세철을 돌아보며 생뚱하게 얘기했다.

"이봐, 밥 먹어야지?"

슬쩍 돌려보는 세철의 굵은 대답을 들으며 유만길은 고개를 가로 흔들며 웃을 수밖에 없었다.

"한 끼 주시면 먹지요."

혼자 사는 홀아비의 대장간 내실은 텁텁하고 후줄근하기 그지없었다. 세간살이는 찾아볼 길이 없었고 덩그마니 놓인 탁자 하나와 한쪽 벽에 잇대어 만든 침상 같은 구들 온돌이 보여지는 전부였다.

하지만 들어서던 순간부터 저녁을 먹고 상을 물리는 지금 이 순간까지, 내내 소름 돋는 예기(銳氣)로써 전신을 엄습하는 이상한 기운이 있었다. 그 기운의 근원은 구들 침상 위의 시렁에 얹혀 있는 낡고 허름한 볼품없는 목궤였다.

기운의 근원을 찾아 시선을 떼지 못하던 세철이 찻물을 끓이는 유만길에게 말을 건넸다.

"저 안에 뭐가 들었소?"

뜬금없는 질문에 세철의 시선을 좇아 고개를 돌린 유만길이 목궤를
바라보다 세철을 향해 말했다.

"선조의 유물(遺物)이 담겨 있긴 한데 귀한 것은 아니고… 왜 그러
나? 뭐, 이상한 점이라도 있는가?"

바라보는 세철의 눈빛이 심상치 않았음을 느꼈는지 유만길은 갸우
뚱한 얼굴로 다시 말했다.

"오래된 칼이 한 자루 들어 있을 뿐인데, 뭐, 이상한 게 있으려구?
어째? 한번 보려나?"

끄덕이는 세철의 고개를 보던 그가 시렁으로 다가가 목궤를 들어내
었다. 그리고 탁자를 향해 되돌아오며 목궤를 내려놓았다.

세철은 다가오는 목궤를 보며 알 수 없는 홍분에 휩싸이는 것을 느
꼈다. 심장의 고동 소리가 차츰 높아지고 혈관을 타고 도는 피의 속도
가 점점 더 빨라져 갔다. 이상한 일이었다. 이것은 꼭 수련하던 산속의
호랑이와 숲 속에서 마주할 때의 바로 그 느낌이었다. 알 수 없는 느낌
은 점점 더 강해져만 갔다.

유만길은 탁자 위의 목궤로 손을 얹어 먼지를 쓸어낸 뒤 차분히 뚜
껑을 열어젖혔다. 열린 안쪽에서는 오래된 먼지와 곰팡이 냄새가 훅
하고 비산되듯이 뿌려져 나왔다. 그리고 그 아래에는 다 삭아가는 삼
베포로 둘둘 말려진 길다란 칼자루가 도병(刀柄)을 드러내고 있었다.

"쯔쯧, 손질을 안 했더니 엉망이로군."

유만길은 손을 집어넣어 칼자루를 붙잡고는 삼베포를 벗겨내며 혀
를 차댔다. 그 순간 칼의 몸이 모습을 드러내었다.

무엇의 가죽인지 검은 가죽을 무두질해 감아놓은 손잡이는 단단하
게 동여져 있었고 호수구 없이 뻗어 나간 도신(刀身)은 네 치의 넓이에

두 자 반에 이르는 길이를 가지는 투박한 모양이었다. 그 표면에 검붉게 녹막이 겹을 씌웠고 두툼한 칼날의 몸통은 날을 잃은 지 이미 오래였다.

"가업(家業)이 대장질이라 사대조(四代祖)께서 유언과 함께 남기셨다는 물건일세."

마주 앉은 세철의 눈길을 받아 유만길은 칼의 몸통을 쓰다듬으며 말을 이어갔다.

"보다시피 명품(名品)도 아닐 뿐더러 한 자루 투박한 칼이 불과한 것을, 때가 되면 소용할 곳이 있으리라 하시며 보존을 명하셨으니 그저 버리지 않고 간직하고 있네만, 과연 이런 물건이 어디에 쓰임새가 있을지 의문일세그려."

쓰다듬는 주인의 손길을 따라 칼몸이 부스스 일어나며 검붉은 녹을 떨어뜨렸다.

세철은 가만히 손을 내밀어 칼을 잡아갔다. 그 손길과 달없는 세철의 굳어진 얼굴을 보던 유만길은 슬며시 칼을 넘겨주었다.

그리고 그 순간 칼이 울기 시작했다.

징. 징. 징. 징.

소리가 좁은 내실의 벽에 부딪치며 겹겹이 꼬리를 무는 짐승처럼 쉬지 않고 울려 나왔다. 그것은 꼭 긴 잠을 끝낸 신수(神獸)의 울부짖음처럼 억눌렸던 고함을 단번에 울어대는 웅장한 울림이었다.

세철은 칼을 잡은 손을 통해 소용돌이쳐 들어오는 엄청난 기운을 느꼈다. 기운은 팔을 타고 휘돌며 온몸을 노호탕탕 굽이쳐 흘러들었다. 그것은 대초원을 몰아치는 폭풍신의 노성이었고, 만경창파를 일으키는 해왕의 포효였다.

저절로 온몸의 근육이 일어서며 끓어오르는 피와 함께 머리칼이 곤두섰다. 감당할 수 없는 그 힘은 알 수 없는 투기와 패력의 힘을 불어넣어 주며 저도 모르게 칼의 부름을 좇아 세철의 몸을 탁자에서 일으켜 세웠다.

그 순간 세철은 칼로부터 피어오르는 붉은 기운이 온몸을 휘감아 불길처럼 휘도는 것을 보았다. 그 붉은 소용돌이 저 건너편에 한 사람이 모습을 드러냈다.

뚜렷한 윤곽은 보이지 않았다. 그저 자신처럼 육 척이 훌쩍 넘는 장대한 체구에 턱밑으로 휘날리는 관운장의 수염 같은 기다란 수염만이 보여지는 전부였다. 그러나 그 위에서 번개를 품은 듯이 빛을 내는 한 쌍의 눈과 한 손에 들려진 붉고 푸른 빛을 뿜어내는 한 자루의 칼이 세철의 몸을 향해 겨눠지고 있었다.

세철은 머리 위로 쳐 들려진 상대방의 칼을 바라보았다. 그것이 자신의 목을 노리고 있었다. 피할 길이 없어 보였다. 아니, 얼어붙은 것처럼 몸조차 움직여 주지 않았다. 그리고 벗어나려는 몸짓으로 온 힘을 쓰는 그때에, 상대의 붉고 푸른 칼이 세철의 머리 위로 내려쳐졌다.

"이야아아압!"

엄청난 기합 소리를 내며 가위에 눌린 듯 하던 세철이 두 손을 위로 치켜 올리며 칼을 그어 올렸다. 그리고 머리 위에서 내려치던 칼과 엄청난 굉음을 내며 충돌을 일으켰다.

눈부신 빛이 눈앞을 휘감았다. 아무것도 보이지 않고 온통 하얗게 세상이 뒤덮였다. 그 빛을 온몸으로 받으며 세철은 정신없이 뒷걸음질을 치며 물러났다. 흡사 폭풍을 받은 것 같았다. 그리고 등짝과 뒷머리에 강한 충격이 울린 순간, 모든 빛이 사라지고 감았던 눈을 다시 뜰

수가 있었다.

다시 뜨여진 세철의 눈에 들어온 광경은 두 쪽 난 탁자 옆에 얼이 빠진 듯 주저앉아 있는 대장장이 유만길의 얼굴이었다. 자신은 탁자로부터 물러나며 벽에 부딪쳐 멈춰 서 있었고, 눈앞을 가리던 엄청난 하얀 빛도, 그 뒤에서 칼을 들어 내려치던 정체 모를 상대방도 모두가 사라지고 자취가 있지 않았다.

세철은 자신도 모르게 흘러내린 이마의 땀이 떨어져 맺히는 손 안의 칼을 들어 올렸다. 칼의 모습은 그대로였다. 거칠게 일어난 표면의 녹막도 그대로였고 날이 사라진 두툼한 칼 몸도 그대로였다. 다만 한 가지, 알 수 없는 기세로 몸 안을 치닫던 패력의 기운은 모래 위에 부어진 물처럼 흔적을 감추크 느껴지지 않았다.

세철은 한바탕의 꿈처럼 일어난 방금 전의 일을 생각하며 벽에서 등을 떼어냈다. 그리고 아직드 얼을 빼고 주저앉아 있는 유만길을 향해서 걸음을 옮겨갔다. 발걸음이 쉽게 옮겨지지 않았다. 흡사 체력이 다할 때까지 수련을 하고 난 후의 몸처럼 몸 안의 기운이 흔적없이 사라지고 남아 있질 않았다.

아무 말도 않고 다가선 세철은 경황없는 표정으로 올려다보는 유만길에게 칼을 넘겨주었다. 그리고 한마디를 덧붙였다.

"이상한 칼이오……."

유만길은 아직도 일어설 생각을 않은 채 세철이 넘겨주는 칼을 건네받았다. 그리고 그 순간, 칼은 또 한 번 이상을 일으켰다.

찌지지지지징.

손잡이를 제외한 두터운 칼 몸 전체에 미세한 균열이 일어나며 금이 가기 시작했다.

　세철과 유만길은 서로의 눈과 칼의 이상을 번갈아 쳐다보았고, 거미줄처럼 갈라진 도신의 표면을 보며 말없이 서로의 상념에 무겁게 빠져들었다.

　밤은 그렇게 지나가 버렸다.

　닭도 울지 않은 새벽에 세철은 길을 나섰다. 간밤에 있었던 도깨비놀음 같은 일에 세철은 입을 다물었고, 대장장이 유만길 역시 아무런 말이 없었다. 그러나 두 사람 모두 그 일이 칼로부터 비롯한 일이며, 그 칼이 보통의 범상한 칼이 아님을 알고 있었다. 하지만 약속이나 한 듯 두 사람은 입에 담지 않았다.

　대장간의 문간 안쪽에는 작은 보따리가 놓여 있었다. 보따리 안의 내용물은 수수, 조, 귀리를 갈아낸 곡분 가루 한 죽통과 두부를 증기에 쪄서 말린 건두부 세 덩이, 그리고 쇠고기를 육포로 말린 건포 뭉치가 화려한 세공의 검은 비단 한 필과 함께 나란히 들어 있었다.

　내용물을 둘러보고 등 뒤의 바랑에 차곡차곡 쟁여넣던 세철이 비단을 들고는 유민길에게 말을 걸었다.

　"어떠시오. 난 필요없소만."

　그 얼굴을 보고 실풋 웃음은 문 유만길이 세철을 향해 다시 권유하였다.

　"챙겨 넣으시게. 안 받을 줄 알면서도 한 필을 따로 마련한 것은 마을 사람들의 마음을 알아달라는 뜻일세. 그리고 혹시 아는가? 어여쁜 처자를 만나면 그 비단이 필요할지도 말일세."

　웃으며 손을 들어 밀어넣는 시늉을 보이는 유만길의 몸짓에 잠시 생각하던 세철은 반절로 꺾어서 바랑에 집어넣었다. 그 꼴을 보고 유만길이 혀를 찼다.

"저, 저런 성미하고는. 쯔쯧."

개의치 않는 얼굴의 세철은 바랑을 메고 돌아섰다. 그리고 올 때처럼 한마디 인사를 주고 문을 넘었다.

"안녕히 계시오."

홀쩍 등을 보이고 돌아서는 세철에게 유만길도 작별의 말을 던졌다.

"자알 가시게나!"

세철은 등 뒤의 인사를 들으며 문을 나섰다. 사위는 아직도 깜깜한 어둠이었지만 눈이 덮인 주변 풍광은 달빛을 반사시켜 뿜어내며 괴괴한 은빛으로 너울거렸다. 칼 밑은 쌓인 눈으로 발목 위까지 퍼석거렸고 하얗게 뻗은 길은 세철의 갈 길을 보여주고 있었다. 그리고 그 길 위를 막아선 일련의 사람들도 눈앞에 함께 보였다.

이두마차를 앞세워 두고 세철을 기다린 자들은 팽가의 인물들이었다. 새벽빛에 검게 보이는 예의 남색 무복에 안령도를 손에 쥔 자들은 팽가의 제자들이었고, 그 곁에 선 두 남녀와 그들의 앞으로 선 팽수의 얼굴이 시린 은빛으로 반짝거렸다.

세철은 그들 앞에 다가서서 걸음을 멈추었다. 그리고 가만히 자신을 노려보는 팽수의 눈빛을 덤덤히 받아들였다.

"볼일이 있나?"

세철의 물음에 팽수의 미간이 움찔 결을 만들었다. 그러나 곧바로 냉정을 되찾으며 차가운 어조로 입을 열었다.

"그대… 이름이 무언가?"

이름을 물어오는 팽수의 시릿한 음성에 세철은 조용히 답을 주었다.

"장세철이다."

팽수는 잠시간 말이 없었다. 그리고 하얀 불길이 일어나는 듯한 눈길로 세철을 바라보며 나직이 뇌까렸다.

"장, 세, 철… 잊지 않으마. 그리고 기다려라, 우리 팽가의 누백 년 전통이 어떤 것인지 내 반드시 보여주고 말 테다."

희푸름한 달빛 아래 흰 눈을 밟고 선 팽수의 음성은 시린 칼날처럼 날이 서 있었다. 그러나 말을 끝낸 팽수의 몸은 미련을 두지 않는 듯 마차로 올라타 버렸다. 그 뒤를 둘러섰던 일행이 따르듯 올라탔고 마차는 눈 위에 깊은 자국을 남기며 없던 것처럼 떠나가 버렸다.

세철은 그런 마차의 뒷모습을 눈에 넣으며 습관처럼 바랑을 고쳐 올리고 발걸음을 떼어놓았다. 쓸쓸한 바람이 그 등을 떠다밀 듯이 불어닥쳤고 그런 세철의 뒷모습을 또다시 눈에 담는 사람이 뒤에 있었다.

대장장이 유만길은 떠나는 세철의 뒷모습을 보며 이상한 감회에 사로잡혔다. 단 하루 만을 봤을 뿐이건만, 청년무사가 주고 간 인상은 너무도 강했다. 이름조차도 물어보지 않았다. 하지만 그런 청년이 우연히 들른 금사촌을 누란의 위기에서 구원해 낸 것이다.

마적들도 그러했고 팽가의 사람들 역시도 노리는 것은 따로 있었다. 그것은 마을의 비단이었다. 그 때문에 사람이 상해 나갔고, 그것을 볼모로 또 다른 사람들이 마을을 찾아왔다. 하지만 청년에 의해 양쪽 모두의 노림수가 수포로 돌아간 것이다. 그리고 청년은 아무것도 바라지 않은 채 한 줌의 곡식 가루를 손에 쥐고 올 때처럼 길을 떠나가 버렸다.

대단하고 기이한 청년이었다. 청년과 함께 한 하룻저녁은 많은 것을 바꿔놓았다. 그리고 그것은 자신에게도 해당이 되었다. 그중의 하나가 바로 자신 집안의 오래된 칼이었다.

유만길은 청년의 손에서 거미줄처럼 금이 간 선조의 칼을 화로의 불길 속으로 꽂아넣었다. 어떤 내력과 사연이 숨어 있는지는 모르지만, 칼은 이제 그 내막을 드러내 보이려 하고 있었다. 그리고 그 시초를 떠나간 청년이 마련해 즌 것이다.

연신 풀무질을 해다자 칼은 금세 달아올랐다. 그 몸통을 끄집어내어 모루 위에 올리고 가볍게 두들겼다. 아니나 다를까, 미세하게 금이 간 두터운 칼의 몸통이 조각조각 허물을 벗기 시작했다. 떨어진 조각 사이로 붉은 속살을 내어 보이듯, 새로운 몸체가 조금씩 모습을 드러냈다. 유만길은 좀 더 세차게 망치를 두들겨 나갔다. 그리고 그 망치질을 따라서 숨어 있던 몸퉁이 박피를 하듯 제 모습을 갖추어냈다.

숨 막히는 기세와 아름다움이 목이 메이게 찾아들었다. 그것은 용(龍)의 혈신(血身)이었다. 붉은 혈광에 푸른 예기를 제 몸통에 후감은 칼은 몸통의 중앙에 승천하는 용의 문양이 현란하게 음각되어 있었다. 부서진 겉 몸을 버린 칼날은 세 치의 폭에 두 자를 갸웃이 넘을 듯한 직선에 가까운 곡선을 유려하게 그린 모습이었고, 혈조도 없이 매끈한 도신의 맨 끝에는 날카로운 각을 진 안쪽에 혈룡(血龍)이라는 두 글자가 숨 쉴 듯이 새겨져 있었다.

유만길은 칼의 아름다움에 매료되어 달구어진 칼의 열기가 제 머리카락을 눌게 하는지도 모르고 정신없이 들여다보았다. 바로 이것이었다. 이것이 조상이 전하는 유물이었던 것이다. 그리고 이것에는 자신조차 모르는 비밀이 숨겨져 있는 것이 확실했다. 그러나, 그러나 그것이 과연 무엇인지…….

칼의 아름다움에 뺏기던 유만길의 상념은 오래가지 않았다. 어울리지 않는 새벽에 들려온 목소리가 그의 감흥을 앗아간 때문이었다.

"그놈이 드디어 마을을 나갔군 그래."

탁하게 갈라진 목소리를 내며 들어서는 놈은 삼양권 이귀였다.

"그런데 부지런도 하시군. 이 새벽에 벌써부터 일을 하시나?"

빈정거리며 들어서던 이귀가 유만길의 손에 들린 붉은 칼의 몸을 보고 번뜩, 눈을 빛냈다. 유만길은 황망히 손을 뒤로 돌리며 다급하게 말을 돌렸다.

"이, 일은 무슨! 그, 그나저나 이 새벽에 어쩐 일이오?"

하관이 긴 말상 얼굴을 빙긋이 웃어가며 이귀는 천천히 뒷짐을 지며 다가들어 왔다. 그러나 그 시선은 돌아간 유만길의 뒤편으로 향하고 있었다.

"내 일을 망쳐 버린 젊은 놈이 떠났는지 보고자 왔지. 한데 뜻밖에도 좋은 걸 보게 되는구먼."

"조, 좋은 거라니, 뭘 말이오?"

궁색한 표정으로 뒷걸음을 하는 유만길을 뱀의 눈알로 쳐다보는 이귀가 말했다.

"유가 당신이 뒤로 감춘 것 말이야! 아마도 도(刀)인 듯싶은데, 그렇지 않은가?"

"무슨 말을 하는지 잘 모르겠소. 난 이만 들어갈 테니 당신도 가보시구랴."

궁색함을 넘어 다급한 표정이 된 유만길은 내실의 문 쪽으로 주춤주춤 뒷걸음을 했다. 그러나 그 모습을 본 이귀는 차가운 얼굴로 다가들며 손을 뻗었다.

"그러지 말고 구경 좀 하자구!"

말과 함께 달려든 이귀가 유만길의 팔목을 잡아 꺾어 올렸다.

“어억!”

뒤로 팔이 꺾여진 유만길이 바닥에 무릎을 꿇었고 그 손에 들려진 칼을 낚아챈 이귀는 붉은 도신을 바라보며 넋을 뺄 듯이 입을 벌렸다.

“세상에! 이럴 수가!”

유만길을 잡았던 손조차 놓은 채로 이귀는 칼 속에 혼을 빼앗기며 빠져들어 갔다. 붉은 도신. 그 위를 감싸도는 시퍼런 예기. 유려하게 뻗어 나간 몸통에 그려진 용의 문양. 그 끝에 새겨 넣어진 혈룡의 두 글자.

“돌려주시오! 이 무슨 행패요!”

다시 달려든 유만길의 손짓에도 이귀는 움직일 줄 몰랐다. 그의 두 눈은 도신에 새겨진 꿈틀거리는 용의 문양과 그 이름을 새겨넣은 혈룡의 두 글자에 멈춰져 있었다. 혈룡. 혈룡. 혈룡……

불현듯 이귀의 머리 속에 한 가지 생각이 전율처럼 떠올랐다. 그리고 칼을 잡은 이귀는 지랄병에 걸린 사람처럼 부들부들 떨어대기 시작했다.

“어서 내놓으란 말이오! 그 칼은 선조의 유물이오!”

때마침 들린 소리에 손목을 붙잡고 매달리는 유만길에게로 이귀의 고개가 홱 하고 돌아갔다. 핏발 선 그 눈을 보며 섬칫한 유만길이 손을 놓고 물러날 때, 소름 끼치는 음성이 이귀의 입을 통해 흘러나왔다.

“조상의 물건이라고? 그렇지, 네놈의 성이 유가(柳哥)였지! 맞다, 맞아! 으히히히히히히!”

마치 실성한 사람처럼 칼을 들고 어깨를 들썩이며 소름 돋게 웃는 모습에 유만길은 불길한 예감을 받으며 한 발 한 발 뒤로 물러났다.

이윽고 웃기를 멈춘 이귀의 충혈된 눈빛이 들고 있는 칼의 빛깔을

받으며 벌겋게 번질거렸다. 그리고 물러서는 유만길을 향해서 천천히
다가들었다.

"왜, 왜 그러시오?"

벽을 등진 유만길의 목소리가 공포에 질려 떨려 나왔다. 그 앞을 막
아선 이귀는 갈라진 목소리로 나직하게 속삭이듯 말을 이었다.

"원래는 내 일을 망친 그놈을 비호한 대가로 가볍게 손을 좀 봐주려
고 했었는데 말이야……."

어느새 얼굴을 가깝게 들이댄 이귀는 짐승의 숨소리처럼 조용하게
말을 이어 나갔다. 그러나 그 얼굴을 마주 대하는 유만길에게는 지옥
의 악취처럼 역겹고 두렵기만 할 뿐이었다.

"이제는 그럴 수가 없겠어. 이유는 바로 네놈의 조상이 남긴… 이
칼 때문이야!"

"커헉!"

마지막 어조와 함께 솟구친 칼끝이 유만길의 복부를 뚫고 등을 파고
나왔다. 아직도 달구어진 도신을 타고 핏물이 흐르며 끓어올랐고, 눈
앞에 일그러진 이귀의 악귀 같은 얼굴을 마주 보는 유만길의 입에서는
달뜬 신음이 이어져 나왔다.

"커어어억……."

복부를 뚫고 들어간 조상의 칼이 이귀의 손길을 따라 점점 아래로
내려지고 있었다. 그리고 뜯어지는 옷감처럼 벌어진 유만길의 뱃속에
서 나온 장기들이 칼을 타고 미끄러지며 바닥으로 떨어져 내렸다.

그 칼을 내리누르는 이귀의 눈은 더욱더 붉은 혈광으로 물들어갔고,
한껏 치켜뜬 채로 허공을 향해 절규를 내뱉던 유만길의 두 눈은 급격
하게 생기가 사라지고 있었다. 그리고 칼을 잡았던 이귀의 몸이 손과

함께 떨어져 나갔을 때, 허물처럼 무너져 내린 유만길의 몸뚱이는 추위
에 떠는 들쥐처럼 파르르하게 잔경련을 보이고 있었다.

잠시 후, 몸의 경련마저 죽어버린 유만길의 몸뚱이가 뻣뻣하게 식을
무렵, 칼을 든 이귀는 정신없이 대장간을 흩트리며 불을 놓았다. 화로
의 불길이 옮겨 붙은 대장간은 삽시간에 불길에 휩싸였고, 안에 담긴
모든 것을 먹어 치우는 불길의 헛바닥은 남김없이 불사르며 번져 가기
시작했다.

그 불길을 보고 옆에 붙은 마방의 말들이 미쳐서 날뛸 적에, 정신없
이 뛰쳐나가는 삼양권 이귀를 본 사람은 아무도 없었다. 심지어 그가
내지르는 소리조차도.

"으하하하! 혈룡도(血龍刀)! 혈룡도다!"

고단한 하루를 보낸 마을은 아직도 깊고 깊은 잠 속에서 깨어나지
않고 있었다.

중원행(中原行) 4

장엄한 곤륜(崑崙)의 기상을 담은 강물이 황룡(黃龍)처럼 꿈틀거린다.

첫 시원(始原)인 파안객랍산맥(巴顏喀拉山脈)의 아합랍달합택산(雅合拉達合澤山)에서 발원한 생명의 줄기가 청해성(青海省)의 남동쪽을 싸고돌며 사천성(四川省)의 경계를 살짝 걸치고, 적석산맥(積石山脈) 동단을 굽이돌아 감숙성(甘肅省)의 남부로 들어가 북서류하여 다시 청해성으로 들어간 다음, 서녕(西寧) 남쪽을 동류, 유가협(劉家峽)의 협곡을 지나 감숙성 난주(蘭州)에 이르러 북동으로 유로를 바꾸고, 영하회족(寧夏回族) 지역의 은천(銀川) 동쪽을 지나 내몽고(內蒙古) 지역의 오르도스 지방으로 들어간다.

그 길고 거대한 몸통이 다시 파두(巴頭) 부근을 동류한 다음 산서성(山西省) 하곡현(河曲縣) 부근에서 남하하여, 동관(潼關) 부근에서 또다시 동으로 진로를 바꾸어 삼문협(三門峽)를 거쳐 산서, 하남성(河南省) 경계를 흘러 황토고원(黃土高原)을 관통하여 화북평야(華北平野)로 들어가, 산동성(山東省)이르러 발해만(渤海灣)으로 스며들어 사라져 간다.

그것이 황하(黃河)의 일생이었다.

마치 신수(神獸)처럼 누렇게 굽이치고 흘러가는 강물은 수많은 왕조의 흥망과 영락을, 그 땅 위에서 피고 스러진 무수한 인간들의 역사와 성쇠를 담아내고서 오늘도 도도히 흘러만 가고 있다.

똑같이 흐르는 머리 위의 강물 같은 파란 하늘엔 쪽박처럼 까치구름이 군데군데 떠가고 있고, 그 아래 대지의 틈으로 흘러가는 누런 강물을 하염없이 바라보는 사람은 검은색 일색에 사천왕 같은 뒷등을 보이고 있는 한 청년이었다.

계절의 마지막 심술을 내는 차가운 바람에도 불구하고 뱃전에 부딪치며 꿈틀대는 강물을 내려다보는 세철의 눈은 담담했다. 하지만 내심은 그렇질 못했다. 배는 순풍에 돛을 부풀리며 강물을 거스르고 힘차게 나아가고 있지만, 심중의 조바심에는 아무래도 미치질 못하는 까닭이다.

하북 땅을 도보로 걸으며 남으로 남으로 내려와, 황하의 물줄기를 만난 이진(利津)이란 포구 마을에서 처음 배를 탔다. 배는 소영(小營), 청하(清河), 태자(台子)를 거쳐 제남(濟南) 땅으로 향하고 있지만, 이틀만의 물길에도 불구하고 벌써 반나마 주파를 하는 중이다. 이대로라면 내일 늦은 오후에는 제남에 들어 개봉으로 향하는 배를 갈아탈 수 있을 것이다.

생각 외로 빠른 여정이었고, 숭산은 이제 지척으로 다가왔다. 넉넉잡고 여서이레면 소림의 전경을 육안으로 보게 된다.

거기서부터가 시작이다. 무엇이 기다리고 있고 어떤 것을 알게 될지는 알 수 없지만 놈을 좇아왔던 중들이 있는 곳이고 놈이 훔쳐 내온 혈리표를 간직해 온 곳이 그곳이다. 그리고 그들에겐 숨겨진 비사와 묵혀진 은원이 있다.

그날, 아버지가 처참스런 모습으로 죽어버린 그날에 나락처럼 떨어진 우물 속에서 한 사람의 이름을 들었다.

염차수.

놈의 이름은 염차수인 것이다.

누구의 입에서 나온지 모를 그 이름은 환청처럼 귀를 울리며 뇌리에 깊숙이 틀어박혔다. 마치 운명처럼. 그리고 정신을 잃어가던 그 순간에 소림의 승려들과 놈 사이에 격전이 벌어졌던 것이다.

놈은 아버지가 남긴 기록 속에 있는 염가 철공장의 후대가 틀림없었다. 그 때문에 선대의 유물이며 소림이 숨겨오던 혈리표를 훔쳐 낸 것이고, 그 날[끼]을 되들이밀어 무림에 복수를 시작한 것이다.

바로 그 옛일에 휩쓸려 아버지와 자신의 인생이 거꾸러졌다. 원치 않았고, 예상하지도 않았다. 알고 싶지도 않았을 뿐더러 끼어드는 일 따위는 정녕 원치 않았다. 하지만 그들은, 아니, 세상은 그렇게 놔두질 않았다. 그저 힘없음을 한탄해야 할 지옥 같은 그날은 그렇게 어느 날 느닷없이 벼락처럼 내리 덮친 것이다.

마차 바퀴에 깔린 당랑 같던 그날이 지난 후, 돌이켜 보면 참으로 피고름 같은 시간이 흘러갔다. 아버지를 죽인 뱀 눈알의 그놈이 대장간을 찾아들던 그날부터 홀로이 지내던 산을 내려오던 그날까지. 어느새 십오 년의 시간은 화살처럼 흘러가고 보이질 않는 것이다.

그 시간 동안 약하고 어리던 몸은 육 척으로 커졌고, 목숨을 걸며 나

날을 보낸 몸뚱이는 철갑처럼 단단해졌다. 하지만 그 많은 날들 동안 화인(火印)처럼 틀어박힌 가슴속 분노와 원한의 화농은 전신을 가르고 새겨진 호랑이의 발톱 자국처럼 더욱더 짙고 선명해져만 갔다.

이제는 곪아터진 그 화농을 가슴 밖으로 터뜨려 낼 때가 온 것이다.

지난 세월 내내 그 일 한 가지만을 생각하고 살아왔다. 오직 그 한 가지만이 목숨을 연명해 온 이유이고, 이제껏 살아가는 삶의 목적이었다.

정강이뼈가 바스러지도록 고목의 밑둥을 차댄 것도 그 때문이었고, 두 손의 동상이 팔목을 차 오르도록 얼음 강물을 후려진 것도 그 이유 하나였다. 그리고 갈아놓은 호랑이뼈를 끼니마다 씹어먹으면서 놈의 얼굴을 떠올렸었다. 오직 한 가지, 다시 만나게 될 그날까지 온전한 모습으로 살아 있기를 바라면서.

행여 그 바람 때문인지는 모르겠으나 놈이 죽었다는 소식은 어디에도 없었다. 정말 다행이었다. 하지만 그 반면에 놈의 소문을 알고 있는 자 역시 아무도 있지 않았다.

하지만 왜일까? 어째서 아무도 모르는 것일까? 또 놈은 도대체 어디에 있는 것일까? 혹시라도 아무도 모르는 곳에서 벌써 죽어버린 것은 아닐까?

아니다. 그렇진 않을 것이다. 놈이 죽었다고 단정지을 수는 없는 일이다. 그 지옥의 악귀 같은 놈이, 유부의 원귀들을 뭉친 것 같은 혈리표를 가진 그놈이 그렇게 쉬 죽을 놈이 아닌 것이다. 그렇다면 지난 십 년간 놈의 행적이 왜 드러나지 않은 것일까? 소림사의 중들에게 좇겨서? 아니면 혈리표의 존재를 눈치 챈 또 다른 무리에게?

아니다. 그것도 아닐 것이다. 선조의 복수를 하기 위해 나선 놈이 다시 숨는다는 것은 앞뒤가 맞질 않는다. 그리고 놈에겐 세상 그 어떤 것보다도 강력한 힘인 혈리표가 있다.

그렇다면 복수를 위해 나선 놈이 다시 숨어버린 십 년 세월은 어떻게 해석을 해야 하는가? 혹여 놈에게 어떤 사정이 생긴 것일까? 만약에 그럴 만한 사정이라면 도대체 무슨 일일까? 피 끓는 복수를 접어두고 몸을 숨길 만한 일이라면 혹시라도 부상? 그래, 그렇다면 이야기가 들어맞는다.

송화장 이장주 고건성의 이야기를 들으면 놈을 좇아왔던 사람들은 소림 방장의 사형제들인 법성, 법진의 두 고승과 젊은 사대금강이라고 했었다. 그리고 놈은 그들과의 대결에서 혈리표를 사용했다. 하지만 뒤좇기며 도망치던 놈에겐 혈리표의 사용을 숙지할 만한 시간이 부족했을 것이다.

아버지가 남긴 도면에는 혈리표의 제작 방법과 함께 운용심법인 세심공이 들어 있었다. 세심공은 많은 공력을 필요로 하는 심공은 아니었지만, 마음을 그물처럼 풀어내는 그 심법은 대단한 심력과 집중력, 그리고 끈기를 요구했다. 자신조차 그 비결을 이해하는 데만 삼 년의 시간이 소요됐다. 그러나 놈은 짧은 시간 안에 그 방법을 숙지하고 사용을 해야만 했다. 무리가 따랐다면 바로 그 부분일 것이 분명했다.

하지만 아무리 소림 승려들과의 결투로 내상을 입었다고 가정을 하여도, 버젓이 그들을 회복 불능의 상태로 물리치고 사라져 간 그놈이 숨어든 세월은 너무 길었다.

놈의 생각은 과연 어떤 것인가? 그리고 지금 이 순간 어디에 몸을 웅크리고 있는 것일까?

꼬리에 꼬리를 무는 생각에 잠겨 있던 사이에 배는 제남으로 가는 물목에 있는 중하포구(中河浦口)에 머리를 들이밀어 접안을 했다. 따뜻한 햇살이 내리쬐는 정오의 포구는 부산하고 활력에 넘쳤다. 들고 나는 배들에서 옮겨지는 각종 화물이 짐꾼들의 등을 가리며 걸어다녔고, 포구를 따라 형성된 간이 장시엔 각종의 장사치들이 사람들을 호객하려 득시글거리며 분주했다.

어느덧 세철이 탄 배에서도 하선 판목이 내리워지고, 갑판에 모였던 승객들의 발길이 포구 쪽으로 이어져 갔다. 그런데 제각기의 짐을 지고 들고 배를 내리던 사람들의 중앙이 갑자기 소란스러워졌다.

"비켜! 비키란 말이다. 이놈들아!"

"어, 어이쿠!"

"어, 어, 어구구!"

하선을 하던 갑판 쪽의 사람들이 반으로 갈라지며 장사치로 보이는 두 명의 사내를 밀쳐 넘기고 한 사내가 선상에 모습을 드러냈다.

좌우로 부라리는 목자는 불량하고 험상궂다 못해 위험스럽기까지 했고, 시커멓게 기른 구레나룻과 더불어 도갑없이 손에 쥔 커다란 귀두도(鬼頭刀) 한 자루는 위태한 느낌을 풍겨내는 모양이었다. 거기에 비수를 꽂아 넣은 등갑을 가로 두른 장대한 체구는 하선하던 사람들이 얼굴을 일그러뜨리며 훌쩍 물러나게 만들기에 충분했다.

"길이 바쁜데 왜 이리 걸리적거려!"

소리치는 사내를 보던 사람들이 슬금슬금 좌우를 돌아 빠른 걸음으로 하선을 했다. 그 모양을 객선의 수부들이 바라보다 외면을 할 적에 사내는 그중의 하나를 향해 다가서며 멱살을 움켜쥐었다.

"왜, 왜 그러십니까요, 나으리……."

겁먹은 수부가 눈길을 맞추지 못하고 끌려 당겨진 채 떨리는 입을 열었다.

"이 배의 행선지가 어디냐?"

사나운 사내의 눈빛이 겁먹은 수부의 눈길을 파고들며 으르렁대었다.

"도, 도착지 말씀이십니까요?"

"그래! 어디에 닿느냐 말이다!"

커다랗게 되묻는 사내의 음성에 수부의 쪼그라든 음성이 급하게 답을 내놨다.

"제, 제남, 제남입니다요!"

대답을 들은 사내의 눈길이 더욱 험상궂게 뒤틀려 갔다.

"뭐? 제남? 이런 썅! 그럼, 배를 잘못 탔잖아!"

욕설을 내뱉은 사내는 움켜잡은 수부의 멱살을 집어 던졌다.

"아이고!"

갑판을 뒹군 수부가 앓는 소리를 낼 때 사내는 주변을 돌아보며 소리를 질렀다.

"도사공이나 선장 놈은 어디 있냐? 냉큼 앞으로 나서라!"

어느새 갑판은 사내의 뒤로 주섬주섬 새로 승선한 사람들과 제남을 목적지로 한 기존의 승객들이 뒤섞여, 사내를 중심으로 널찍이 물러서서 사태의 추이를 지켜보고 있었다. 그런 사람들의 뒤쪽에서 오십 줄의 추레한 중늙은이가 목에 두른 면포를 풀러내며 앞으로 나섰다. 그 뒤에는 긴장한 모습의 수부들이 얼굴을 굳히며 따라붙었다.

"협사께서는 무슨 분부라도 계시오니까?"

앞으로 나선 중늙은이의 대답에 사내의 눈길이 더욱 험악해졌다.

"늙은이, 너는 누구냐?"

"제가 바로 도사공올슨니다."

"그래? 그럼 당장 배를 띄워라! 단, 목적지는 제남이 아닌 발해만이다!"

사내의 눈길을 마주 보던 도사공이 차분히 입을 열었다.

"협사께서 뭔가 오해를 하고 계신 모양이외다. 이 배는 개인의 유람선이 아니오라 조정과 수로 조합에서 관리하는 정규 여객 화물선으로써 임의로 목적지나 항로를 변경하는 따위의 일은 불가하오이다."

"그래?"

짧게 반문하는 사내의 눈빛이 한층 날카로워져 갔다.

"더구나 이렇듯 많은 여객들이 타고 있는 배를 협사 한 분의 요구로 바꾼다는 것은 말이 되지 않습니다. 목적하신 곳이 따로 계시다면 그 배편을 알아보시거나, 그도 여의치 않으시다면 저희가 별도로 전세 배를 알선해 드리겠습니다.'

차분하고 명료하게 사내의 앞에 서서 일의 전후를 설명하는 도사공의 얼굴에는 노회하고 흔들리지 않는 경륜이 묻어나고 있었다. 아마도 철이 들 무렵부터 시작한 물질로 이날 이때껏 살아왔고, 그 물길 속에서 벌어들인 돈으로 처자식을 먹여 살렸을 것이다. 그 와중에 숱한 도적들의 수탈과 관의 포악 속에서 죽을 고비를 넘겼을 것이고, 그 고비마다 묻어 나온 경험으로 배와 수부들을 이끌고 있는 것이 분명해 보였다. 하지만 눈앞의 사내는 그런 도사공의 얼굴을 바라보며 차갑게 번득이는 눈알을 굴리는 모습이 여간 위험해 보이는 것이 아니었다.

"늙은이, 네놈의 말은 결국 나더러 배를 내리란 말이냐?"

"그런 뜻이 아니오라, 앞서도 말씀드렸듯이……."

그 순간에 사내의 귀두도가 바람처럼 휘둘러졌다.

피잇!

모양에 어울리지 않는 칼의 소리는 무척이나 가파르고 예리했다.

소리에 앞서 번쩍 하는 은빛 궤적이 도사공의 머리 위에서 수직으로 선을 내리그었고, 그 선 안에 있던 초로의 도사공은 아직도 앞을 보고 서 있었다. 그러나 말을 끝맺지 못한 입술이 떨리고 흔들리는 눈동자가 점점 흰창으로 뒤집어질 때, 정수리부터 가슴으로 그어 내려간 번개의 궤적을 따라 피안개가 솟구쳐 올랐다.

"끼아아아악!"

바라보던 승객 중 한 여인네의 입으로부터 비명이 터져 나왔을 때, 사람들은 천천히 제자리에서 무너지는 도사공의 몸을 보며 죽음을 파악했다.

혼란은 순식간이었다. 앞 다투어 배를 내리려는 사람들로 갑판은 아수라장으로 변했고, 겁에 질려 얼이 빠진 수부들은 도사공의 시체와 혼란스런 선상을 보며 주춤주춤 뒷걸음질을 하고 있었다.

"아직도 못 알아듣겠나! 죽기 싫으면 어서 배를 띄우란 말이다, 이놈들아!"

순식간에 죽어 자빠진 도사공의 시체 앞에서 칼을 든 사내는 소리쳤다. 그 소리에 놀란 사람들은 앞선 사람들의 등을 떠밀며 물속으로 첨벙첨벙 빠져들었고, 칼의 서슬에 겁먹은 몇몇 수부들도 물을 향해 몸들을 던져 넣었다.

"이놈들이!"

도망치는 수부들을 본 사내가 갑판을 박차고 수부들을 향해서 몸을 띄웠다. 흡사 곰의 웅비처럼 갑판의 반대쪽으로 도약해 간 사내의 몸이 난간을 밟으며, 몸을 뒤틀어 뒤를 돌아 발길질을 때려넣고 갑판에 내려앉았다.

파바박!

“컥!”

“악!”

“우억!”

세 마디 신음과 함께 강을 향해 몸을 던지려던 수부들의 몸이 튕켜지며 갑판을 굴렀다. 그 뒤를 따르던 나머지 수부들의 얼굴에는 사색이 감돌았고, 동경(銅鏡)처럼 널따란 칼날의 귀두도를 치켜든 사내의 얼굴에는 사악한 미소가 머물렀다.

“이, 버러지 같은 놈들이… 어르신의 말씀을 거역하고 도망질을 해?”

사내는 일그러지던 미간에 흉악한 미소를 물들이며 살기를 뿌려대었다. 어느새 갑판 위엔 한 명의 승객도 남아 있지 않았고, 뜻밖의 선상 소란에 놀란 포구의 사람들은 구름처럼 몰려들어 배를 올려다보았다.

“배를 띄우라는 내 말이 달 같지 않단 말이냐? 이 육시를 할 놈들!”

신음하고 뒹굴며 겁에 질려 뒤로 물러나는 수부들을 향해 악귀처럼 다가서던 사내가 문득 시선을 수부들의 뒤쪽으로 던졌다. 느닷없이 피부를 찌르는 따가운 기운이 느껴진 때문이었다.

그곳엔 검은 옷을 입은 젊은 사내가 아무렇게나 뒤로 질끈 동여맨 말총 같은 긴 머리를 휘날리며 자신을 보고 있었다. 사내의 기운은 특이하고도 무거웠다.

서늘하게 가라앉은 무감정한 눈빛. 색 바랜 검은 옷 위로 도드라져 보이는 굵직한 어깨와 불룩한 가슴. 거대한 장신에 강철 기둥처럼 뻗어 있는 두 팔과 다리. 자신을 바라보는 눈빛에 점점 실려가는 무서운 적의.

보통 놈이 아닌 게 분명했다. 아무리 시간에 쫓기는 외중에 경황이 없었다고는 하지만, 배에 오르는 순간부터 지금까지 저런 사내를 파악하지 못한 것은 분명 실수였다. 하지만 이미 내친걸음, 여기서 주저앉는다면 자신에게 돌아올 것은 몰락뿐이었다.

어서 이 포구를 떠나야 한다. 그리고 멀리멀리 뱃길을 타고 도망을 가야 한다. 그렇다면 적의를 드러내고 있는 저 검은 옷의 젊은 놈도 쓰러뜨려야 한다. 하지만, 하지만 저놈은 정말이지 만만해 보이지 않는 얼굴이다.

"뭐냐? 해보자는 거냐?"

꺼림칙한 마음을 지운, 살기 짙은 나직한 음성으로 사내가 입을 열었다. 그 음성이 햇살의 여울을 타고 검날처럼 파동 치는 것 같았다.

눈가로 흐트러져 내린 몇 가닥의 머리카락 사이로 보이는 귀두도의 사내를 바라보는 세철의 눈가에 냉기가 서렸다.

정말이지 저런 놈은 죽여 버리고 싶다. 아니, 산산이 가루를 내어서 고기밥으로 뿌려줘도 시원치 않을 놈이다.

놈은 칼을 들었다. 비단 들었을 뿐만 아니라 무공을 익혀 제대로 쓸 줄 아는 놈이다. 그건 다시 말해 놈에게 힘이 있다는 소리다. 그런데 놈은 그걸 제대로 사용하지 않는다. 힘있는 모든 놈들이 한결같이 그런 것처럼, 놈 역시도 제 힘을 믿고 힘없는 자를 억누르고 핍박한다. 오직 자신의 욕심을 위해서.

지금도 눈앞에서 한 사람의 머리를 갈라 버렸다. 언제나 스스로에게 말하기를 힘없는 자가 당해야 하는 천형과 같은 것이라 치부하며 외면하려 했지만, 목표한 일 외엔 모든 세상 일로부터 무관심하려 했지만, 지금 이 순간만은 참을 수가 없다. 눈앞에 칼을 들고 서 있는 저놈을 조각조각 부숴 버리고 말 테다.

세철은 미처 막지 못한 후회에 어금니를 물며, 눈앞으로 흘러내린 머리카락을 손가락 사이로 넣어 쓸어올렸다. 그 올려진 팔목 사이로 검은 강철의 빛이 햇빛의 윤을 받아 이상스럽게 번들거릴 대, 자연스럽게 나온 걸음은 귀두도의 사내를 향해서 보폭을 옮겨놓았다.

거북한 낯빛으로 칼을 고쳐 잡는 사내의 얼굴이 보였다. 그 얼굴을 마주 보며 들이킨 숨이 탈끝을 휘돌았을 때, 불끈 선 종골근이 갑판을 밀어내려는 찰나에 때 아닌 그 소리가 울러 퍼졌다.

우워어어어어.

천둥 같은 장소성은 버 중심의 돛대를 흔들 정도로 웅장하게 울려 퍼졌다. 그 소리에 놀란 포구의 사람들이 귀를 막고 하늘을 둘러볼 때, 마주 섰던 귀두도의 사나이는 사색으로 낯빛이 흐려졌다.

"이, 이런, 개썅!"

거칠게 욕설을 내뱉은 사내는 마주 선 세철의 존재도 의식하지 않은 채 선미 쪽으로 도망치듯이 몸을 날렸다. 하지만 그 순간에 포구에 운집한 사람들의 뒤쪽으로쿠터 날아오른 네 줄기의 회색 그림자는 높다란 배의 돛대를 차례로 차고 직선으로 내리 꽂히며 사내의 앞길을 막아서 내렸다. 그 모습은 회색으로 그어진 네 줄기 환영 같았고, 진실로 입이 벌어질 만한 대단한 경신공부가 아닐 수 없었다.

하늘을 보고 입을 벌린 사람들의 탄성이 가라앉기도 전에 합창 같은 네 마디의 나직한 불호와 함께 거친 욕설이 같이 터져 나왔다.

"아미타불!"

"이, 이, 거머리 같은 중놈들!"

귀두도의 사내를 에워싸듯이 사방으로 막아선 인물들은 회색 승포를 강바람에 펄럭이는 네 명의 승려였다. 모두들 삼엄한 눈빛에 두 손을 마주 모았고, 짧게 깎은 머리 아래 얼굴들은 삼십을 갓 넘겨 보이는 청년의 얼굴들이었다.

그중 밝게 빛나는 어린아이 같은 미소를 머금은 동안의 승려가 한 발을 앞으로 나서며 입을 열었다.

"진 시주, 멀리 가지 못했구려."

"정도(正道)! 개 같은 돌중 놈!"

이를 물 듯이 사내가 씹어 뱉었다. 그때 옆으로부터 또 다른 승려가 끼어들었다.

"어째서 우리의 호의를 자꾸 무시하는 거요?"

금강동인처럼 거대한 덩치의 승려는 사내의 옆쪽으로 다가들며 종탑처럼 우렁거렸다. 하지만 자신보다 더 큰 체구의 승려를 돌아보는 귀두도 사내의 얼굴에는 깊은 증오가 배어져 나왔다.

"호의라고? 더러운 중놈들이 정말 가증스럽구나!"

사내의 욕설은 점점 더 깊이를 더해갔다. 그리고 그 꼴을 보고 있던 두 명의 승려들도 입을 열었다.

"결국은 사람을 해치고 말았군요."

"아미타불!"

가는 눈매에 날카로운 눈빛을 가진 승려가 쓰러진 도사공의 시신을 돌아보며 말을 하자 광대뼈가 툭 하고 불거진 강팍한 인상의 승려가 불호를 외웠다. 하지만 죽은 자는 말이 없었고, 그 모습을 보는 산 자들의 눈에는 슬픔이 없었다.

"이제 그만 돌아가십시다."

맨 처음 말을 했던 정도라는 승려가 다시 입을 열었다. 여전히 온화한 낯빛에 시선은 부드러웠다. 하지만 그 얼굴을 마주 보는 귀두도 사내의 얼굴에는 모진 결의가 피어 나왔다.

"돌아가자고? 그렇게는 못한다! 내, 이 자리에서 죽을지언정 네놈들의 소굴로 돌아가지는 않을 것이다!"

칼을 고쳐 잡는 사내의 모습을 보며 금강역사 같은 거다란 체구의 승려가 미간을 찌푸리며 입을 열었다.

"꼭 손을 써야만 하겠소? 이대로 조용히 돌아가는 것이 서로에게 좋을 것인데."

덩치 큰 승려를 돌아보는 귀두도 사내의 입은 다시금 아결차게 벌어졌다.

"흥! 웃기는 소리 마라, 이 덩치만 큰 돌중 놈, 정오(正悟)야! 나, 진붕이 비록 녹림의 산적에 불과했지만, 이제는 네놈들이 나를 늙어 죽게 가두려는 속셈을 알고도 남는다! 그 시커먼 속이 너희 소림이 숨겨온 깊은 비사와 관계……."

갑자기 환청처럼 들려온 소리에 갑판 한쪽에 방관자처럼 바라만 보던 세철의 눈이 번쩍 빛을 뿜었다. 사내의 입에서 들려나온 목소리가 아직도 귓가를 울렸다.

소림, 비사, 관계…….

사내는 아직도 칼을 든 손으로 눈을 부라리며 말을 하고 있었고, 그 음성은 아직 끝나지 않았다. 하지만 세철의 귀를 틔운 그 음성이 채 이어지기도 전에 뒤쪽으로부터 날아든 강력한 힘의 소용돌이가 사내의 음성을 비명으로 막아버렸다.

슈아아악! 펑!

"커헉!"

아지랑이처럼 무색으로 너울대는 강맹한 힘의 소용돌이는 둘러선 청년 승려들의 사이를 비집고 진붕이란 사내의 오른 가슴에 강풍처럼 틀어박혔다.

칼을 잡았던 사내의 몸통이 살맞은 제비처럼 비틀려 올리고 정신없이 휘둘리며 떨어져 나갔다. 큰 덩치만큼 갑판을 울리는 소리가 요란하게 울려 퍼지고, 함께 돌며 공중에서 번쩍대던 귀두도가 제 주인의 머리 옆에 떨어지며 살기 어린 비명으로 박혀 흔들거렸다.

터엉!

꿈틀거리는 사내의 몸과 흔들리는 칼의 몸통과 함께 정적이 찾아들었고, 뒤를 돌아본 승려들의 시선 속엔 선수의 한쪽에 서서 내밀었던 왼손 주먹을 거둬들이는 마른 얼굴의 늙은 중이 고요한 시선을 뿌리고 있었다.

늙은 중의 오른 소매는 바람과 같이 펄럭대며 알맹이 없이 나풀거렸다.

"가자."

한마디만을 남기고 서늘한 눈매로 등을 돌리는 늙은 승려를 향해 돌아선 네 명의 젊은 중들은 죄스런 얼굴로 깊숙이 합장을 드렸다. 하지만 그렇게 무심하게 돌아가던 외팔이 늙은 승려의 눈빛이 세철의 얼굴을 돌아보며 빛을 뿜은 것은 아무도 알지 못했다. 오직 그 짧은 순간 눈빛을 주고받은 당사자들을 제외하고는.

물길을 버리고 뭍길을 택해 소림승들이 가는 곳은 태산이었다. 쉬지 않고 하루 반나절을 꼬박 걸어서 도착한 산은 괴괴한 어둠에 물들어 잠든 모습이었고, 마을과 민가를 지나쳐 산자락에 스며든 소림의 중들은 너울대는 화톳불 앞에 모여서 밤을 준비하는 모습이었다.

불과 오 장여를 떨어져 또 다른 불을 피워놓고 앉아 있는 세철은 투덕대며 타오르는 모닥불 너머로 중들을 바라보았다. 이미 나루 마을을 떠나면서부터 계속돼 온 눈길이었고 그들 또한 뒤를 따르는 세철의 존재를 진즉부터 알고 있을 터였다. 하지만 무슨 마음에선지 중들은 눈길 한 번 주지 않았다.

지금도 불을 돋우며 바라다보는 세철을 돌아보는 사람은 진붕이라는 이름의, 귀두도를 휘두르던 산적 놈뿐이다. 놈의 얼굴은 커다란 머리통이 질려 버리도록 창백하게 핏기가 가신 모양에 불안과 체념이 뒤섞인 눈길로 세철을 건너다보는 중이었다.

그 눈길을 외면하고 불 옆에 가부좌를 틀고 앉아 묵상에 잠긴 듯 눈을 감고 염주알을 굴리는 외팔이노승을 바라보던 세철은 천천히 등 뒤의 바랑을 풀어내고 육포 한 덩이를 끄집어냈다. 곧바로 손질한 나뭇가지에 꿰어 넣은 후 불가에 세워서 꽂아놓고 익기를 기다렸다.

잠시 후 햇빛과 바람에 오랜 시간 말랐던 육포가 조금씩 몸을 뒤틀었다. 표면엔 엷은 기름이 스며 나오며 윤기가 돌기 시작했고, 살며시 피어나기 시작한 육질의 냄새는 한밤의 시장을 부추기며 유혹을 손짓했다. 그러나 그 냄새와 군침 도는 모양을 눈앞에 둔 세철의 생각은 내도록 한 가지뿐이었다.

추측이 맞다면 저 외팔이노승은 소림 방장의 사형제 중 한 명이 틀림없다. 거기에 헐렁하게 티어버린 오른 소매 자락을 보면 생각나는 사람은 단 한 명뿐이다. 바로 그날, 지옥 같던 그 일이 있던 날 원수 놈

염차수의 뒤를 좇아온 두 명의 고승 중 한 명. 법명을 법진이라 불리우는 그 중이 틀림없었다.

지난날 송화장 이장주 고건성이 들려준 얘기 속에 저 중은 혈리표를 맞받아내다 한 팔을 잘렸다고 했다. 그리고 그 직전에 대동했던 소림의 사대금강은 젊은 몸을 보존치 못하고 모두가 참혹하게 죽임을 당했다. 그 처참과 울분을, 제자들의 죽음 속에서 목숨을 보존한 치욕과 원통을 떠나던 날까지 피눈물로써 잊지 못하던 사람이 바로 저 중이라 했었다.

제 몸을 추스를 지경이 되자 사대금강의 흩어진 시신을 다시 맞추어 화장을 치르고 뼛조각을 끌어 모아 떠나던 그날, 두 명의 늙은 중들은 기왕의 모든 일들을 잊어주기를, 철저히 함구해 무덤까지 가지고 가주기를 거듭거듭 바랐다 했다. 그러마고 약속해 주었다고 했다. 하지만 그 모든 이야기를 고건성은 자신에게 들려주었다. 그 이유는 홀로 된 자식이 아비의 죽음에 관해 얽힌 일은 어떤 연유로든 알아야 한다는 것이었다.

그러고 보면 애초에 가졌던 추측은 거의 들어맞았다. 소림의 중들은 그날 이후 놈의 행적을 찾기 위해 끊임없이 시간과 공을 들인 것이 분명했다. 그 종적을 찾았는지는 아직 알 수 없지만, 저 외팔이노승이 아마도 새로운 사대금강으로 여겨지는 젊은 중들을 이끌고 이렇듯 저희들의 절과 멀리 떨어진 심산에서 풍찬노숙(風餐露宿)을 하는 걸 보면 놈의 꼬리는 그 길었던 시간에도 불구하고 아직은 보이지 않고 있는 것이 분명해 보였다.

그러면 저들에게 잡힌 저놈은 무얼까? 저놈이 끝맺지 못하고 삼켜버린 말을 무엇일까? 또 어째서 저 늙은 중은 저놈이 말을 꺼내려는 찰나에 권경(拳勁)을 던져 가겨 입을 막았을까? 그리고 지금 저들이 목적하는 곳은 과연 어디인가?

생각에 잠긴 눈길로 불길을 내려다보던 세철은 시선을 저만큼 떨어진 건너편의 중들에게로 다시 돌렸다. 때마침 눈길을 보내던 진붕이란 놈의 시선이 마주쳐 왔고, 놈은 창백한 얼굴과 달리 큰 소리로 세철을 불렀다.

"어이, 젊은 친구! 냄새가 아주 죽이는데 그래? 적선 좀 하시게나!"

놈은 세철이 굽고 있는 말린 육포의 냄새에 회가 동한 것이다. 세철은 시선을 그저 처음처럼 그들에게 둔 채로 꽂아둔 꼬치덩이를 뽑아 들었다. 화끈한 열기와 냄새가 턱 밑에서 솟아올랐고, 꼬치를 쥔 손아귀로 뜨끔한 기름이 흘러들었다.

"이봐, 좀 나눠 먹자고! 당최 이놈의 냄새나는 돌중들은 소여물 같은 것만 처먹어놔서 내 속이 도통 배겨내질 못한단 말야! 어때? 불쌍히 여기고 조금은 나눠 주겠지? 사해는 동도라는데, 같이 먹고 살자고!"

어울리지 않는 웃는 낯으로 한밤의 숲 속에서 간살을 떠는 놈의 얼굴을 보며 세철은 천천히 육포를 입에 물었다. 순간 뜨거운 기운이 혀를 데우고 짭쪼름한 육즙이 입 안에 가득 돌았다. 그 말랑거리는 쇠고기의 고깃살을 이빨로 물어 찢어내며 한입 가득 씹어 물었다.

손에 들린 찢어진 고깃덩이에선 차가운 산 숲의 밤 공기를 차 오르는 하얀 김이 피어올랐그, 턱을 움직이는 세철의 입가에선 우물렁거리며 고기 씹는 소리가 맛있게 숲 속의 고요 속을 퍼져 나갔다. 그 모습을 보고 어디선가 침 삼키는 소리가 꿀떡 하고 들리는 것만 같았다.

"이, 이봐! 어이!"

맛있게 먹어 치우는 세철의 모습을 보던 진붕이란 놈이 다급하게 세철을 다시 부르다가 인상을 찡그리며 손을 가슴에 얹었다. 아마도 저도 모르게 큰 소리로 부르다가 얻어맞은 가슴의 상처가 속을 울린 게 분명했다.

그와 상관없이 세철은 구경하는 사람처럼 그 꼴을 건너다보며 쉬지 않고 맛있게 육포를 뜯어먹었다. 어느새 반 넘어 먹어 치운 손 안의 고깃덩이는 조그만 조각으로 줄어들어 마지막 흔적을 보이는 중이었다. 앉은 자리에서 미간을 찡그리고 숨을 고르던 진붕이란 놈은 그 마저 입으로 들이미는 세철의 옆모습을 보며 안타까운 욕설을 퍼부었다.

"저, 저저저! 에라이, 이 인정머리없는 쇳뎅이 겉은 놈아! 고따우로 약 올리려고 여적 뒤를 따라붙은 게냐? 이 치사한 자식아!"

소리 지르는 진붕의 얼굴을 태연히 마주 보며 세철은 마지막 고깃덩이를 씹어 삼켰다. 무쇠 같은 표정은 미동도 없었고 건너다보는 눈길은 여전히 차갑기만 했다. 그 손이 바랑을 뒤적이더니 손에 또 뭔가를 꺼내 들었다.

이번엔 건두부였다. 참나무를 태워 훈증으로 건조한 진한 흑갈색의 나무토막 같은 외양에 소도(小刀)를 들이대자 뭉쳐진 살코기가 일어나듯 얇게 저며지며 우윳빛 속살이 드러났다. 그 조각을 조금씩 입으로 가져가 천천히 음미하듯 씹어먹는 모습은 보고 있던 진붕이란 놈의 심사를 뒤집기에 충분하고도 남았다.

"쌍! 저 개노무 자식이 한밤에 사람 속을 뒤집으려고 작정을 했구만 그래!"

눈에 심지를 돋운 진붕은 울화를 참지 못하겠다는 듯 무릎을 세우며 다시 욕설을 퍼부었다.

"야! 이, 치사한 새끼야! 처먹으려거든 너 혼자 안 보이는 구석에 처박혀서 처먹으란 말이다! 그렇게 사람 염장 지르지 말고! 알겠냐, 이 개자식아!"

진붕의 거친 욕설에도 세철은 개의치 않았다. 다만 처음처럼 소도로 저며낸 건부두만을 입으로 가져가 천천히 씹을 뿐이었다. 그러나 그때, 여지껏의 작은 소란에도 눈을 감고 모른 척하던 외팔이노승이 번쩍 눈을 떴다.

그 눈빛은 밤하늘의 별이 한순간 찬연하게 폭발하는 것처럼 무섭게 빛을 뿌렸다. 그리곤 새벽에 지는 유성처럼 흔적없이 곧바로 사라져 버렸다. 하지만 그 눈빛을 정면으로 받아낸 세철은 순간적으로 전신을 때리고 지나간 엄청난 살기에 온몸에 소름이 돋았다. 그리고 그 살기를 쏘아 보낸 장본인인 늙은 중을 바라보며 눈가에 불을 붙였다.

불붙은 범의 눈알처럼 섬득하게 노승을 노려보는 세철의 두 어깨가 꿈틀, 참아내지 못하는 힘의 요동과 전투의 본능으로 소름을 털어낼 때 무덤한 눈으로 시선을 주는 노승의 입이 벌어지고 잔잔한 목소리가 흘러 나왔다.

"젊은 시주, 여기까지일세."

더 이상 좇아오지 말라는 소리다. 이 밤이 지나고 또다시 뒤를 밟아 눈에 띄면 가만두지 않겠다는 소리다. 그 한마디를 던져 놓고 외팔이 늙은 중은 다시 눈을 감아버렸다.

불 먹은 범처럼 포악한 기세를 뿌리던 세철을 젊은 사대금강이 차례로 돌아다보았다. 늙은 중이 기적을 보인 후 여태껏 약속처럼 외면하던 관심을 이제야 보이는 것이다.

돌아다보는 그들의 눈빛은 제각각이었다. 하지만 그 안에 담겨 있는 의미는 쉽게 알 수 있었다. 한결같은 저들의 눈빛이 말하는 것은 오직

한 가지. 천년 소림의 권능에 대항하는 자는 가만두지 않겠다는 엄포
와 경고였다.

문득 가슴속으로부터 치밀고 올라온 차가운 조롱이 세철의 검은 어
깨를 가볍게 흔들었다. 그 흔들림의 중심에 있는 얼굴에는 구릿빛 피
부에 대비되는 하얀 이가 드러나며 조소가 가득 담긴 두 눈과 함께 하
얗게 비웃음을 물었다.

그 순간 마주 건너다보는 사대금강의 얼굴이 싸늘히 굳어져 갔다.
그리고 그중 하나인 철탑 같은 거구의 승려가 무섭게 몸을 일으켜 세
웠다. 하지만 달려나가려는 그 팔을 누군가 또 빠르게 붙들었다. 돌아
다본 거구 승려의 두 눈이 무섭게 불만을 내뿜을 때, 붙잡은 팔의 주인
인 동안의 승려는 고개를 가로저었다.

그의 눈길은 눈을 감고 묵상에 잠긴 외팔이노승을 가리켰다. 이미
노승이 던진 한마디로 모든 일은 결정이 난 것이다. 때문에 불필요한
소동이나 분쟁은 더 이상 이 밤에 필요치 않은 것이다. 그들이 할 일은
자신들 존장의 심기를 그르치지 않도록 힘쓰며 그 말씀을 좇는 것이
필요할 뿐이었다.

천 년의 전통은 역시 거저 얻어지는 것이 아니던가? 금방이라도 산
을 뒤집을 것 같던 거구의 승려는 동료가 이끄는 눈길을 따라 노승을
일별한 후 차분히 제자리에 주저앉았다. 거짓말 같은 변화이고 마치
성난 일조차 없는 사람 같았다. 그는 그저 존사의 청정한 심기를 어지
럽힌 것만 같아 그만이 죄스러운 조심스런 얼굴이었다.

하지만 그렇게 삼가하고 조심스러워하며 앉은 채 참선에 들 듯 밤을
보내려던 그들의 노력은 모두의 허를 찌르고 상식을 뒤집는 한밤의 폭
음 소리에 산산이 깨져 버리고 말았다.

펑! 퍼펑! 펑!

*　　　　　*　　　　　*

　삼양권 이귀는 목 끝을 타 넘는 터질 것 같은 가슴의 열기에 금방이라도 쓰러질 것만 같았다. 팔과 다리에는 누구의 것인지도 모를 칼날과 검날의 흔적이 피를 보이며 뜨겁게 달아올랐고, 점점 무거워지는 손에 들린 붉은 칼은 요사하게 빛을 뿜으며 더욱더 핏빛으로 물들어갔다.

　도대체 어디서부터 잘못되었는지 모를 일이다. 분명 눈 속에 파묻힌 신풍도 조철련의 시신 속에서 신풍류라는 도법이 담긴 비급을 꺼낼 때만 해도 하늘은 내 편이었다. 거기에 악마 같은 그 젊은 놈과 맥없이 무너진 팽가의 떨거지들이 돌아간 새벽에 찾아온 혈룡도의 행운은 천운이 내게 있음을 알렸다.

　과연 누가 알았겠으랴. 이백 년 전 홀연히 나타나 한 자루 붉은 칼로서 전 무림을 무릎 꿇린 절대자 혈룡마제의 애병이 그 촌구석에 묻혀 있을 줄을. 더더군다나 혈룡마제 생시의 유일한 벗이었던 천하제일 도검장(刀劍匠) 유봉수(柳峰秀)의 후예가 한 마을에 있을 줄은 꿈에도 생각지 못한 일이었다.

　늘상 농기구나 두드리던 허름한 대장장이 유만길이 그 후대라니, 참으로 세상은 요지경 속과도 같았다.

　비단 요상한 것은 그것만이 아니었다. 혈룡마제와 함께 사라진 혈룡도가 원래 만든 자의 손에 맡겨진 것은 유추할 수 있으나, 그 후손인 대장장이 유만길은 죽는 순간까지도 칼의 정체를 인지하지 못하는 눈빛이었다. 아니, 어쩌면 제 조상이 어떤 사람인지도 모르고 살아온 것 같았다.

그런데 그렇게 주인조차 모르게 죽이고 탈취한 칼의 비밀을 저놈들은 어떻게 알고 좇아오는 것인지, 정말로 요상하고도 귀신이 곡할 노릇이었다. 하지만 지금은 그런 걸 생각할 겨를이 없었다. 벌써 며칠째 잠도 못 자고 좇기는 신세가 된 이후로 뒤를 따라붙는 놈들의 수효가 개떼처럼 불어나고 있는 것이다.

처음엔 열 명 남짓한 도망쳤던 마적의 잔당들이 전부였다. 하지만 그놈들이 노리는 것은 칼이 아닌 제 두목의 비급인 듯싶었다. 그러던 것이 어느 날 이상한 노인네가 들러붙었다. 그 노인네는 꼭 제가 본 것처럼 혈룡도를 외치며 따라 붙었고, 그 빌어먹을 노인의 뒤로 수많은 무인들이 꼬리처럼 뒤를 따르는 것이다. 그리고 이제 산동 땅에 들어서면서부터는 산동의 패자 무극도문(無極刀門)의 무사들까지 합세를 하고 있었다.

어서 이 위기를 벗어나야 했다. 그리고 아무도 모르는 곳에 숨어서 가슴속의 비급과 손에 들린 칼로 일가를 성취하는 것이다. 다시는 누구에게도 얕보이지 않고 그 누구로부터도 업신여김을 당하지 않는 강한 힘을 기르는 것이다. 그렇게 다시 세상에 나오는 것이다. 그러면 그때는 세상의 판도가 바뀔 것이다. 삼양권 이귀의 이름이 입에 담기 두려운 명호로서 인구에 회자되는 날이 되는 것이다.

하지만 뒤를 좇는 승냥이 떼 같은 무림인들과 숲 위의 하늘에서 터지는 밝은 폭죽은 자꾸만 좁혀지며 목줄을 더듬어오고 있다. 뽀개질 것 같은 가슴과 뜨겁게 어지러운 시야는 말을 듣지 않고 자꾸만 흔들거렸고, 피 흘린 몸통에 붙어 있는 팔과 다리는 힘없이 무의식적으로 숲을 내달렸다. 그리고 염려하던 것처럼 어느새 등 뒤를 따라붙은 개

떼들의 입에서 고함 소리가 터져 나왔다.

"게 서라!"

"놈이 저기 있다! 포위망을 좁혀라!"

"비켜라! 다가서는 놈은 모두 죽일 테다!"

갖가지 소리와 좇는 와중에도 저희 패들끼리 다투는 소리가 숲 속을 울러 퍼졌다.

삼양권 이귀는 열로 들떠 달라서 갈라 터진 입술을 힘껏 깨물며 발 끝을 차 올렸다. 저만치 앞쪽으로 숲으로 몰려들던 처음부터 반짝거리던 불빛 두 개가 눈앞에 가까워졌다. 매복을 친 사냥꾼들인지도 알 수 없었다. 하지만 그렇다 해도 이제는 뚫고 나갈 수밖에 다른 도리가 전혀 없는 것이다.

이귀는 목전에 다가온 불빛 두 개가 나란히 들어서 있는 숲 앞의 바위를 차고 몸을 도약하며 손에 들린 혈룡도를 두 손으로 치켜들었다. 바람 소리가 귓가에 펄럭거렸다. 그리곤 있을지 모르는 기습에 대비하며 수직 가르기의 자세로 뛰어들었다. 하지만 기습은 예상치 못한 곳에서 이루어졌다.

도약한 이귀의 몸이 바위에 가려진 불빛 안쪽으로 내려치는 그 순간에, 이귀처럼 바위 옆쪽의 고목을 차고 튀어 오르는 검은 그림자가 있었다. 마치 어둠 속에서 더 짙은 어둠으로 선을 그은 것처럼 고목의 옆구리를 차고 터져 나온 그 그림자는 소용돌이치는 송곳처럼 맴을 돌며 허공에 뜬 이귀의 몸을 훑고서 지나갔다.

피이이이잉!

그 검은 맴돌이에 같이 붙어 돌아가던 시린 칼날이 바람 가르는 소리를 귀신처럼 울렸그, 스치기가 무섭게 떨어져 나간 이귀의 몸뚱이는 휘날리는 핏속의 비명으로 땅바닥을 떨어져 굴렀다.

"크아아악!"

서로 거리를 둔 두 개의 모닥불 빛 한가운데로 떨어진 내린 이귀의 몸뚱이는 몸부림을 쳐댔다. 그 옆으로 붉은 빛무리가 불빛을 받으며 떨어져 내렸다.

터엉!

바닥에 부딪치며 맑은 쇳소리를 내는 그것은 한 자루의 붉은 칼이었다. 그런데 그 칼의 손잡이를 주인없는 두 손이 피를 흘리며 꼬옥 붙잡고 있었다. 바닥을 구르던 이귀가 제 옆에 떨어진 그것을 보았다. 곧바로 빈 허공만 허우적대며 짧아진 자신의 두 팔을 내려다보았다. 그리고 비명을 질렀다.

"으어어어어!"

짐승처럼 비명을 질러대는 이귀의 머리 옆으로 소용돌이치던 검은 직선의 그림자가 발을 내렸다. 그림자의 주인은 사십 줄에 갓 들었을 듯한 중년의 사내였다. 어쩐지 칼보다는 책이 생각나는 유려한 곡선의 얼굴에 몸에는 검은색 경장을 걸쳐 입었고, 손에는 날이 미끈하게 빠져나간 한 자루 협도(狹刀)를 고쳐 들었다. 그런 사내의 시선이 몸부림치는 이귀에게로 내리 꽂히며 차갑게 날선 음성이 새어 나왔다.

"서랄 때 말을 들었다면 고통은 덜했을 텐데 말이야. 쯔쯔쯧……."

안타깝다는 듯이 혀를 차는 사내는 천천히 협도를 들어 올렸다. 그 칼날에 비친 모닥불 빛이 노란 반사광으로 이귀의 얼굴을 어루만질 때, 암울한 그 미간 사이로 사내의 칼날이 빛살처럼 스며들었다.

"갈!"

파아앙!

칼날이 이귀의 미간을 쪼개는 순간 창노한 기합 소리와 날카로운 폭음이 사내의 몸 앞에서 터져 나왔다. 그리고 칼을 내려치던 사내는 엄청난 속도로 휘돌리며 이귀의 몸으로부터 떨어져 나갔다. 그렇게 바람에 말린 낙엽처럼 돌아가던 사내가 처음에 넘어오던 등 뒤의 바위를 걷어차며 돌기를 멈췄다.

쿵!

둔중한 바위 울림이 사방으로 퍼져 나갔다. 그리고 그 앞에 멈춰 선 사내는 술 취한 사람처럼 흔들리는 모습으로 두 팔을 가슴 앞에 교차시키고 천천히 머리를 들었다. 손에는 휘어진 협도가 우스운 모양으로 들려 있고, 앞쪽을 바라보는 낯빛은 어둠과 반대되는 창백한 백색이었다.

그 눈길이 향하는 곳에 외팔이노승이 두 눈을 부릅뜨고 앉은 채 왼손을 내밀고 있었다.

세철은 눈앞에서 이루어진 노승의 무위에 다시 한 번 눈을 번득거렸다. 이전에 진붕이란 놈을 잡을 때, 선상에서도 한 번 선을 보인 저것은 허공을 격하고 백 보 밖의 사람을 때린다는 소림의 비기 백보신권(百步神拳)이 틀림없었다. 저 외팔이노승은 그것을 제 의지대로 자유로이 수발하는 것이다.

그러나 지금은 그 무공에 대한 호기심보다는 눈앞에서 벌어지고 있는 일련의 사태가 더욱 궁금스러웠다.

늙은 중의 백보신권을 받아낸 사내는 창백한 얼굴에 거친 숨을 뿜으며 노려보고 서 있고, 수없이 들려오던 소란스런 목소리의 주인공들은 주변을 둘러싼 채 밤 부엉이처럼 눈꺼풀만 깜박거리고 있었다.

그중에 누가 적이고 누가 아군인지도 모를 상황이건만 사람들은 무엇 때문인지 몸을 숨기고 숨을 참고 있었다. 오직 사내와 똑같은 모양의 칼을 든 한 무리의 사람들만이 사내의 뒤쪽으로 모여들어 눈을 밝힐 뿐이었다.

하지만 그조차도 세철의 관심을 끄는 일은 못 되었다. 그의 시선은 처음부터 사람의 팔목을 달고 떨어진 붉은 혈광을 두른 숨 막히는 기세의 칼에 가 있었다. 그리고 세철은 저 칼이 누구의 칼인지도 알 수 있었다. 저 칼은 지금 이곳에 있을 수 없는 칼이었다.

세철의 시선은 칼 옆의 이귀에게로 천천히 돌아갔다. 그리고 세철이 이귀를 보는 동안, 칼을 휘두르던 사내는 소림의 중들을 보며 입을 열었다.

"뜻밖에도 소림의 고인들이 계신 줄을 몰랐구려. 결례가 있었다면 용서를 바라오이다."

휘어진 칼을 아래로 내리며 공수하는 사내의 눈은 처음처럼 차가웠다. 그 눈길로 사내는 또다시 얘기했다.

"하지만 아무리 그렇다고 해도, 그렇게 무차별로 공세를 펴는 것은 소림의 명성에 맞지 않는 것 같구려. 본인은 무극도문의 일로무극도(一路無極刀) 위진경(衛珍經)이라 하오. 대사들의 법명은 어찌되시는지 궁금하구려."

여전히 창백한 얼굴빛을 보이는 사내는 떨리는 목소리에 의식적으로 힘을 주며 예리한 눈길로 중들을 둘러보았다. 하지만 한 명의 늙은 외팔이 중과 네 명의 건장한 젊은 중들은 차분한 눈길로 건네다보며 말이 없었고, 기다리던 대답은 전혀 엉뚱한 곳으로부터 튀어 나왔다.

"저런 등신 겉은 놈 좀 보게나! 아, 위대허고 위대하신 소림 방장의 사제인 법진 승려와 그 후대인 사대금강도 못 알아보는 놈이 무극 어쩌고 지껄이는 꼴이라니, 엥기, 제 무식에 요절을 면치 못할 놈이로구나!"

심술과 짜증이 묻어 나오는 칼칼한 목소리로 핀잔을 부리듯이 말을 하며 걸어 나오는 사람은 허연 흰머리와 수염을 길게 늘어뜨린 선풍도 골의 노인이었다. 하지만 뒷짐을 지며 어슬렁거리고 나오며 하는 말은 생김과 어울리지 않는 하정배의 언사가 대부분이었다.

"허! 그놈 꼬라지 한번 묘하게 되었구나."

바닥에 쓰러진 이귀를 내려다보며 노인이 던진 한마디였다.

자신의 말로 소림승들을 바라보며 눈빛을 흔드는 당혹스런 얼굴의 무극도문의 사람들은 본체도 않은 채 노인은 이귀만을 바라보며 혼잣말하듯이 지껄여댔다.

"이렇게 되고 보니 미안하기도 한걸? 난 그냥 그 말 탄 도적놈들이 붉은 칼 어쩌고 하길래 '어, 붉은 칼이면 혈룡도지?' 라고 한마디했을 뿐인데 말이야. 그런데 따지고 보면 내가 틀린 말을 한 것도 아닌걸 그래? 이 칼을 보니까 말이야!"

말 끝에 노인은 아직도 잘린 팔이 붙어 있는 혈룡도의 뭉치를 툭 하고 걸어찼다. 칼은 떼구르르 구르다가 멈춰 섰고, 그 칼로 모여든 한밤 숲 속의 뜨거운 시선들은 수 없이 날을 세워 얽혀들고 있었다. 그러나 그 와중에도 전혀 다른 곳을 보는 눈길이 있었으니, 그중의 하나는 노인을 말없이 바라보는 법진 승려의 무거운 눈길이었고, 또 하나는 노인의 앞에 거꾸러져 있는 이귀를 바라다보는 세철의 강철 눈빛이었다.

팔이 잘려 나간 충격과 고통 속에서도 이제야 자신을 뚫어지게 바라보는 검은 옷의 사나이가 누구인지 알아차린 이귀는 턱을 떨며 몸을 일으켜 세웠다. 그리고 천천히 불가를 일어서서 걸음을 떼어놓는 세철을 보며 발을 내저으며 소리를 질렀다.

"으아아! 사, 살려줘, 제발 살려줘!"

갑작스런 이귀의 반응에 노인을 비롯한 사람들의 시선이 모여들 적에 이귀는 사신(死神)을 본 사람처럼 고개를 흔들며 사방으로 애원했다.

"누, 누가 나 좀 살려줘! 저, 저놈은 사람이 아니야! 악귀, 악귀라고! 저놈 손에 팽귀호와 팽수, 팽조가 쓰러지고, 신풍도 조철련의 수십 마적단이 개처럼 맞아서 죽었어! 정말이야! 저놈은 사람이 아니야!"

발광처럼 부르짖으며 연신 두 다리를 내저어 뒤로 물러나는 이귀의 공포에 젖은 얼굴과 말을 들은 사람들은 세철의 모습에 시선을 모았다. 그중에는 믿기 힘든 사실 속에 혼란스러워하는 소림의 승려들과 무극도문의 사람들, 그리고 벌어진 입으로 바라다보는 흰머리노인이 있었다. 더불어 숲 속에 잠긴 수없이 많은 눈길들과.

세철은 사람들의 따갑고 간지러운 눈길을 모두 부숴 버리듯 앞으로 성큼성큼 나아갔다. 이귀 놈은 여전히 도리질을 치고 있었고, 그 바로 옆에는 흰머리노인이 희한한 걸 보는 눈길로 자신을 보고 있었다. 하지만 그 모든 걸 무시한 세철은 버르적대는 이귀의 멱살을 틀어 잡았다.

"으아아악! 이보오, 노인! 나 좀 살려주시오!"

급기야 입에 거품을 문 이귀는 흰머리노인을 향해서 살려달라 소리를 질렀다. 잘려 나간 두 팔은 쉬지 않고 버둥거렸고, 그 단면에서는 아직도 붉은 피가 흐르고 있었다. 하지만 세철은 그 안쓰러운 몸뚱이를 들어 올리며 팔을 위로 치켜올렸다. 그리고 멱이 잡힌 채 대롱대는 고치처럼 공중에 매달린 이귀를 보며 소름 돋는 무거운 음성으로 질문을 던졌다.

"저 칼은 대장장이 유씨의 것이 맞지?"

공포에 이성을 잃어버린 이귀는 정신없이 고개를 흔들어댔다.

"그런데 칼이 왜 여기어 있지? 그리고 너는 또 왜 이곳에 있나?"

세철의 두 번째 물음어 이귀는 대답을 못하고 눈동자만 쉬지 않고 떨어댔다. 세철은 곧바로 다시 물었다.

"유씨는 어떻게 됐지?"

눈동자를 떨던 이귀는 이저 전신을 떨었다. 그리고 두 다리 사이에서는 뜨거운 증기가 피어올랐다.

가라앉은 눈빛으로 그런 이귀의 얼굴을 바라보는 세철은 나직하게 또다시 물었다.

"죽였나?"

무섭게 침잠된 그 음성을 되로, 떨리던 전신을 거짓말처럼 가라앉힌 이귀가 또렷하게 대답을 했다.

"그래, 내가 죽였어."

그 말을 하는 이귀의 얼굴엔 이상한 미소가 맺혀 있었다. 그러나 그 말이 끝난 순간, 멱을 잡다 들어 올렸던 왼손을 허공에 던지듯이 뿌려댄 세철이 공중에 던져진 허수아비 같은 이귀의 얼굴을 향해 오른 주먹을 뿌려 넣었다.

부아이앙!

퍼쓱.

검은 뇌전이 허공에서 수평으로 피어오르고, 주먹이 공간을 가르는 소리가 강철봉을 후려치듯이 울려 퍼졌다. 그리고 그 타격점에 맞닿은 이귀의 머리는 산산이 붉은 점으로 흩어지며 어둠 속에 퍼져 나갔다.

쿵!

뒤늦게 허공을 회전해 돌아가던 머리 잃은 몸뚱이가 땅으로 소리치며 내려앉았다.

진하고 역한 피비린내 속에 주변은 고요만이 맴돌며 이상한 침묵에 잠겨들었다. 오직 한 사람, 법진 승려의 나직하고 침중한 불호 소리를 제외하고는.

"아미타불……."

그 속에서 세철은 주변을 둘러보았다. 주위에 모여선 모든 사람들이 자신을 바라보고 있지만 그들이 지금 이 순간 무얼 생각하고 있는지는 알 길이 없었다. 그리고 또 알 필요도 느끼지 않았다.

세철은 칼을 향해서 걸음을 옮겼다. 그리고 발 밑에 떨어져 있는 붉은 혈광의 혈룡도를 내려다보았다. 눈이 어지러웠다. 제 스스로 빛을 뿌리는 저 칼은 사람을 유혹하고 있었다. 어서 잡아주기를. 그리고 그것은 참을 수 없는 파괴와 살인에의 충동이었다.

모두의 욕망 어린 시선이 세철의 한 몸에 모이고 있었다. 그러던 어느 한순간, 세철의 발끝이 칼 몸을 걸어 벼락같이 차 올렸다. 그리고 그렇게 떠오르는 칼을 보며 손을 내뻗는 순간, 숲의 어둠 속에 숨어 있던 탐욕의 공격이 시작되었다.

쉬에에에에.

피이이이잉.

첫 번째 공격은 좌측을 은어처럼 파고드는 은빛 검날이었다. 그와 동시에 우측 숲을 뽀개듯이 부수고 나온 인물의 손에선 교룡의 몸통 같은 채찍이, 그리고 정면에선 푸른 도깨비불 같은 손 그림자가 자욱하게 가슴을 파고들었다.

그 모든 공격을 찰나지간에 고스란히 맞아들이던 세철의 몸이 두 팔꿈을 옆으로 내밀며 앞을 보고 휘돌았다. 그렇게 돌아간 팔꿈에 푸른 손 그림자들이 차례로 부딪치며 깨져 나갔다.

타타타타탕!

그와 동시에 솟구친 두 다리가 도리깨처럼 터져 나가며 옆구리로 들어오는 검날과 채찍을 수없이 차내면서 폭풍을 일으켰다. 그 와류 같은 바람에 휘말린 푸른 손과 흰 검날과 채찍이 요동을 칠 때, 세철의 손은 허공에 뜬 혈룡도의 손잡이를 붙잡았다. 그리고 쓸어내듯 잘려진 두 팔을 떨굼과 동시에 횡으로 칼날을 그어 돌렸다. 그 길을 따라 붉은 혈광이 귀신처럼 너울거렸다.

콰콰쾅!

"억!"

"으흑!"

"허억!"

생각하기 힘든 폭음이 터져 나오며 장내를 비춰주던 두 곳의 모닥불이 거세게 흔들리며 흐트러졌다. 그리고 그 사이를 비집그 나온 세 가닥 신음의 주역들이 모습을 드러냈다.

삼 척의 고검을 손에 겨우 쥐고 비틀거리며 물러난 이는 잘 손질된 흰색 무복에 허연 귀밑더리 위로 영웅건을 둘러맨 수려한 용모의 노인이었다.

또 그 반대쪽에 땅을 길게 파고 물러난 이는 오 척이 채 될까 한 키에 거친 갈포를 걸친 흉악한 눈빛의 꼽추난쟁이였고, 그 손 안에는 삼 장이 넘어 보이는 검은 채찍이 땅을 끌고 흐트러져 있었다.

그리고 정면에 비교적 온전한 모양새로 서 있는 자는 온통 사이한 푸른빛을 머금은 피부에 포대 자루 모양의 황포를 걸친 장신의 해골 같은 노인이었다.

셋 모두 육체적인 충격에 정신적인 충격이 더해져 주변을 돌아보며 머리를 흔들고 있는 모습이었다. 그리고 울렁대며 토혈을 할 것 같은 답답한 가슴에 창백한 얼굴을 한 그들의 정신이 돌아오기도 전에 혈룡도를 손에 든 검은 청년의 일갈이 천둥처럼 터져 나왔다.

"이 칼은 주인이 따로 있다! 누구든지 이 칼을 탐내는 자는 목숨을 내놔야 할 것이다!"

거대한 검은 산범의 포효처럼 세철의 목소리가 산을 흔들며 터져 나갔다. 그리고 그 음성을 들은 숲과 동화된 인간들의 웅성거림이 점점 더 커져 갈 때, 칼을 보고 몰려드는 사람들의 숫자는 점점 더 많아져 갔다. 그러나 칼의 붉은 유혹에 휩쓸린 사람들은 그것을 알지 못했고, 오직 한 사람 흰머리의 노인만이 멀찍이 떨어져서 세철의 모습을 보고 있었다.

그렇게 세철을 보는 노인의 입가에는 장난기 어린 개구진 미소가 살 풋 걸려 있었다.

3장 오래된 칼

숲이 더 이상 사람들의 모습을 다 가려주지 못하자 모여든 무림인들은 하나둘씩 모습을 드러내었다. 그중엔 겉모양과 차림새만 보고도 이름을 짐작할 수 있는 자들이 상당하였고, 아직도 어둠에 몸을 태운 대다수의 사람들은 그들에 대해 낮은 소리로 정보를 교환하며 밤새들처럼 소곤거렸다.

하지만 누구라도 칼을 잡은 정체 모를 사나이를 공격한 자들에 대해 놀라지 않을 수 없었으니, 그 이유는 습격한 세 사람의 면모가 가져다주는 무게가 너무도 무거운 까닭이었다. 그리고 그것은 소요 속의 가벼운 탄성으로 발출되어 나왔다.

"미안검(美顔劍) 송요주(宋堯主)다!"

"저 꼽추난쟁이는 비편비도(飛鞭飛刀) 방왜(芳矮)야!"

"세상에! 저자는 죽었다던 청랑군(靑狼君)이 아닌가!"

탄식처럼 어둠을 비집고 나온 음성들은 곧 숲을 둘러싼 전체로 냄새처럼 퍼져 나갔다. 술렁거림은 세 사람의 존재와 그 이름이 전해주는 오래된 파괴와 살육의 공포를 확인해 주었고, 그 앞에 뭉쳐진 쇠 인형처럼 세 사람을 향해서 무시무시한 기세를 내뿜고 있는 젊은 사내의 존재를 낙인처럼 가슴에 박아주었다.

사람들은 숨소리조차 삼가면서 젊은 사나이의 면모를 다시금 샅샅이 살펴보았다. 그리고 방금 전 전광(電光)처럼 벌어졌던 한순간의 격돌을 떠올리며 세 명의 괴노인을 돌아보았다.

세 사람은 한결같이 암격(暗擊)의 실패와 반격의 거센 충격으로 인한 수치와 고통이 어우러진 일그러진 얼굴이었다. 하지만 그 일그러짐 속엔 청년을 바라보는 놀라움이 담겨 있었고, 흔들리는 눈빛 속엔 청년의 손에 들린 혈룡도를 바라보는 욕망과 안타까움이 함께 들어 있었다.

저들이 과연 누구이던가. 저렇게 이름 모를 괴청년의 한 수에 낭패한 모습으로 발을 물릴 만큼 호락한 인물들이던가? 거기에 사전 모의가 있었는지는 모르지만, 세 사람이 동시에 공격하고도 실패를 볼 정도로 손끝이 무딘 사람들이었던가?

결론은 절대로 아니다였다.

그렇다면 그런 세 사람의 공격을 동시에 물리쳐 버린 저 청년의 정체는 과연 무엇이란 말인가? 조금 전 발광을 하다 죽어버린 칼을 가졌던 놈의 말처럼 무영도 팽귀호를 쓰러뜨리고, 신풍도 조철련을 박살 냈단 말이 정녕 사실이란 말인가? 하지만 신풍도 조철련이라니… 믿기어려운 일이다. 그러나 방금 전에 폭풍처럼 휘몰아쳤던 일장의 충돌은? 역시 믿을 수 없는 일이지만 눈앞의 현실이었다.

사람들은 참아왔던 숨을 내뿜으며 뜨거워진 침을 삼켰다. 그리고 그렇게 달구어진 겨울과 봄의 중간에 낀 산의 공기를 들이마시는 모든 생명들은 붉은 칼을 든 검은 옷의 청년을 무겁게 바라다보았다.

숲은 때 아닌 소란 뒤 원래의 밤 고요 속으로 추적이 잠겨들었고, 그 고요의 첫 금을 깬 자는 협도를 휘두르던 무극도문의 사나이였다.

"그대! 누구인데 그런 소리를 함부로 말하는가?"

짐짓 기세를 돋워 소리치긴 하였지만 금방이라도 후려칠 것처럼 성난 불범의 눈길을 들이대는 세철을 보는 일로무극도 위진경의 시선은 가는 떨림을 보였다. 하지만 그는 자신처럼 세철을 노려보는 세 사람의 늙은이와 자신의 등 뒤를 에워싼 수십의 문도(門徒)들, 그리고 반쯤은 드러내고 반쯤은 숨어 있는 수많은 무림인들의 시선을 등에 업고 다시 한 번 소리쳤다.

"칼의 주인이 따로 있다니? 설마 그것이 자신을 말하는 것은 아니겠지?"

눈빛에 힘을 주며 소리치는 위진경은 세철의 변화를 살폈다. 아무리 도발을 한다고 해도 상대는 소문난 전대의 노살성(老殺星) 삼 인의 공격을 총망 중에 받아낸 자다. 거기에 확인은 되지 않았지만 무림의 혈귀였던 신풍도 조철련을 때려죽였다는 자이기도 했다. 그렇다면 조심해야 한다. 사내의 관심과 분노가 자신에게 쏠리지 않도록 하면서 사람들의 이목은 사내 한 사람에게로만 집중되어 진퇴(進退)가 부자유하게 꼼짝할 수 없도록 만들어야 한다.

그래야만 저 손에 들린 현란한 붉은빛의 아름다운 칼을 손에 넣을 기회가 생기는 것이다. 그리고 그런 자신의 마음을 알아서 도와주는 것처럼 저렇게 누군가가 나서주는 것은 방금 전까지도 머리 속에 그렸던 계획의 일부이기도 했다.

"애송이! 한가닥 수는 있다만 배포가 정말 가상하구나! 그 칼을 손에 쥐고 이 많은 사람들에게 둘러싸여 그런 소리를 지껄이다니 말이야!"

검 든 손을 뒤로 돌려 여유롭게 뒷짐을 지고 한가롭게 얘기하는 자는 미안검 송요주였다. 그 화류의 냄새 풍기는 얼굴을 보며 반대 편에 선 꼽추난쟁이가 입을 열었다.

"확실히 그렇지! 지금 칼을 손에 쥐고 있다고 해서 그것이 나중까지 그 손에 남아 있으란 법은 없을 테니까 말이야! 그리고 그렇다고 해도 계집들의 뒷물을 받아먹고 사는 추잡한 늙은이의 손에는 더 더욱 차례가 없을 테지만 말이지!"

말을 맺는 꼽추난쟁이는 송요주의 뒤틀리는 얼굴을 보며 사악하게 웃음을 물었다. 그리고 그 말을 들은 송요주는 검날을 소리나게 내뿌리며 붉어진 두 눈으로 으르렁거렸다.

패앵!

"이 추악한 꼽추난쟁이 놈! 죽을 때를 놓치더니 아무 곳에나 끼어들어 죽기를 자처하는구나! 네놈이 정녕 원한다면 네놈의 두 다리 사이에서 곱때처럼 시들어 버린 음경(陰莖)을 잘라내다가 그 두꺼비 같은 아가리에다 처박아주마!"

"뭣이? 이 발정한 늙은 수캐 놈이! 계집들의 뒷구녕에 머리를 처박고 숨어지내더니 눈깔에 보이는 것이 없는 모양이구나! 죽고 싶은 게냐?"

채찍을 잡은 손을 부르르 떨며 앞으로 성큼 나서는 꼽추난쟁이 비편 비도 방왜는 금방이라도 손을 쓰고 뛰어들 기세였다. 그 기세를 맞받는 미안검 송요주 역시 검극을 날카롭게 세우며 미간에 살기를 띠고 마주 나섰고, 사태는 목전의 상황에 상관없이 두 전대 괴인의 대결로

급작스럽게 치닫고 있었다. 하지만 그런 두 사람의 사이로 찬물을 끼얹듯이 스며든 사람이 있었으니, 스산하고도 소름 끼치는 나직한 목소리의 주인공은 흉측하게 누릿한 송곳니를 드러내는 청랑군이었다.

"조용히들 해라. 다툴 일이 있거들랑 너희끼리 한적한 곳에 가서 따로 해결을 하려무나."

나직하게 내뱉는 청랑군의 푸른 얼굴은 해골에 시퍼런 인광을 두른 것처럼 사이하기 그지없었다. 하지만 그 얼굴의 중심에서 꿈틀거리는 것처럼 뿜어지는 짙푸른 안광은 처음부터 계속해서 세철의 두 눈을 찌르고 있었다. 그리고 모욕스럽게 내뱉어진 그의 말을 들은 방왜와 송요주는 죽일 듯한 시선으로 서로를 바라보던 눈길을 돌려 청랑군을 쏘아 보았다. 그러나 그뿐, 굴붙는 눈길과 달리 나직한 숨을 내뱉으며 내디뎠던 걸음을 하나씩 뒤로 물렸다.

청랑군, 그는 강자다. 비단 강할 뿐만 아니라 참혹한 살성이기도 했다. 신풍도 조철련이 무림을 횡행하기 전까지만 해도 그의 이름은 중원의 공포였었다. 그런 그가 어느 날 소리없이 자취를 감추었다. 혹자는 이 살성이 새로운 신공을 터득하기 위해 심산을 찾아 연공에 들었다고도 했고, 또 한 편에선 강남무림의 지배자이며 무림오신(武林五神) 중의 한 명인 묵호련(墨虎聯) 이한동(李漢東)의 미움을 사서 도망을 갔다고도 했다. 그리고 그 와중에 죽임을 당했다는 말을 사람들은 대부분 믿고 있었다.

그런 그가 십수 년의 세월을 건너뛰고 이곳 태산의 언저리에 모습을 드러낸 것이다. 물론 사람들의 눈에 비친 미안검 송요주와 비편비도 방왜와 같이 한 시대와 한 지역을 주름잡았던 인물들의 등장은 충격일 수밖에 없었다. 그러나 그럼에도 불구하고 청랑군의 이름자가 주는 비

중은 그들에게 비할 바가 아니었다.

방금 전 그 짧은 순간에 칼을 가진 청년과 삼 인의 동시다발적인 격돌이 있었지만, 얼굴을 찌푸리며 뒤로 물러선 청랑군의 본색이 그러하리라고 믿는 사람은 아무도 없었다. 그래서 사람들은 그의 말소리에 숨을 죽이며 장내를 바라보았고, 분명 삼 인의 공격을 물리칠 만큼 대단한 실력을 가지고 있긴 하지만 아무것도 모르겠다는 표정으로 서 있는 청년과의 곧 있을 본격적인 격돌을 기다리며 손아귀를 쥐어잡고 있는 것이다.

세철은 자신을 바라보며 기분 나쁜 기운을 실어 보내고 있는 장신의 해골 같은 괴인을 바라보았다. 누런 황포를 기다란 몸뚱이에 포대처럼 뒤집어썼고 소매없이 드러난 장작 같은 긴 팔은 얼굴처럼 푸른빛을 띠었다. 하지만 그보다도 더욱 시선을 잡아끄는 것은 그 팔 끝에 붙어 있는 암흑처럼 시퍼런 두 손이었다.

사마귀의 다리처럼 곧고 기다란 손가락에 길이를 더해 검날과 같이 뻗어 있는 흉악한 손톱들. 그 사이사이를 휘감고 도는 푸른빛과 어우러진 끔찍한 살기. 그 살기들이 요동을 치며 간간이 꿈틀대는 손가락들이 당장이라도 목줄을 쥐어뜯을 것만 같았다. 하지만 세철은 무쇠 같은 시선을 들어 그 손의 주인을 뚫어지게 바라보았다. 그리고 그 눈길에 부딪치는 손의 주인 청랑군은 음산한 목소리를 다시 흘려냈다.

"자고로 보물엔 임자가 따로 없다. 하지만… 합당치 않은 자가 주인 행세를 하게 되면 그 목숨을 취하는 자가 나서게 되지."

의지가 분명한 나직한 음성을 들으며 세철은 천천히 주변을 쓸어보았다. 숲은 고요에 잠겨 있고 밤새들마저 숨을 죽이고 있지만 자신을 바라보는 수많은 눈길들은 많은 걸 말하고 있었다. 시기, 놀라움, 호기심, 낯모를 두려움, 그리고 탐욕 어린 욕망.

문득 그 모든 걸 부숴 버리고 싶다는 충동에 흔들리며 세철은 입을 열었다.

"못 들은 모양이구나. 죽고 싶다면 원하는 대로 해도 좋다."

세철의 말을 들은 방왜와 송요주의 얼굴은 흉측하게 일그러졌고, 청랑군의 미간엔 푸른빛이 더욱 깊게 일렁거렸다. 그리고 담담한 표정의 세철을 향해 마지막 다짐을 알리듯이 스산한 대답을 흘려내었다.

"네 말처럼 확실히 혈룡도와 같은 보물엔 목숨을 걸 만한 가치가 있지. 그리고 네놈은 그런 말을 할 자격이 있어 보이는구나. 하지만 어느 쪽이 목을 내놔야 할지는 두고 봐야 할 것이다, 어린 놈아."

세철의 미간이 꿈틀 일어섰다. 상대의 경동시키는 의중보다도 그 말 중에 들어 있는 갑작스런 한마디가 심중을 울린 까닭이다.

혈룡도.

손에 들린 칼의 이름이 혈룡도였다. 이제껏 손에 들고 있던 이 칼이 혈룡도라니… 세철은 새삼스러운 눈길로 칼을 눈앞에 들었다. 그리고 바라보았다.

그렇다. 삼양권 이귀의 두를 좇아왔던 사람들 중 누군가의 입에서 그 이름이 흘러나왔었다. 하지만 그때까지도 기억과 가슴속에 거대한 산처럼 박혀 있는 혈룡마제의 혈룡도에는 미치지 못했었다. 칼을 훔친 삼양권 이귀가 죽고, 그 뒤를 좇아온 저 많은 사람들이 식탐처럼 살기를 뿌려댈 때까지도 전혀 의식하지 않았었다. 하지만 지금은 칼이 말하고 있었다.

현란하도록 붉은 빛을 내뿜는 혈신에 눈이 아프게 비집고 나오는 시퍼런 예기. 그 웅휘한 아름다움에 천상의 솜씨로 새겨 넣은 생동하는 한 마리 혈룡. 손끝을 타고 휘돌아 들어오는 미지의 패도적인 기운. 점점 더 피를 끓어 올리는 환청과도 같은 칼의 울림.

세철은 불현듯 금사촌의 유씨 대장간에 있었던 도깨비의 홀림 같았던 일이 기억났다. 그리고 환영 속에 칼을 내려치던 검은 그림자를 떠올렸다.

그렇다면… 그렇다면 그 그림자는…….

"뭘 그렇게 보고 있는 게냐, 목숨이 걸린 마당에? 설마 그 칼이 뭔지도 모르고 있었던 것은 아니겠지?"

세철이 퍼뜩 고개를 돌렸다. 그곳엔 말을 꺼낸 흰머리에 흰 수염의 정체 모를 노인이 눈을 좁히며 세철을 보고 있었다. 노인의 눈은 무덤한 세철의 눈을 보고 점점 좁혀지다가 이내 허탈한 표정으로 풀어지며 입을 열었다.

"아니, 뭐, 저런 놈이 있나? 처음에 네놈이 박살 낸 저 촌놈을 좇아오면서 내가 말하지 않았느냐, 혈룡도라고!"

여전히 칼을 들고 자신을 바라보는 세철의 우묵한 눈을 보며 노인은 이제 성질까지 부리고 있었다.

"어, 이, 등신 겉은 놈아! 여기 모인 이 떨거지 같은 놈들이 왜 모였겠느냐? 그 칼이 아니면, 그냥 쓸 만한 칼 한 자루 뺏자고 목숨 걸고 승냥이 떼처럼 이렇게 산속을 헤매겠느냐?"

답답하다는 듯 손짓까지 해대는 노인을 보며 세철이 무감정하게 말했다.

"화내지 마시오."

"뭐라고?"

"화내지 말란 말이오. 노인이 화낼 일이 아니질 않소."

뜻밖의 대답에 노인은 멀끔한 표정으로 세철을 건너다보았다. 그리고 궁색한 표정으로 말문을 흐렸다.

"그거야 뭐 그렇지만……."

"노인도 이 칼을 가지고 싶은 거요?"

이어지는 세철의 질문에 노인의 표정이 뜨악해졌다. 그리고 대답을 위해 입을 벌리는 그 얼굴을 청랑군을 비롯한 방왜, 송요주와 위진경을 포함해서, 한쪽에 정물처럼 모여 앉은 소림의 인물들까지 유심히 바라보았다.

"이놈이 사람을 뭘로 보고! 이놈아! 살 날도 얼마 안 남은 나 같은 늙다리가 그까짓 오래된 칼이 무슨 소용이겠느냐? 차라리 튼실한 지팡이라면 모를까."

노인의 대답에 눈을 빛내던 인물들 중 일로무극도 위진경이 틈을 노린 듯이 또다시 물었다.

"그럼 이 자리에는 무슨 곡적으로 온 것이오? 그리고 당신의 정체는 무엇이오?"

여전히 단아한 문사풍의 얼굴빛을 보이고 있는 유려한 위진경의 얼굴과 그 뒤에서 무리를 진 삵쾡이 떼처럼 뭉쳐져 있는 무극도문의 문도들을 보는 노인의 눈이 가소롭다는 듯이 웃었다. 그 다답도 조롱기가 다분했다.

"무극도문이라고? 헤헤헛! 그놈들 참, 뼈다귀를 본 개 떼들처럼 많이도 몰려들 나왔구나."

노인의 비웃음에 대한 반응은 위진경의 어깨 뒤쪽에 선 문도들로부터 바로 이어져 나왔다.

"저런 노망한 늙은이가!"

하지만 흥분해서 뛰쳐나가려는 문도들의 앞을 위진경의 벌려진 팔이 가로막았다. 그러나 차분한 그의 얼굴에도 분노는 어려 있었다.

"내가 누구냐고? 나야 그냥 나지. 보이는 대로 그냥 흰머리의 늙은이란 말이다."

노인은 여전히 입가에 빙긋한 웃음을 물고서 말을 이었다. 하지만 명확한 대답은 아무것도 나오질 않았다.

"여기엔 왜 왔냐고? 흐흥, 그건 길을 가는 도중에 웬 말 탄 도적놈들이 하는 재미있는 이야기를 들어서 말이지. 말인즉슨, 그놈들의 두목이 신풍도 조철련이라는 놈인데, 웬 젊은 놈에게 맞아서 개처럼 돼졌다더구나."

뒷말을 남겨놓은 채 노인의 시선은 자연스럽게 세철의 전신으로 돌아와 박혔다. 그 눈길을 따라 사람들의 시선도 모여들 때 노인의 남겨뒀던 이야기가 다시 흘러나왔다.

"더군다나 팽가의 팽귀호라는 놈도 자빠졌다고 하던걸? 그래서 옳거니, 요것 참 재미진 일이 생기겠구나 하고 있는데, 놈들이 하는 말이 용 문양이 새겨진 붉은 칼을 든 놈을 쫓는다 하더란 말씀이야. 그래서 무작정 뒤를 밟아 따라나섰지. 뭔가 큰일이 벌어지겠구나 하고서 말이야."

노인의 시선은 이제 모여 선 사람들과 숲의 전체를 조망하며 말을 이었다.

"그래서 그 도적놈들과 죽어버린 저놈의 뒤를 밟으며 몇 마디 했더니 이렇게들 삽시간에 모이더구나. 미친년 풀어진 머리카락모냥 말이다. 그리고 예상했던 것처럼 재미난 일도 생기고 말이야. 어때? 이젠 궁금함이 좀 풀렸느냐?"

약 올리는 것처럼 고개를 내미는 노인을 보며 위진경의 미간이 골을
그렸다. 하지만 뭔가 모르게 께름칙한 내력을 지닌 듯한 노인을 향해
끓어오르는 속내를 드러내지는 않았다.

"그럼 어서 하려던 일들을 마저 하려무나. 난 저 소림의 승려들처럼
가만히 앉아서 구경을 할 테니까 말이다. 키헴! 간만에 신나는 구경을
하겠는걸."

자신은 이제 상관없다는 듯, 뒤로 멀찍이 물러서는 노인을 보며 시
종일관 푸른 안광을 번들거리던 청랑군이 소림승들을 향해 시선을 돌
렸다. 그리고 무겁게 눈을 감고 불 앞에 앉아 있는 법진을 보며 입을
열었다.

"소림도 이 일에 끼어들겠소?"

청랑군의 사이한 음성에 호응하듯 굳게 감겼던 법진의 두 눈이 천천
히 열렸다. 그리고 자신을 바라보는 푸른 늑대의 원귀 같은 인물을 향
해 불호를 외듯 담담히 말했다.

"우리는 개의치 않는다."

그 한마디에 모여 선 모든 군웅들의 눈이 한순간 빛을 반짝 뿌렸다.
소림이라는 거대한 산이 개입을 하지 않겠다는 것이다. 모여든 모든
군웅들은 한결같이 뜻밖의 소림승들과의 맞닥뜨림이 가슴속의 돌처럼
무거웠던 것이다. 하지만 청랑군은 그런 법진을 향해 한마디를 덧붙여
물었다.

"그것은 소림의 뜻이오, 아니면 그대만의 결정이오?"

눈을 뜬 법진은 말이 없었다. 그저 조용히 푸른 도깨비불 같은 청랑
군의 눈길만 받아낼 뿐이었다. 그리고 모두가 이어 나올 대답만을 기
다리던 그때에 주변을 두른 사대금강을 보며 나직이 읊조렸다.

"번잡하니 자리를 바꿔야겠구나."

그 한마디에 사대금강은 읍을 하며 몸을 일으켰고 창백한 몰골로 시종일관 주위의 사태를 둘러보던 진붕은 엉거주춤 몸을 세웠다. 그리고 그렇게 떠나갈 채비를 하는 소림중들을 보던 세철도 그 순간 같이 몸을 움직였다.

갑작스런 세철의 움직임에 모여 선 군웅들의 시선이 웅성거렸다. 하지만 아무것도 개의치 않는 세철은 제가 피웠던 불가를 향해 걸음을 옮기고 바랑을 여미며 거머쥐었다. 그건 누가 보아도 소림의 중들처럼 떠나려는 몸짓이었다.

"뭐 하는 거냐?"

일로무극도 위진경이 한 발을 나서며 소리쳤다. 그 얼굴을 세철의 무심한 검은 눈이 돌아볼 때, 위진경은 뒤에 선 수하의 협도를 바꿔 들고 다시 입을 열었다.

"가려거든 목숨을 내놓던가 칼을 내놓던가 둘 중의 하나를 택해야 할 것이다!"

말과 함께 위진경의 손에 들린 협도가 위잉! 허공을 가르며 아래로 내려쳐졌다.

세철은 그런 위진경의 눈을 잠시 바라보다 어느새 걸음을 옮겨놓는 소림승들의 등을 향해서 다시 돌아섰다. 그리고 그들을 향해서 발걸음을 떼어놓았다.

그 모습을 보는 위진경의 눈에 불길이 달아올랐고, 청랑군과 방왜를 비롯한 송요주의 눈에도 살기가 어렸다. 하지만 위진경의 기대와 달리 그 앞을 가로막는 자는 아직 없었다.

"서라!"

다급한 마음에 위진경은 다시 한 번 소리쳤다. 하지만 자신처럼 다른 손의 기회를 노리는 늙은 여우들은 눈빛만 번득거리고 있었고, 검은 등을 보이고 걸어가는 젊은 놈의 발걸음은 점점 멀어지고 있었다.

입술을 깨물며 주변을 노려보던 위진경의 칼날은 그 순간에 휘청이며 튀어나왔다.

"타아!"

피휘이이이잉!

산을 치는 짧은 기합과 함께 칼날의 가름 소리가 부채처럼 퍼져 나왔다. 위진경의 몸은 뒤를 보이며 걸어가는 세철의 등을 향해서 벼락처럼 다가들었고, 무극도문 특유의 회선도법(回旋刀法)으로 물레처럼 돌아가는 위진경의 몸뚱이는 칼날을 박아놓은 팽이처럼 땅을 가르며 바람을 일으켰다.

그 궤적의 끝에 세철의 넓은 등이 난자를 당하기 위해 펼쳐져 있었다.

하지만 모두가 눈조차 깜박일 수 없던 그 찰나의 순간에 세철의 검은 몸이 어둠 풀어진 공중으로 도약을 했다.

파앗!

검은 귀신처럼 순간적으로 위로 늘어진 세철의 몸을 요악한 칼날의 부채가 삽시간에 수백의 칼날로 조각을 내었다.

피리리리링!

하지만 칼날이 빈 공간을 찢어발기는 소리와 느낌을 받은 위진경의 시선이 검은 귀신의 자취를 좇아 고개를 드는 그 순간에 커다란 반원의 궤적으로 발과 몸을 뒤로 뒤튼 세철의 몸이 귀신처럼 내리 꽂혔다.

그 끝에서 터져 나오는 세철의 두 발은 방아를 찧는 절구공이처럼 쉬지 않고 터져 나왔다.

흡사 검은 유령의 저주처럼 헤아릴 수 없을 만큼 많은 수의 그림자가 빠르고도 강력하게.

파파파파파파파파팡!

마치 돼지의 오줌보를 연속해서 터뜨리는 것만 같은 소리의 난타 속에 사람들은 볼 수 있었다. 부채살처럼 위험한 살기를 머금고 휘돌던 위진경의 협도가 산산이 부서져 은편(銀片)으로 휘날리는 것을. 그리고 그렇게 부서져 나가는 도편(刀片)의 아래에서 실 끊어진 인형처럼 땅을 끌며 뒤편으로 처박히는 위진경의 몸뚱어리를.

추아아아아.

땅을 끄는 몸뚱이의 소리가 뒤늦게 사람들의 귀를 자극해 들어왔다. 그리고 기다란 자국을 남기며, 검은 청년이 앉았던 불가에 쓰러져 꿈틀대는 위진경의 몰골이 사람들의 눈에 들어왔다.

그것은 참혹 그 자체였다. 너울대는 모닥불 빛 앞에 이지러진 형상으로 가슴의 기복을 꿀럭대는 위진경의 모습은 다져진 육괴였다.

칼을 잡았던 두 팔은 이리저리 꺾이고 부서져 튀어나온 하얀 뼛조각과 함께 제 모습을 찾을 길이 없었고, 지금도 경련하며 급격히 쿨럭대는 가슴의 융기는 푹 꺼진 포대처럼, 불거져 나온 피 묻은 갈비뼈만이 사람의 흔적을 말해 주었다. 그리고 쇠망치로 후려친 것처럼 이전의 모양을 찾을 길 없는 얼굴은 온통 피로 물든 부서진 바가지처럼 깨어진 채 가는 경련을 해대었다.

그렇게 간헐적인 경련을 보이던 위진경의 몸이 차츰 시들어갔다. 그리고 부들대던 움직임을 멈추고 뻣뻣이 굳어져 갔다.

그 참혹하고도 기괴한 모양을 여전히 타오르는 모닥불 빛이 널름대는 불 그림자로 핥아대었다. 그리고 그렇게 처참하고 공포스러운 모습 속에 빠져들던 사람들의 정신은 누구인가 질러대는 한 소리로 퍼뜩 깨어져 나왔다.

"이, 이놈! 감히 무극도문의 사람을 상해하다니! 정녕 후환이 두렵지 않단 말이냐?"

분노와 떨림이 가득한 목소리는 위진경의 시체 앞으로 몰려든 무극도문의 제자들 중 한 명이었다.

시체를 둘러싼 수십의 문도들은 칼을 치켜들고 당장에라도 달려들 기세였다. 그런 그들의 모습을 보던 세철의 발길이 되돌아 걸음을 옮기며 퉁명스럽고 무표정하게 이야기했다.

"목숨을 걸라고 말했을 텐데……."

눈은 다시금 불을 먹은 것처럼 거세게 일렁거렸다. 그리고 감당하기 힘든 그 기세와 눈빛에 움찔거리던 무극도문의 문도들은 다가오는 세철의 발걸음을 보며 다급하게 말했다.

"잊지 마라! 오늘로서 너와 우리 무극도문에는 씻을 수 없는 혈채가 생겼다. 이 빚은, 반드시 갚아주마!"

처음 말했던 자가 그 한마디를 남기고 수십의 문도들은 썰물처럼 숲 속으로 사라져 갔다. 그 뒤에는 죽어버린 위진경이 남긴 검은 핏자국만이 땅을 적시고 남아 있었다.

숲 속엔 다시 고요가 맴돌았다. 그 속엔 충격과 경악이 교차된 시선으로 세철을 바라보는 이들이 대부분이었고, 한쪽에서 무엇인가 심각한 고민에 빠진 듯한 얼굴의 흰머리노인도 함께였다. 하지만 그들의 시선을 아랑곳하지 않고 한 발을 늦어버린 소림승들의 자취를 좇아 세철의 걸음이 다시 옮겨질 때, 예상처럼 그 앞을 가로막는 그림자들은 흉악한 눈빛으로 무장한 세 명의 노괴물들이었다.

세철은 앞을 가로막은 세 인물들을 바라보며 걸음을 멈춰 세웠다. 그리고 말없이 자신을 바라보는 세 사람의 짙은 살기 속에 한 가지 사실을 알 수 있었다. 저들은 자신을 두고 합격을 동의한 것이다. 차후에야 어찌 되었든 단독으로 승부를 장담할 수 없는 젊은 괴물을 물리치고 칼을 차지하기로 말없이 합의한 것이 분명했다. 그리고 그런 합의는 지금도 주변을 둘러싼 수많은 무림인들의 위협과 기세를 꺾어내는 한 수가 될 것이었다.

"대단한 실력이로구나. 하지만 어른들의 회초리는 의외로 무섭단다. 더구나 회초리가 세 개라면 더욱더 그러하지."

차분한 어조로 집안의 아이에게 타이르듯 말하는 이는 미안검 송요주였다. 그 말을 받아 방왜가 까마귀처럼 협박을 했다.

"칼을 놓고 가라! 그렇지 않으면 이 자리가 네놈의 무덤 자리가 될 것이다!"

세철은 강온의 목소리로 지껄이는 두 사람을 좌우로 천천히 돌아보았다. 그리고 표정없는 그 눈을 돌려 중앙에 선 장신의 괴인 청랑군을 바라다보았다.

청랑군은 그 눈길을 받으며 조용히 입을 열었다.

"연수를 한다는 것은 마음에 들지 않지만… 그 칼은 너무도 마음에 끌리는구나."

마치 시체처럼 사이한 청랑군의 거북한 음성을 들으며 세철은 가볍게 대답했다.

"좋아. 시작하지!"

조금은 경쾌한 듯한 음성으로 세철은 목을 좌우로 꺾었다. 기세를 돋우는 응원처럼 두두둑 하는 소리가 들려 나오고, 손에 들린 혈룡도를 하박에 붙여 역으로 잡았을 때, 귀신같은 기합 소리와 함께 방왜의 공격이 시작되었다.

"끼요요요오!"

기혈을 뒤집는 거북한 기합 소리를 뒤로, 기다란 채찍이 살아 있는 생명처럼 날아들었다. 마치 영사처럼 허공을 거슬러 헤집고 날아온 채찍은 세철의 목을 휘감아들었다. 그 채찍의 끝을 수직으로 찍어 올라간 세철의 왼발이 전광처럼 후려찼다.

팡!

하지만 꾸불텅 휘어지며 감겨드는 검은 뱀은 발목을 동여매었고, 그 순간에 날아온 송요주의 삼 척 고검은 세철의 인후를 파고들었다. 그러나 그 검끝을 보는 세철의 눈에 또다시 보이는 것은 온통 푸는 도깨비불처럼 전신을 파고드는 푸른 귀신의 손 그림자였다.

세철은 온몸에 들어와 박히는 살기를 피부로 받아내며 인후를 가르고 들어오는 검날의 흐름을 눈으로 잡았다. 그 검날의 끝에 초점이 잡혔을 때 왼손을 빙그르르 돌리며 검을 향해 내뻗었다. 그리고 역으로 잡은 혈룡도를 푸른 손 그림자의 중심으로 그어 넣었다.

키아아앙!

왼손 팔목에 휘감기며 비명을 지르는 삼 척의 검날이 비구에 부딪쳐 불꽃과 함께 비명을 질러댔다.

부아아아앙!

동시에 혈룡도의 칼끝에 찢어지며 흩어지는 푸른 손 그림자들의 공간 속에서 울음이 울려 나왔다. 그리고 그 순간 수평으로 가슴 앞을 긋던 칼을 따라 세철의 몸뚱이가 맴을 돌았다. 그 손에서 튀어나온 붉은 용의 그림자가 발목을 스치며 지나가자 방왜의 눈에 당황이 스쳤다.

팅!

팽팽히 발목을 휘감던 채찍이 끊어지고 세철은 뒷발을 뿌리며 수평으로 회전했다. 그 발길의 서슬에 실패한 첫 공격의 수습도 못한 송요주와 청랑군의 신형이 흐트러질 때, 삽시간에 거리를 좁힌 세철의 신형이 방왜의 몸을 내리덮고 있었다. 하지만 그 촌음의 순간에도 방왜의 손은 세철을 향해 뿌려졌고, 은빛 가득 허공을 향해 피어오르는 비도의 물결 속에서 세철의 손이 종횡으로 난무했다.

피피피피피피핑!

눈부신 불꽃이 붉은 안개 속에 아프게 몸을 터뜨리고, 그 중심을 가르는 한줄기 붉은 번개는 방왜의 정수리에 내리 꽂혔다.

피잇!

"헉!"

화끈한 불기둥이 몸의 중심을 가르고 지나간 느낌에 방왜는 헛바람을 집어삼켰다. 그리고 눈앞에 내려서는 검은 사나이의 환영 같은 신형을 꿈처럼 바라보았다.

사내는 범을 닮았다. 눈길도 꼭 범의 성난 눈빛이다. 그 사내가 자신을 바라다보았다. 그리고 등을 돌렸다. 그런데 몸에서 힘이 빠졌다. 머리에서 사타구니까지 근질거렸다. 그 중심을 따라서 점점 몸이 뜨거워져 간다. 이제는 참을 수가 없다. 눈꺼풀도 자꾸만 무거워지기만 한다. 이래선 안 되는데. 이렇게 잠이 들면 저 보물 칼을 늙은 이리 놈과 호색한 여우 놈에게 빼앗기고 말 텐데…….

파아아아앗!

비편비도 방왜의 오 척 단신이 둘로 갈라지며 피분수가 뿜어져 나왔다. 자욱한 피안개로 허공에 흩어진 그것은 사람들의 경악 어린 숨 속으로 들어가며 진한 공포와 혈향을 안겨주었다. 그리고 사람들은 그렇게 갈라지는 방왜를 등지고서 놀란 눈의 송요주와 청랑군을 향해 뛰어가는 검은 사내를 보았다.

휘아아아아앙!

큰 걸음으로 거리를 건너뛴 세철이 오른발을 내밀어 착지를 하며 수직으로 칼을 그어 내렸다. 그 엄청난 붉은 기운을 감히 맞받지 못하는 송요주의 사색한 걸음이 뒤로 물러날 때, 왼발을 앞으로 내밀어 전진하며 칼끝을 뒤집어 올린 혈룡도의 도신에 가로막던 삼 척의 검날이 잘려 날아갔다.

챙!

그리고 그 찰나의 순간에 뒤를 덮치는 푸른 수영(手影)을 향해서 몸을 낮춘 세철의 신형이 뒷발을 빼며 횡으로 뒤를 돌려 그었다.

부아아아아악!

"크아악!"

붉은 도신이 세철의 등을 내리찍던 청랑군의 정강이를 가르고 지나갔다. 그리고 괴성과 함께 무너지는 그 얼굴을 돌아가는 회전력으로 따라 나온 왼발이 낮았던 몸을 일으키며 휘돌려 차버렸다.

퍼걱!

비명도 지르다 만 청랑군의 몸통이 맴돌이처럼 휘돌며 바닥을 쓰러질 때, 연속적인 동작으로 다시 뒤를 돈 세철의 몸은 눈앞의 상황을 인식하지 못하는 송요주의 몸을 향해 검은 물결처럼 다가서며 사격(斜擊)의 일도(一刀)를 그어 넣었다.

피이잇!

그 사선의 내려침에 어깨부터 갈라진 상체가 떨어져 나가는 팔과 함께 피를 틔우고, 눈앞에 터져 오르는 피를 보며 혼몽한 눈길로 허공을 보는 송요주의 몸 앞에서, 횡격으로 몸을 돌리는 세철의 혈룡도가 허리의 중심을 비집고서 지나가 버렸다.

스파아앗!

모든 일은 순간이었고 아직도 피 터지는 가슴과 잘려 나간 빈 팔을 내려다보는 송요주의 눈에는 진실감이 없어 보였다. 하지만 기울어지는 밤하늘과 거센 충격으로 부딪친 차가운 땅바닥의 옆으로 보이는 눈에 익은 반쪽의 몸뚱어리가 누구의 것인지 알게 되었을 때, 뒤집어지는 눈자위의 흰창과 입가의 거품으로 송요주는 죽음을 인식했다.

숲 속에 바람이 불었다. 봄이 다가옴을 알리는 바람은 차가움 속에 훈기를 담고 있었지만, 산속의 기생충들처럼 산을 차지한 사람들의 곁을 지나가면서는 제 스스로 몸을 떨었다. 그렇게 바람은 지독한 피 냄새를 흩어내면서 산과 숲을 치고 달아났다.

그 참혹의 현장에 한 사나이가 우뚝 서 있었다. 말총 같은 머리는 심야의 산 바람에 휘날리며 흔들거렸고, 무쇠 인간 같은 검은 몸뚱어리는 요사하게 빛나는 붉은 칼을 들고 사방을 돌아보았다. 그렇게 돌아가는 몸을 따라 칼끝에선 그 몸통처럼 붉은 핏방울이 떨어져 내렸고, 그 혈흔이 떨어진 바닥을 따라 사방에는 조각나 죽어간 자들의 시체가 버려진 짐승의 고기처럼 널려 있었다.

그리고 그렇게 숲의 사방을 둘러보는 검은 사내의 눈길을 마주 보는 자는 아무도 없었다. 사내는 그런 사방의 사람들을 향해서 굵은 목소리로 말했다.

"또다시 나서서 수작을 부리는 놈들은 이 꼴이 될 것이다."

칼 든 사내의 손이 가리키는 것은 잘린 다리에 부서진 턱으로 정신을 잃고 쓰러진 청랑군이었다. 그리고 사내는 뒤를 돌아 걸음을 떼며 낮고 분명하게 이야기했다.

"목숨을 거는 일은 아무나 하는 것이 아니다."

여운처럼 말을 남긴 사내는 소림승들이 사라져 간 방향으로 멀어져 갔다. 하지만 처참하게 곡전에서 죽어간 시체들을 바라보던 사람들은 얼굴을 돌리기가 무섭게 죽음을 잊었고, 사내가 떠나간 방향으로 몸을 날리는 눈가에는 다시금 붉은 혈광의 탐욕이 넘실대고 있었다.

어느덧 숲에는 피 냄새를 씻어주는 바람과 그 근원인 시체들만이 남았고, 그 가운데 쓰러진 청랑군의 몸뚱이를 바라보던 흰머리의 수염노인은 실없이 웃으며 중얼거렸다.

"병신 같은 놈."

새벽 어스름에 드러난 산의 골짜기는 괴이한 푸름 속에 허연 안개 자락을 휘감은 을씨년한 모습이었다. 명산으로 이름난 모양과 달리 깊숙한 곳에 세 개의 크고 작은 봉우리로 감춘 것처럼 둘러싸인 작은 골짜기의 중심에는 한줄기 계류가 흘러내렸고, 그 곁으로 벌려진 크고 작은 목책(木柵)들과 버려진 목옥(木屋)들은 사람이 살았던 흔적을 보여주고 있었다.

그 속에 희무름하게 부유하는 유령 같은 산속의 안개를 헤치고 골짝을 들어서는 사람들은 회색 승포 자락을 흔들며 걸어가는 민대머리의 중들이었다. 순서없이 오르던 발길을 멈춘 그들 앞에 펼쳐진 전경은 폐허처럼 버려지고 삭아가는 오래된 산도적들의 산채였다.

도적들의 보금자리가 있었던 자리는 말 그대로 재난이 휩쓸고 간 듯한 폐허였다. 요새처럼 입구를 둘렀던 통나무 울타리는 부서진 잔해로 이리저리 조각나 흩어져 있고, 그 안에 밑동과 터만 남은 나무 집들은 흉가처럼 이곳저곳에 널려져 있었다. 그렇게 새벽 여명에 드러나는 흑갈색의 잔해들은 원래의 흔적만을 남기고 남아 있는 것이 아무것도 없었다. 그것은 옛 시간을 밀어낸 산의 생령(生靈)들이 상처를 치료하듯 그 자리를 차지한 때문이었다.

법진은 새벽이 걷히는 그 자리에서 천천히 주변을 둘러보았다. 흡사 천신의 분노를 산 전설 속의 마을처럼 빠짐없이 부서지고 파괴되어 버린 산채의 모습은 그 당시의 정경을 아직도 말해 주는 듯했다.

벌써 십 년이나 전의 일이었다. 지금은 삭은 나무 둥치들만 남은 이곳엔 산도적들의 두리가 살고 있었다. 녹림연합에 들지 않은 독자적인 무리였지만, 의표를 찌르고 이곳 태산의 깊숙이 자리 잡은 그들의 세력은 결코 녹록한 것이 아니었다. 그러던 그들이 어느 날 갑자기 씨몰살을 당한 것이다.

생존자는 단 세 명. 그중의 한 명이 바로 진붕이었다. 그리고 천행처럼 살아남은 그들은 실성한 사람들같이 지껄이며 산 밑의 마을을 떠돌았다. 그렇게 공포에 전 눈동자를 한 채 반미치광이의 모습으로 행악을 부리던 주루에서, 법진 자신을 만난 것은 세존의 계시와도 같은 일이었다.

참으로 오랜 시간 분노와 고통 어린 후회 속에 지내던 날들을 접고, 흔적없이 잘려 나간 오른팔의 뿌리 자리가 아물기 무섭게 놈의 흔적을 찾아 나섰다. 그 당시에는 자신도 반쯤은 미쳐 있었는지도 몰랐다. 그렇게 흥분된 이상한 열병 같은 기운에 휩싸여 놈이 거쳐 갔을 만한 길을 따라 태산의 언저리까지 온 것은 우연이라 하기에는 이상한 일이었다. 그리고 거기서 운명처럼 진붕을 만난 것이다.

　법진은 지난 기억을 떠올리며 홀린 것 같은 표정을 한 진붕의 얼굴을 바라다보았다. 때마침 진붕 역시도 자신을 보고 있었다. 그의 입술이 흉하게 일그러지며 음울한 짐승 같은 음성이 흘러나왔다.

　"십 년이나 사람을 축생처럼 가두어두더니… 또다시 이 지옥 같은 곳으로 데려오는구나. 더러운 중놈의 새끼들……."

　다시 시선을 돌린 그의 눈길은 산의 상처가 아물어진 생채기처럼 들어앉은 산채의 폐허를 바라보았다. 그 눈 속에 남아 있는 공포와 원망이 법진의 가슴속을 파문처럼 두들겼다.

　그날, 진붕을 처음 만났던 날 찾아왔던 이곳은 현세에 펼쳐진 지옥이었다. 오십여 명이나 되는 산적의 무리들은 입구부터 시작해서 산채의 곳곳에 빠짐없이 죽어 자빠져 있었고, 그 조각나고 절단된 몸뚱이들은 여기저기 흩어져 뒤엉킨 채 피의 냇물을 흘려보낸 후였다. 참으로 눈 뜨고는 바라보지 못할 참혹한 정경이었고, 피가 도는 심장을 가진 사람이라면 결코 저지르지 못할 잔혹한 참극이었다.

　하지만 법진은 주체할 수 없는 흥분을 감당할 수 없었다. 그렇게 찾고자 했던 놈의 흔적을, 악마의 무기인 혈리표의 흔적을 드디어 찾아냈기 때문이었다. 그러나 그뿐, 이름난 명산이라는 허점을 파고들어 숨어 살았던 놈의 흔적은 깨끗이 지워지고 아무것도 남아 있질 않았다. 이 잡듯이 산을 뒤졌다. 그리고 산과 이어진 모든 길과 마을을 샅샅이 탐문하였다. 하지만 오 년 만에 겨우 잡은 꼬리였는데, 놈은 또다시 덤불 속에 떨어진 바늘처럼 종적이 묘연해져 버린 것이다.

　그리고 십 년이 흘렀다. 그 십 년 동안 소림은 세 명의 생존자를 가두어뒀었다. 목적은 오직 한 가지, 혈리표의 비밀을 감추기 위해서였다. 하지만 아무리 그렇기로서니, 불존을 섬기는 불제자의 신분으로서

할 짓이었는지는 지금도 확신이 서지 않는 일이었다. 그러나 그럼에도 그들을 풀어주지는 않았다. 그리고 진붕은 탈출을 했다.

"이제 그만 끝을 내자고."

불현듯 상념을 ʙ 집고 진붕이 입을 열었다.

"제민원(濟民院)이라는 의가(醫家)의 탈을 쓴 네놈들의 감옥엔 다시 가고 싶지 않아."

법진을 비롯한 젊은 중들은 독백처럼 뇌까리는 진붕의 얼굴을 말없이 바라보았다.

"내가 말하지 않았던 것은 한 가지뿐이야. 그 악귀 같은 놈이… 왜 우리를 몰살시켰는지. 그리고 그건 오면서 말해 준 그대로야."

진붕의 목소리는 점점 작아지고 있었다. 그리고 망연히 옛 죽음의 흔적을 바라보던 눈길을 들어 법진에게로 돌렸다. 그 눈동자가 흔들리며 굵은 물줄기가 흘러나렸다.

"그때 나도 죽었어야 했어……. 그랬더라면 밤마다 꿈속에서 그 일을 보지는 않았을 테지……. 그 지옥 같은 일을 말이야."

처연한 눈길을 다시 돌린 진붕은 긴 숨을 내쉬었다. 그 눈길로 폐허의 구석구석을 살피며 심중에 남겨두었던 한마디를 나직하게 내어놓았다.

"다시 돌아왔으니 이젠 떠나지 않겠다. 이곳에서 죽을 테야……."

스스로의 죽음을 선고하는 것 같은 그 목소리를 들으며 중들은 침묵했다.

업보였다. 누가 누구에게랄 것 없이 뒤엉킨 인과의 고리였다. 그 고리로부터 자신을 비롯한 그 누구도 자유로울 수는 없었고, 어떻게 끊어질지 또한 아무도 알지 못했다.

법진은 가슴속에 들끓는 기혈을 토하듯이 불호를 내뱉었다.

"아미타불, 나무관세음보살……."

서글픈 정적이 산의 안개를 흔드는 바람처럼 출렁거렸다. 그리고 그 순간에 골짜기의 입구로부터 사람의 그림자가 바람을 타듯이 흘러 들어왔다.

삽시간에 땅 위를 스치는 제비처럼 다가온 자는 사대금강의 한 명인 정명(正明)이었다. 옷자락 스치는 소리만을 내고 일행의 앞에 멈춰 선 그는 강퍅한 얼굴 위의 불거진 광대뼈에 묻어난 새벽 안개를 닦아내며 법진을 향해 읍을 올렸다. 그 얼굴을 향해 번득이는 검날 같은 눈매의 정수(正修)가 다급하게 입을 열었다.

"어찌 되었나?"

그러나 정도의 어린아이 같은 눈빛과 정오의 커다란 체구가 돌아보는 눈길을 보며 황급히 자신의 실태를 깨닫고 입을 다물었다.

정명은 그때까지 말이 없는 법진을 보며 입을 열었다.

"믿기지 않게도… 미안검 송요주와 비편비도 방왜가 죽고 청랑군은 한쪽 다리가 잘리는 중상을 입었습니다."

"뭐라고?"

정수가 다시 소리를 질렀다. 그리고 법진의 눈에서는 한순간 기광이 번쩍 새어 나왔다.

"셋이서 연수합격을 하였고 그 젊은 시주는 혼자서 그것을 받아냈습니다. 그리고 저희들이 자리를 옮길 당시 무극도문의 위진경이란 자가 그자의 배후를 공격하다가 격살을 당하였습니다. 그 모습이 아주… 처참했습니다."

정도의 온화한 동안이 돌처럼 굳어들었고 정오의 큼지막한 입이 저절로 벌어졌다. 그리고 칼날 같은 눈매를 잃어버린 정수의 얼굴이 두 사람을 돌아볼 때 법진의 음성이 나직하게 새어 나왔다.

"모여든 무림인들은 어찌 되었느냐?"

차분한 법진의 신색을 살피며 정명은 조심스럽게 대답했다.

"하나같이 놀란 듯했으나, 곧 그자의 뒤를 따라 움직였습니다."

정명의 대답을 들은 법진은 습관처럼 하나뿐인 손으로 염주를 헤아렸다. 그리고 정명이 들어왔던 안개 싸인 골짜기의 입구를 바라보며 조용히 말을 던졌다.

"그리고 그자는 너의 뒤를 따라왔겠구나."

법진의 말에 퍼뜩 무언가를 깨우친 듯 정명이 고개를 돌리고 그런 정명과 법진의 눈길을 따라 정도, 정오, 정수의 시선이 골짜기의 입구로 행했다.

뿌연 안개를 부수듯이 딜어내며 성큼성큼 커다랗고 거침없는 걸음걸이로 들어서는 자는 흑범 같았다. 그리고 그런 사내의 얼굴이 뚜렷하게 보일 거리로 멈춰 선 순간, 그들은 사내가 누구인지 알 수 있었다.

사내의 모습을 보던 정수가 놀랍고도 기묘한 어조로 입을 열었다.

"도대체 저자는 누구야? 왜 우리 뒤를 좇는 거지?"

*   *   *

동악대제(東岳大帝)인 태산부군(泰山府君)의 탄신일을 섬기는 진회(塵會)를 보름여 앞두고서, 길흉화복(吉凶禍福)을 빌거나 산유(山遊)를 즐기는 사람들의 발길은 오늘도 변함없이 태산의 길목을 밟고 있었다.

구복(求福)을 간구하는 사람들은 정성스런 제례 음식을 마련해 산을 올랐고 옛 황제들의 봉선(封禪) 흉내를 내는 유람객들은 시황제와 한무제, 당현종의 호기를 빌려 세상을 굽어보았다. 그러나 세상의 티끌 같은 인간의 빈부와 수명을 관장하고, 죽은 자들의 영혼이 모여드는 명부(冥府)의 입구인 태산의 신들에게 폐례하지 않도록 심신의 먼지를 털어내고 동악묘에 배례하는 것을 사람들은 잊지 않았다.

그렇게 참배객들의 발길이 간간이 이어지는 태산의 어귀에 제사에 필요한 목제기와 특산품을 늘어놓은 조그마한 다관(茶館)이 늘어진 표기(標旗) 앞에 손님을 맞고 있었다.

한 칸만으로 지어진 목조의 다관 안에는 참배와 유람의 행색으로 보이는 사람들이 아침 일찍부터 차를 마시며 담소하고 있었고, 다섯의 숫자로밖에 세어지지 않는 실내의 탁자에는 세 무리의 사람들이 각기 세 곳의 탁자를 차지하고 앉아 있었다. 그리고 비어진 두 개의 탁자 중 한 곳을 바라보며 입구를 들어선 무리들은 사람들의 시선을 잡아끌었다.

한 명의 외팔이노승과 각기 특이한 외모와 분위기를 풍기는 네 명의 젊은 승려, 그리고 어딘가에 정신을 팔아버린 듯한 구레나룻의 장한. 그런 평범치 않은 일행의 모습을 말끔히 바라보던 조그만 계집아이가 치맛자락을 흔들며 쪼르르 달려가 생글거리며 입을 열었다.

"어서 오세요, 대사님들! 저희 낙원다관에 오신 것을 환영합니다!"

아홉, 열 살이나 먹었을까, 두 갈래로 땋아 내린 댕기머리를 흔들며 고개를 조아리는 계집아이는 깜찍하기 그지없었다. 크고 검은 눈망울은 총기로 반짝거렸고 오밀조밀 또렷한 이목구비는 참새처럼 벌어지는 입과 함께 무척이나 앙증스러웠다.

"차를 드시겠습니까? 아니면 식사를 하시겠어요? 참고로 저희 낙원다관의 만두와 소면은 근동에 소문난 일미로 손꼽힌답니다."

두 손을 맞잡고 제비새끼처럼 재잘거리는 계집아이를 보고 중들은 미소 지을 수밖에 없었다. 그중에 정오는 곰 같은 몸을 돌려 꼬마 계집 아일 보고 웃으며 입을 열었다.

"어린 보살님, 차림표를 보니 어차피 만두나 소면 외에는 다른 것을 시켜도 안 될 것 같은데요?"

굵은 눈썹을 아래로 휘어뜨리며 웃는 정오의 얼굴은 계집아이를 향한 귀여움이 잔뜩 묻어나고 있었다.

벽에 붙은 차림표에서 시선을 돌려 그 얼굴을 빤히 쳐다보던 계집애가 삐죽이 옹송대는 입으로 다시 말했다.

"안 되는 게 아니라 이곳은 영산이니 비린 음식을 팔지 않는 것뿐이 에요. 그리고 스님들한테 그런 음식을 팔 수는 없잖아요? 그런 거 드시면 안 되지 않나요?"

맹랑한 눈길로 바라보던 계집애는 위아래와 좌우로 둘러가며 커다란 정오의 체구를 조밀조밀 살폈다. 그 눈길은 마치 그러니까 몸뚱이가 곰처럼 그렇지 하는 눈빛이었다.

"하하하하! 정오가 한 방 먹었는걸?"

정수가 한바탕 웃어젖혔고 정도와 정명이 밝게 웃음을 웃었다. 그리고 무추름한 얼굴로 제 일행과 계집아이를 돌아보던 정오가 뒷머리를 긁적일 때 법진의 온화한 음성이 계집아이를 보고 말했다.

"사람 수에 맞게 소면과 만두를 적당히 내주렴."

생긋 웃음을 문 계집애는 재빠르게 대답을 했다.

"예! 잘 알겠습니다. 그리고 만두는 물론 야채 만두지요?"

대답은 하고 있지만 시선은 곰 같은 정오를 향한 채였다.

정오의 얼굴은 찌그러졌고 일행은 다시 한 번 웃음을 물었다.

“하하하하하!”

다람쥐처럼 잽싸게 탁자를 물러난 계집애가 다관의 안쪽, 흰색 휘장이 드리워진 주방을 보며 소리쳤다.

“소면 여섯 개하고 야채 만두 두 접시요!”

“알았어!”

낭낭한 계집아이의 목소리를 타고 주방의 안쪽에서 젊은 여인의 대답 소리가 울려 나왔다. 하지만 모습은 보이지 않았고 여전히 휘장만이 아침 햇살에 너울거렸다. 그리고 그 순간, 젊은 여자의 목소리에 경직되는 듯한 표정을 보이는 진붕의 얼굴 뒤쪽으로 다관의 입구를 넘어서는 검은 그림자가 기다랗게 바닥을 그려 넣었다.

“어서 오세요!”

또다시 도토리를 줍는 다람쥐처럼 쪼르르르 달려나가던 계집애가 걸음을 우뚝 멈춰 세웠다. 그리고 문 앞에 선 장대한 체구의 검은 옷의 사나이를 올려다보았다.

사내는 컸다. 안쪽에 앉은 곰 같은 중만큼은 아니지만 무척이나 컸다. 그리고 뭔지 모르게 위험해 보였다. 다관 밖의 상수리나무 몸통처럼 굵직한 팔과 다리는 뿌리처럼 튼튼해 보였고, 넓고 불룩한 가슴과 바위 같은 어깨 위의 구릿빛 얼굴은 무쇠 같았다.

그 쇠 같은 얼굴 위로 촘촘한 흉터들이 물결처럼 선을 드러냈고, 한쪽 손에 아무렇게나 들린 붉은 칼은 마주 바라보기 힘들게 요사한 핏빛이었다. 그런 사내의 등 뒤로부터 솟구치는 아침 해가 빛을 던졌다. 다관 안의 사람들은 모두가 사내를 쳐다보았고, 곧바로 눈부신 후광 같은 그 모습에 시선을 거둘 수밖에 없었다.

입구를 넘어선 세철은 안쪽의 중들을 바라보았다. 그리고 그 옆의 비어 있는 탁자를 향해서 걸어가 천천히 자리에 앉았다. 들어올 때 소리치던 꼬마 계집아이는 아직도 그 자리에서 자신을 보고 있었고, 곁에 앉은 다관의 손님들은 곁눈질을 힐끔대었다. 무표정한 세철은 꼬마 계집애를 향해서 입을 열었다.

"소면 하나 다오."

굵직한 그 목소리에 잠을 깨듯 어깨를 털어낸 계집애가 허둥거렸다.

"네? 아, 네네. 소면이요."

주방 쪽으로 걸어가면서도 계집애는 곁눈을 떼지 않고 세철을 주시하며 말했다.

"소면 하나 추가요!"

소리 질러 주문을 넣은 후에도 주방 벽면에 등을 기댄 채 조심스런 눈길로 바라보았다. 그 눈길은 위험한 짐승 같은 검은 사내와 그 손에서 탁자 위로 놓여진 붉은 칼을 번갈아 보고 있었다. 계집아이의 눈빛은 아주 불안한 모양이었다.

계집애의 눈빛을 무시한 세철은 옆 탁자의 중들을 바라보았다. 시종일관 똑같은 표정들이고 같은 얼굴들이었다. 골짜기에서와 마찬가지로 그들은 세철의 존재를 모른 척하고 있는 것이다. 하지만 세철에겐 수확이 있었다.

그 오래된 골짜기, 언제인지 알기 힘들게 폐허의 흔적만이 남은 그곳에는 비밀이 있는 게 분명했다. 무엇인가 아주 강력한 힘이, 항거할 수 없는 패도적인 힘이 휩쓸어 버린 듯한 그곳은 한 가지를 떠올리게 했다. 그것은 혈리표였다.

그렇다면 남은 결론은 한 가지. 놈은 이곳에 있었다. 저 소림의 중들은 그것을 찾아서 이곳에 왔고, 그곳의 비밀과 놈에 대한 단서를 알고 있는 자는 바로 저 구레나룻의 사내가 틀림없었다.

세철은 중들 사이에 끼어 앉은 사내를 바라보았다. 그 시선을 느꼈음인지 사내 또한 눈길을 마주쳤고, 처음과 달리 기가 죽은 모습으로 시선을 회피했다. 하지만 사내의 눈 속엔 두려움보다는 체념이 들어 있는 것 같다고 세철은 생각했다.

"소면 나왔습니다."

모두의 침묵과 상념을 깬 그 순간의 목소리는 늘어진 주방 휘장을 걷고 나오는 젊은 여인이었다.

여인은 고왔다. 분을 바른 것처럼 흰 얼굴은 하얀 설매화처럼 여리게 투명했고, 그 안에 자리 잡은 검고 깊은 두 눈은 자수정처럼 깊고 서늘했다. 붉은 모란 꽃잎 같은 입술 사이로는 상아처럼 하얀 치아 가지런했고, 소반을 든 길고 여린 손은 소복의 빛깔처럼 서글퍼 보였다.

여인은 사뿐히 걸음을 옮기며 사람들의 시선을 잡아끌었다. 그리고 중들이 앉아 있는 탁자로 다가섰다. 조신하게 소반을 탁자 위에 올려놓고 희고 고운 두 손으로 소면 그릇을 내려놓았다. 그렇게 일일이 사람 앞에 내려놓으며 밝은 웃음으로 인사를 건넸다.

"맛있게 드세요."

여인의 웃음은 참으로 곱고 청량했다. 하지만 그 미소를 보며 중들이 합장으로 화답을 할 때 진붕은 넋이 빠진 듯한 얼굴로 여인을 바라보았다. 그리고 여인이 진붕의 앞에 소면 그릇을 내려놓는 순간, 두 사람의 눈길이 마주쳤다.

여인은 그릇과 소반을 떨어뜨리며 자리에 주저앉았다. 그리고 공포에 물든 처참한 얼굴로 입을 벌렸다.

챙그랑!

"어, 어으, 어어어."

학질에 걸린 사람처럼 온몸을 부들대는 여인의 얼굴은 새파랗게 질려 있었다. 희고 고운 두 손은 안타깝게 흔들리며 진붕에게서 멀어지려 허공을 밀어내었고, 그럼에도 불구하고 풀어진 몸뚱이는 애처롭게 바닥만 부비며 흔들거렸다.

예상치 못한 일에 젊은 중들은 황급히 자리를 차고 일어섰다. 하지만 젊은 여인을 보고 어쩔 줄 몰라 했고, 시선은 혼이 빠져 버린 듯한 시선으로 여인을 바라브는 진붕에게로 몰려들었다.

"엄마! 왜 그래!"

때마침 계집아이가 제 엄마를 부르며 달려들었다. 하지만 여인은 여전히 귀신을 본 것 같은 얼굴로 진붕을 보며 어으거렸다. 그런 여인을 보던 진붕의 고개가 차츰 숙여져 갔다. 그리고 조금씩 흔들리던 어깨가 들썩이더니 맑은 눈물 방울을 점점이 탁자 위에 떨어뜨렸다.

"나를… 아니, 우리를… 용서해 주시구려……."

진붕은 소리없이 오열했다.

진붕을 향해 손짓하며 떨어대던 여인의 손이 크게 출렁이는 것 같더니 차츰 그 떨림이 잦아들며 아래로 떨어져 내렸다. 그리고 검고 깊은 두 눈에 점점이 수막이 고여들더니 두 줄기 선을 그으며 고운 얼굴을 타고 내렸다. 그 품에 갈라붙은 어린 계집애의 눈도 뜨거워지며 덩달아 눈물을 쏟았다.

"엄마, 왜 그래? 응? 엄마아. 이이잉."

계집아이가 제 엄마 품에 고개를 박고 울음을 울고 흐르는 여인의 눈물이 점점 더 많아질 때 깊게 가라앉은 법진의 목소리가 고요하게 울려 나왔다.

“아미타불… 고정하시오.”

하지만 여인은 표정도 없고 소리 또한 없는 울음을 멈추지 않았다. 오열하던 진붕의 고개는 법진을 향해 쳐들리며 소리를 질렀다.

“이젠 만족하냐, 이 사악한 중놈아!”

진붕은 눈물로 얼룩진 붉게 충혈된 눈으로 법진을 바라보며 이를 갈았다. 그리고 자리에서 일어서며 또 한 마디를 내뱉었다.

“네놈들도 나하고 다를 게 없는 놈들이야!”

그 한마디를 저주처럼 내뱉고 진붕은 등을 돌렸다. 그리고 문을 향해 걸어가며 나직이 마지막 유언처럼 읊조렸다.

“이젠 정말 붙잡지 마라…….”

그렇게 진붕이 문을 넘어갈 때도 법진은 눈을 감고 있었고, 네 명의 사대금강은 진붕의 등과 법진을 바라보며 발끝을 떼지 못하고 있었다. 하지만 그 순간 들려온 섬뜩한 파육음은 사람들의 시선을 한데 모으며 경악 속으로 몰아넣었다.

콰아아악!

문을 나서던 진붕의 몸뚱이가 두 쪽으로 갈라지며 흩어져 들어왔다. 물을 뿌리는 것처럼 더운 피가 나무 바닥에 물결처럼 퍼져 나갔고, 사선으로 상체가 갈라진 진붕의 몸뚱어리가 바닥으로 떨어지며 꿈틀거렸다. 그리고 그 사이에서 쏟아진 내부의 장기들이 꾸물대며 흘러나왔다.

“끼아아아악!”

충격을 못 이긴 다관의 꼬마 계집애가 혼이 빠질 듯한 비명을 질러댔다. 그 작은 몸통을 목을 죄인 듯한 사색의 표정으로 그 어미가 감싸 안았고 총망간의 사태에 놀란 소림의 중들은 모두가 문을 향해 돌아서며 공수(攻守)의 자세를 취했다. 그리고 그런 그들의 앞으로 다관을 들어서는 자가 모습을 드러냈다.

"혈룡도를 가진 놈이 누구냐?"

밑도 끝도 없이 칼의 행방을 묻는 자는 엄청난 살기를 뿌리는 괴물 같은 노인이었다.

칠 척에 가까울 듯한 거대한 신장은 다관의 입구를 꽉 막아섰고, 흉측하게 머리 한 올 없이 벗겨진 머리에는 입 벌린 뱀의 문신이 이마까지 그려져 있었다. 그 아래의 두 눈은 짙은 녹광으로 넘실거렸으며 맨몸의 거대한 근육으로 꿈틀대는 상체에는 해골 모양의 흉갑이 십자로 둘러진 모습이었다.

그리고 그 손끝에 제 키만큼 길다란 강철 창대가 쥐어져 있었으며, 창날이 시작하는 끝 부분에서 옆쪽으로 길다란 낫과 같은 거대한 날이 소름 끼치게 뻗어 나가 있었다.

그렇게 괴수(怪獸) 같은 괴인의 모습을 보며 법진이 신음처럼 입을 벌렸다.

"겸제(鎌帝) 우충(禹沖)."

그 말소리에 괴인의 눈길이 돌아왔다. 그리고 법진을 비롯한 소림의 승려들을 보며 살기 어린 입을 열었다.

"소림의 떨거지들도 있었구나."

처음에도 그랬지만 괴인의 목소리는 굴 속을 파고드는 이무기의 울음처럼 거북하고 흉험스러웠다.

괴인은 사악한 미소를 입가에 배어 물고 소림승들을 바라보다 눈길을 돌려 다관 안의 인물들을 차분하게 둘러보았다. 그 눈길에 구석에 몰려 떨고 있던 유람객들이 눈을 질끈 감았고, 초점을 잃은 것 같은 눈으로 딸을 안고 있는 여인의 앞으로 사대금강이 나서 인의 장막을 쳤다.

하지만 괴인의 눈은 동요없이 탁자에 앉아 있는 검은 옷의 젊은 사내에게로 맺혔다. 그리고 그 사내의 탁자 위에 올려져 있는 붉은 칼을 보며 미소를 그렸다.

"꼬마야, 네가 칼을 가졌다는 바로 그 아이로구나."

법진의 입으로 겸제 우충이라 불리운 괴인은 세철을 보며 친근하게 말했다. 그러나 그 모습에서 친근함을 느끼는 사람은 아무도 없었다.

괴인은 또다시 얘기했다.

"그 칼을 이 아저씨에게 주려무나. 아이들이 가지고 놀기엔 그 칼은 너무 예리하단다."

손을 내밀고 마치 아이를 타이르는 이웃의 어른처럼 사근거리는 괴인의 모습은 공포와 역겨움을 함께 주었다. 하지만 그 얼굴을 빤히 바라보는 세철의 표정에는 변화가 없었고, 굵고 투박한 손으로 칼을 잡고 일어서며 단호하게 뇌까렸다.

"꺼져라."

일순 고요하던 다관 안에 얼음 같은 냉기가 밀물처럼 엄습했다.

만일의 사태에 대비하던 사대금강의 얼굴에는 아연함이 스쳤고, 그 뒤에서 세철을 돌아보는 법진의 얼굴에는 경악이 피어올랐다. 그리고 화답을 들은 당사자인 겸제 우충의 이마에선 뱀 머리의 문신이 살기로 꿈틀, 주름을 지었다.

"호오! 목을 비틀어댄 몇몇 놈들의 말대로 대가 센 놈이로구나. 하지만 네놈이 부리는 호기가 저 중놈들을 믿고서라면 큰 오산이다. 안 그러냐, 법진?"

차분한 목소리로 괴인의 눈길은 법진을 돌아다보았다. 그러나 그 음성에 깔린 살기의 충만함을 읽은 법진은 염주 잡은 왼손을 힘주어 움켜잡았다.

지금 눈앞에 선 자는 위험했다. 그것도 대결로 치단을 경우 자신조차 승부를 장담 못할 만큼 아주 크게. 그리고 저자는 수많은 사람을 죽였다. 하지만 그럼에도 살인마로 불리지는 않았다. 그것은 그가 들고 있는 저 기다랗고 흉측한 장겸(長鎌), 바로 천응마겸(千鷹魔鎌)을 휘두르는 무공으로 무예의 정점이 오른 인물이기 때문이다. 그리고 그것은 그의 이름을 전설 속에 올려놓았다. 바로 삼제오신 중의 겸제 우충이란 이름으로.

법진이 대답할 사이도 없이 세철이 걸음을 옮겼다. 일어선 자리에서 그대로 입구를 향한 직선 걸음이었고 그 앞을 겸제 우충이란 괴인이 막고 있었다. 그것은 충돌을 의미하는 것이었고, 겸제 우충에게는 자존심을 긁는 애송이의 발악이었다.

"이노옴!"

겸제의 입에서 노성이 터져 나오고 손에 들린 천응마겸이 공간을 갈랐다.

휘아아아앙!

커다란 원으로 겸제의 등을 돌아 나온 거대한 낫이 세철의 가슴 어림을 수평으로 가르며 비명을 질렀다. 그 거대하고 패도적인 폭풍의 흐름에 다관의 공기가 진공처럼 한쪽으로 밀리고, 구석진 곳에 주저앉은 사람들의 얼굴을 따갑게 할켰다.

사대금강의 시선 속에 천응마겸에 휩쓸린 세철은 반으로 갈라졌다. 그것은 어쩌면 당연한 결과였다. 상대는 다름 아닌 전설 속의 겸제 우

충이었으니까. 하지만 그렇게 여긴 그 순간에 그들은 자신의 눈을 의
심해야만 했다.

가슴으로 날아드는 낫을 보던 세철이 왼발을 뒤로 쭈욱 빼며 오른발
을 앞으로 뻗어 올려 돌려 찼다. 상체는 당겨지는 것처럼 뒤로 제껴졌
고, 그 자리를 할퀴는 거대한 낫의 안쪽 날에 오른발 정강이의 무쇠 각
반이 돌아가 충돌을 했다.

콰앙!

쇠와 쇠가 부딪친 것으로는 여겨지지 않을 만큼 거대한 폭음이 울려
퍼지고, 화려한 충돌의 불꽃이 수처럼 공중에 퍼져 나왔다. 그 짧은 순
간에 자세를 낮추고 앉은뱅이처럼 앞을 향해 돌아 나간 세철의 몸이
솟구치며 떠오르고, 겸제의 가슴 앞에서 솟구친 돌개바람 같은 회전 속
에서 강철 같은 무쇠발들이 쉬지 않고 터져 나왔다. 그리고 그 순간 하
얀 안광을 뿌리는 겸제의 몸도 함께 돌았다.

파파파파파파파팡!

찰나의 회전 속에 두 발이 뻗어낸 휘어 차고 돌려 차고 찍어 차고 후
려 찬 수많은 공격들을, 반대의 회전으로 몸과 함께 돌아간 겸제의 창
대가 반동처럼 받아쳤다. 그렇게 돌며 부딪친 두 사람의 몸은 겸제의
뒷걸음과 함께 문밖을 나섰고, 회전하는 창대와 몸통에 부딪친 다관의
입구 벽은 종이처럼 찢어지고 부서지며 가루져 터져 나갔다.

콰콰콰콰콰콱!

흩어지는 목재 조각 속에 두 사람의 신형이 떨어져 내렸다. 떨어지
기가 무섭게 갈라지듯 흩어진 두 사람은 곧바로 미친 소처럼 서로를
향해서 돌진했다.

무섭게 두 사람이 부딪치던 그 순간에 겸제의 거대한 낫이 푸르른

녹광을 뒤집어쓴 것처럼 휘뭉한 빛을 뒤집어썼다. 그리고 창대가 휘어질 듯한 강맹한 기세로 세철의 정수리를 수직으로 내리찍었다. 하지만 세철의 손에 들린 붉은빛의 혈룡도가 하늘을 갈라 올리고, 역진세로 올려친 그 날에 푸른빛의 낫이 이빨을 박았다.

쾅!

또다시 폭음과 불꽃이 터져 나왔다. 하지만 길게 뻗어 내린 낫의 이빨 끝이 세철의 오른 어깨를 긁었다. 뜨끔함을 느낄 사이도 없이 낫을 튕겨낸 세철은 몸을 낮춰 돌리며 횡격세를 그어 넣었다. 그러나 제 몸 앞에 원의 방패를 그리듯 돌아간 창대의 몸에 혈룡도가 부딪치고, 미끄럼을 타듯 귀신처럼 뒤로 밀리는 겸제의 몸에서 직선의 창끝이 비처럼 쏟아져 들어왔다.

타타타타타탕!

거미줄처럼 몸 앞의 허공을 그어낸 세철의 칼날에 겸지의 창끝이 터지며 불을 피웠다. 두 사람은 불꽃 속에서도 상대의 눈을 놓치지 않고 따라붙었다. 그리고 그 치열한 공방을 주고받은 후 공간을 벌리고 떨어지며 상대를 바라보았다.

창대 끝을 수평으로 뉘어 세철을 향해 곧게 뻗은 겸제의 두 눈은 녹색으로 불타올랐다. 창을 잡은 맨살의 팔뚝과 어깨 어린은 붉은 기운으로 여기저기 부풀어 오른 모양이고, 혈룡도와 몸을 섞은 창날 끝과 낫의 안쪽은 여기저기 이가 빠져 있었다. 하지만 그럼에도 그의 입술은 열리지 않았다. 그저 고요하고 깊은 숨만이 코를 타고 들락거릴 뿐이었다.

그에 맞선 세철은 두 손으로 칼을 맞잡고 앞으로 내민 모양으로 아래쪽을 향했다. 두 팔을 가려주던 검은 옷의 소매는 걸레처럼 찢어져 나풀거렸고 낫 끝에 찍혀 갈라진 어깨를 타고 붉은 핏줄기가 흘러내렸다. 그러나 세철의 맞물려진 입술 역시도 강철 빗장을 채운 것처럼 변함없었으며, 기복없는 가슴 역시도 여전히 두터울 뿐이었다.

무시무시한 격돌 후, 두 사람이 대치한 다관 앞의 공지는 산마루를 벗어난 해가 비추며 바람을 쓸어내었다. 부서진 다관의 입구 쪽에는 소림의 승려들이 몸을 내밀며 눈을 빛냈고, 여기저기 산을 오르는 길과 숲 속 곳곳에는 다시 모여든 무림인들의 눈들로 별빛처럼 반짝거렸다.

녹광으로 번들대는 눈빛과 살기를 쏟아내던 겸제 우충은 세철을 바라보며 천천히 입을 열었다.

"내가 너를 잘못 보았구나, 꼬마야."

굳게 경직된 그의 얼굴은 창대를 돌려 서서히 등 뒤로 감추며 다시 입을 열었다.

"아니, 꼬마라는 말도 취소하지! 하지만 이번에는… 목을 내놔야 할 것이다!"

커다랗게 끝맺는 말의 마침과 함께 등 뒤로 감춰졌던 창대 끝이 휘돌아 나오고 우하방에서 좌상방으로 뿌려진 창대로부터 녹색의 광망이 길게 터져 나왔다.

후아아아아아아앙!

흡사 몸을 날리는 비사(飛蛇)의 몸처럼 투명한 녹색의 광망으로 휘어져 날아오는 그것은 땅거죽을 터뜨려 올리며 회전하는 화살촉처럼 가슴을 파고들었다. 그 푸른 광망을 향해 세철의 검은 몸이 충돌을 했다.

녹색의 살인광을 보며 뛰쳐나간 세철은 몸을 우로 뒤틀며 가슴을 파고드는 광망을 혈룡도의 날로 올려쳤다. 폭음을 느낄 사이도 없이 엄청난 충격이 온몸을 진탕하듯 흔들어댔고, 그렇게 걸음을 내걸을 때 두 번째 녹광이 채찍처럼 머리 위에서 떨어져 내렸다. 하지만 흔들림없는 세철의 눈에 더욱더 크게 보이는 것은 그 뒤를 겸제의 휘두르는 손짓에 따라 연속해서 폭발해 들어오는 수많은 녹색 연편의 줄기였다.

자욱이 떨어지고 솟구치고 휘어져 들어오는 푸른 줄기들을 바라보던 세철은 어금니를 악물었다. 그 순간 머리 위로 떨어지는 녹색 광을 한 바퀴 옆으로 휘돌며 혈룡도로 받아 그었다. 순간 부서지는 녹색 광 줄기의 파편들이 유성처럼 몸을 때리며 흩어지고, 화끈한 돋의 통증을 무시하고 다시 한 바퀴 몸을 돌렸다. 그리고 그렇게 돌려진 힘으로 혈룡도를 집어 던졌다.

콰아아아아아!

엄청난 힘의 소용돌이도 혈룡도가 직선으로 날아갔다. 그 소용돌이를 타넘으며 녹색의 광줄기들이 꽂혀들 때, 두 손을 가슴 앞에 모았던 세철의 몸이 휘돌며 손과 발이 튀어나왔다.

등주먹에 맞은 녹색 채찍이 휘어져 안면을 파고들 때 반대쪽 팔굽이 돌아 나오며 그놈을 부숴 버렸다. 그 파편의 뒤로 가슴을 후벼 파는 광망을 오른 앞발로 돌려 차고 그 꼬리를 물고 들어온 다른 놈을 왼 뒷발의 회축이 후려갈겼다.

온몸에 자욱한 통증이 굴결처럼 퍼져 나가고, 그 광망 속을 연속으로 휘도는 태풍 같은 세철의 손과 발은 이어진 한줄기의 검은 선처럼 자욱한 막을 형성하며 모든 것을 부숴 나갔다. 그것은 검은 암벽에 부딪쳐 터져 가는 반딧불의 최후처럼 장엄하기 그지없었다.

그리고 더 이상 부서질 것이 없는 그 끝에서 소용돌이처럼 회전하며 날아간 붉은 칼과 부딪친 길다란 창대가 아픈 소리를 내며 위험한 낫을 몸통에서 떨어뜨렸다.

콰앙!

그렇게 부서지는 창끝의 낫이 휘돌며 날아가는 뒤로, 해쓱해진 낯빛의 겸제 우충이 뒷걸음질을 하고 있었다. 그리고 던져진 칼처럼 소용돌이로 돌며 전진해 나간 세철의 몸이 사선으로 몸을 띄우며 회전하더니, 그 발이 땅을 차기가 무섭게 풍차처럼 땅을 짚고 재주를 넘으며 겸제의 몸을 따라붙었다. 그 속도는 가히 천둥벼락이었다. 그리고 당황해하며 창대를 속사처럼 찍어 넣는 겸제의 몸 앞에서 공처럼 튕겨 올랐다. 연이어 허공을 돌아 찍어 내린 두 발이 가로막는 창대를 꺾어 내리며 겸제의 어깨를 함몰시켰다.

콰콱!

"크억!"

세철의 몸은 땅을 차며 잉어처럼 튀어 오르며 다시 한 번 역회전으로 착지를 했고, 신음 속에 비틀거리고 주저앉은 겸제는 흉악하게 일그러진 얼굴로 오른 어깨를 감싸 쥐었다. 그 어깨는 찌그러진 솥뚜껑처럼 주저앉았고, 거기 매달려 덜렁대는 오른팔에는 반쪽으로 꺾어진 창대가 힘없이 잡혀 있었다.

"이, 이, 이놈!"

창백해진 겸제의 얼굴에는 고통보다 더한 수치가 피처럼 끓어올랐다. 하지만 그 얼굴을 내려다보는 세철은 아무 말 없이 땅에 박힌 혈룡도를 집어 들었다.

칼을 잡는 세철의 손을 타고 붉은 피가 흘러내렸다. 온통 찢어지고 뜯겨 나간 의복은 속살을 드러냈다. 그 안에 옷처럼 뜯겨 나가고 갈라져 찢긴 상처가 붉은 핏물을 흘려 내렸고, 움직이는 전신을 타고 점점이 흩어져 내렸다. 그 상처는 머리부터 발끝까지 성한 곳이 없어 보였다. 그리고 그건 부서진 녹색의 광망들이 안겨준 상처임에 분명해 보였다.

칼을 잡은 세철은 다관을 향해서 시선을 돌렸다. 그곳엔 입 벌린 소림의 사대금강이 허수아비 같은 모양으로 줄지어 서 있었고, 그 곁에 선 외팔이노승 법진은 측측할 수 없는 눈빛으로 세철을 바라보고 있었다.

그들을 보며 세철은 다시 다관으로 걸음을 옮겨갔다. 그 뒷모습과 손에 쥔 자의 핏방울을 떨어뜨리는 붉은 혈신의 혈룡도를 보며, 다관을 둘러싼 사방으로부터 들려오는 뜨거운 숨소리는 산의 밑동을 흔들었다. 그리고 그 모든 것을 내려다보는 태양은 조금씩 더 뜨거워져만 갔다.

오래된 칼 3

"어떠냐? 재미있지?"

다관이 내려다보이는 산기슭의 나무들 사이에서 들리는 목소리는 쾌활한 흥겨움을 담고 나왔다. 마치 장난기 가득한 개구쟁이 같은 음성으로 의향을 묻는 목소리의 주인공은 흰머리에 흰 수염을 길게 기른 선풍도골의 노인이었다. 주름없이 팽팽한 노인의 얼굴은 옆을 돌아보고 웃음 지으며 물었고 나이를 쉬 짐작하기 어려운 그 얼굴은 쉬지 않고 생글대는 아이 같았다.

"뭐, 저런 놈이 다 있어?"

대답 대신 쪼그려 앉았던 몸을 일으키는 사람의 목소리는 종의 울림처럼 굵고 웅장했다. 뻘쭘하게 앞을 바라보는 두 눈은 어린아이 주먹만큼 커다란 고리짝에 사자코의 옆으로 얼굴을 뒤덮은 가시수염은 고슴도치의 거죽을 씌운 것 모양 검고 빽빽했다.

훌쩍 일어선 신장은 칠 척은 훨씬 넘긴 듯한 거대한 장신이고, 거암 같은 커다란 몸뚱이에 붙은 팔다리는 웬만한 여인네의 몸통만큼 굵고 커다랬다. 그 얼굴을 가르고 한줄기 흉터가 미간에서부터 시작해 왼 턱까지 그어 내렸고, 솥뚜껑 같은 큼직한 손에 들린 거대한 도끼는 한 쪽 어깨에 걸머진 처 머리 빛을 시커멓게 흘러냈다.

"저 자식 저거, 온전 괴물이네!"

도끼를 거머쥔 거대한 체구의 인물이 말을 했지만 그 옆쪽으로 볕을 쬐는 아이들처럼 쪼그려 앉은 두 사람들의 얼굴에는 뭐 묻은 놈이 뭐 묻은 놈 나무란다는 식의 심드렁한 표정이 드러났다. 하지만 그 표정 밑으로 번져 나오는 놀라움은 아무래도 감추기 힘든 모양이었다.

흰머리의 노인은 자신의 옆으로 서 있는 철탑의 거한과 그 옆에 나 란히 붙어 앉은 두 사람을 휘어진 눈꼬리로 건네다보았다. 옹기종기 앉은 모습이 왠지 흥겹고 좋아 보였다. 그렇게 줄을 지은 동네 꼬맹이 들처럼 앉아서 밑에서 벌어지는 기막힌 싸움 구경을 한 것이다.

"나오길 잘했지? 그러게 어른 말씀은 의심없이 따르는 거다, 이 자 식들아."

흰머리노인은 의기양양한 표정으로 옆을 보며 지껄였다. 하지만 그 말을 듣는 세 사람의 얼굴은 제각각이었다.

"체, 어른도 어른 나름이지. 같이 늙어가는 처지에 어른은 무슨, 빌 어먹을……."

핀잔 어린 대꾸를 한 것은 고리눈 사자코에 고슴도치 수염의 철탑거 한이었다. 그리고 그 대답에 대한 달궈진 철판 위의 기름 같은 반응은 곧바로 튀어나왔다.

"뭐? 같이 늙어가는 처지? 빌어먹을? 야! 이, 싸가지없는 자식아! 돼지처럼 처먹고 몸뚱이만 커지니까 눈에 뵈는 게 없냐? 이걸 그냥!"

발끈한 흰머리노인은 자리에서 일어나며 주먹을 들어 치는 시늉을 냈다. 그 기세에 찔끔, 머리를 움츠리는 거한은 손을 들어 제지하며 궁색하게 입을 열었다.

"어, 왜 이래요? 농담 한마디 한 걸 가지고설랑……."

"농담? 이 자식아, 예전부터 네놈이 틈만 나면 기어오른 걸 내가 잊은 줄 아냐? 아무리 장유유서(長幼有序)가 물구나무 서는 세상이지만, 겨오를 걸 겨올라야지! 싹바가지없는 놈의 자식아!"

"에, 에, 관둡시다, 관둬. 내가 잘못했수다."

큰 손을 휘휘 내저으며 고개를 젖는 거한은 잘못했음의 인정보다는 귀찮음이 얼굴에 한가득 했다.

"이게 어르신 염장을 질러놓고 뭐 잘했다고 큰소리야! 쌍노무거, 오늘 확 그냥 뒤집어엎어?"

흰머리노인은 이제 손목까지 걷어붙이고 기세를 돋웠다. 그 핏대 선 붉은 얼굴을 보고 곁에 앉았던 두 사람 중의 왜소한 노인이 입을 열어 말했다.

"시끄러워요."

말을 한 왜소한 노인의 고개는 바로 저 아래쪽에 펼쳐진 결투의 현장으로 되돌아갔다. 그리고 무섭게 흘겨뜬 흰머리노인의 시선 또한 바로 돌아 나왔다.

"시끄러워? 야! 칼잡이, 이 자식아! 큰형이라는 네놈이 그 지랄이니 아랫동생 놈이 보고 배운 거 없이 개차반인 거야! 알겠냐? 이 자식아!"

"크흥! 내가 나이가 몇인데 보고 배우누?"

콧방귀를 뀐 철탑거한이 모로 고개를 돌리며 주절거렸다. 그 커다란 머리통을 잡아먹을 듯한 눈길로 흰머리노인이 바라볼 때, 다관 앞의 전경만을 내려다보던 왜소한 노인이 몸을 일으키며 심드렁하게 입을 열었다.

"그러기로 말하자면 선배도 백 년을 훌쩍 넘게 살았으면서 그 더러운 성질 못 고친 건 매일반 아니오."

흰머리노인의 심지 돋긴 눈매가 다시 돌았다.

"뭐? 내가 성질이 드럽다구? 야, 이 시키야! 그러는 너는……."

"조용히 해봐요."

갑자기 정색하는 왜소한 노인의 얼굴에 흰머리노인은 벌리던 입을 멈추고 엉거주춤 바라보았다. 왜소한 노인의 매서운 눈이 서늘한 빛을 뿌리는 걸 본 때문이다. 그 눈길을 보고 노인은 문득 옛 기억 하나를 순간적으로 떠올렸다.

오 척을 겨우 넘긴 듯한 작고 볼품없는 체구. 외종종하게 주름진 얼굴에 농사꾼이라 불리면 꼭 맞을 것 같은 허름한 차림과 투박한 손. 그리고 그 두 손에 들려진 길다란 작두 모양의 거대한 칼 한 자루. 그렇게 제 키만한 칼을 잡고 달려들던 필사의 투기.

그때 노인은 태어나서 처음으로 칼을 맞고 죽을 수도 있다는 것을 느꼈었다.

불현듯 화내던 것도 잊고 옛 생각을 떠올리던 흰머리노인은 키 작은 노인의 그 시선을 다라 아래쪽으로 눈길을 돌렸다. 그리고 그곳에서 벌어지는 색다른 정경에 눈머를 가늘게 좁히며 몸을 돌려 세웠다.

"겸제, 저자가 세력을 등에 업은 모양이군요. 그리고 저 여인은… 중들과 사연이 있는 듯싶군요."

아래쪽의 광경을 보며 잔잔하고 동요없는 목소리로 말한 사람은 마지막으로 자리를 털고 몸을 일으킨 큰 키의 청수한 인물이었다. 심유하게 내려다보는 눈매는 깊고 서늘했으며, 그 하관을 시작해서 가슴까지 늘어뜨린 검은 수염은 정돈된 탐스러움이 흘렀다. 등에는 사선으로 둘러멘 기다란 검은 빛깔의 전통이 어깨 위로 고개를 내밀었고, 그와 짝인 듯한 검은 강철의 커다란 활은 손에 잡혀 몸통을 흔들었다. 그 모습이 사뭇 수려하고 웅휘로웠다.

그렇게 시선을 이끈 커다란 활대 든 인물을 포함한 모두의 시선은 오직 한 군데로 고정되어 움직일 줄 몰랐다. 그들이 내려다보는 다관의 앞쪽에는 어깨를 움켜쥐고 주저앉은 겸제 우충의 주위로 선명한 적황색의 무복을 차려입은 무사들이 바람처럼 모여들었다. 마치 도깨비처럼 갑작스레 나타난 그들은 겸제의 신형과 부러진 대겸의 창대와 날을 회수하고 올 때처럼 바람같이 사라져 갔다. 방금 전까지 있었던 겸제의 흔적은 뒤집어진 땅거죽만이 속을 드러내 보일 뿐이었다.

하지만 알 수 없는 무리의 부축으로 사라지는 겸제의 모습조차 신경이 가지 않을 정도의 기경이 벌어지고 있었으니, 부서져 나간 다관의 입구에 선 주인 여인이 두 손을 앞으로 내밀고 중들을 향해서 소리 지르고 있었다.

울부짖는 불분명한 음성이 무얼 말하는지는 확실하지 않았지만, 앞쪽으로 내민 두 손에 붙잡힌 뭉툭한 쇠붙이는 주방용 식칼이 틀림없어 보였다. 그리고 그 모습에 당황한 얼굴로 뒤로 밀리는 중들의 등 뒤에는 겸제를 쓰러뜨린 괴물 같은 사나이가 짧은 나무 계단을 오르고 있었다.

그리고 그런 모든 정경을 흰머리에 흰 수염을 기른 정체 모를 노인과 작두처럼 생긴 커다란 칼을 잡은 왜소한 노인, 무식하게 커다란 도

끼를 거머쥔 철탑거인노인과 제 키만한 활을 든 검은 수염의 중노인이
떼를 지어내려다 보았다.

"나가요! 모두 나가요!"

불분명한 발음으로 을부짖던 여인은 이제 또렷하게 소리를 질렀다.
악에 받친 음성이었고 절규가 묻어나는 목소리였다. 앞을 보는 붉어진
두 눈가에는 쉬지 않고 눈물이 흘러내렸고 부여잡고 내민 두 손은 시
종일관 부들부들 율동을 추었다. 그렇게 경련 같은 주춤거림으로 바닥
을 끄는 치맛자락을 꼬마 계집애가 뒤로부터 끌어안아 병아리처럼 고
개를 박았다. 계집애 역시 쉬지 않고 울어 젖혔다.

"아미타불! 부인, 제발 진정하시오!"

법진이 황망한 음성으로 입을 열어 만류했다. 하지만 여인의 손끝은
법진을 향해 바로 돌았다.

"나가요! 모두 내 집에서 나가란 말이에요!"

피를 토하는 것처럼 내뱉는 여인의 고함은 하얀 얼굴을 창백하게 만
들며 힘겹게 쏟아져 나왔다. 법진은 그런 여인의 얼굴을 보며 아득한
심정으로 입을 열었다.

"부인, 우리 중들은 헤치고자 함이 아니오이다. 때마침 오해할 일이
생겼으나, 우린 다만 옛일에 관해 몇 가지 부인께 여쭤보고자……."

"닥쳐요!"

단호하게 서슬 실린 여인의 음성에 법진의 말이 잘려 나갔다. 그리
고 여인의 가녀린 음성이 분노를 싣고 떨면서 울려 나왔다.

"당신들은 다 똑같아! 아까 죽은 그 도적놈! 그놈을 포함해서 여기
모인 모두 다! 전부 다를 게 하나도 없어!"

　말을 하는 여인의 손 떨림이 더욱 심해져 갔다. 그리고 그걸 느꼈음인지 꼬리처럼 붙은 계집아이의 울음소리도 더욱 커져 갔다. 하지만 다관을 둘러싼 사방을 둘러보는 것 같은 여인의 떨리는 음성은 계속해서 이어져 나왔다.

　"힘이 있다고 해서… 칼을 들었다고 해서 남의 것을 빼앗고 목숨을 해치는 도적놈들… 옛날이나 지금이나 당신들은 모두 똑같아! 흉악하고 더러운 무림인들!"

　힘을 다한 외침 같은 음성을 토해낸 여인은 이제 어깨까지 들썩거렸다. 안타까운 하얀 얼굴은 파랗게 낯색을 바꿔갔고, 뭉툭하고 짧은 식도(食刀)를 잡은 두 손은 파란 혈관이 도드라져 나왔다. 심상치 않은 그 모습은 저대로 두면 기혈이 뒤집혀 심신에 손상을 입을 것이 분명해 보였다.

　법진은 마음속으로 불호를 연발하며 두 눈을 즈려 감았다. 이미 대강의 이야기는 죽어버린 진붕의 입을 통해서 알고 있었다. 하지만 그 이면의 이야기. 그놈과 산도적놈들과 얽힌 이야기가 아닌 여인과 그놈과의 이야기를 들어야 했다. 그리고 그 때문에 곧바로 돌아가지 않고 이곳을 다시 찾은 것이다. 어쩌면 진붕의 탈출이, 그로 인해 알게 된 십 년 만의 새로운 사실이 그를 흥분시켰는지도 몰랐다.

　하지만… 갇혀 있던 십 년 세월 동안 목숨을 보전했던 진붕은 자신의 앞에서 처참하게 죽어버렸다. 그리고 십 년 전의 상처를 달래고 시간 속에 잊으려 애쓰며 살아왔던 여인은 눈앞에 실성 직전의 모습으로 서 있다.

　과연 이래도 되는 것인지… 저 여인의 눈물 앞에서 자신은 무엇을 물어보려 하는 것인지… 세존의 뜻은 과연 어디에 있는 것인지. 혼란스럽고 알 수 없었다. 팔십 평생을 수도해 온 불자의 인생이 헛되고 부질없이 여겨졌다. 그러나, 그러나 처참하게 고기 조각처럼 갈라져 죽은 제자들의 모습을 떠올리면… 그조차도 헤아리기에는 가이없었다.

"칼을 내려요."

감정이 깃들지 않은 굵은 목소리는 순간적으로 모두의 귀를 파고들었다. 등 뒤에서 울린 목소리의 주인을 찾아서 법진과 사대금강의 시선이 한꺼번에 몰렸다. 겸제를 무릎 꿇린 검은 옷의 사내였다.

사내의 외양은 눈살을 찌푸리게 만들었다. 빛 바랜 묵빛의 무복은 폭풍에 휩쓸린 종이 장처럼 여기저기 구멍이 뚫려 너덜거렸고, 특하나 걸레처럼 찢어져 나간 팔과 다리의 옷자락은 조각으로 흩어져 흔들거렸다.

그 찢겨 나간 옷이 속을 들추이는 곳마다 붉은 피가 배어 나왔다. 하지만 사내의 전신어선 기백이 넘쳐흘렀다. 손에 들린 붉은 칼은 식을 줄 모르는 광채를 여전히 뿜어댔고 무쇠 같은 눈빛은 처음처럼 감정의 표출이 없이 단단하기만 했다. 그 눈길로 사내는 파랗게 질린 낯빛의 여인을 바라보았다.

분노와 두려움이 뒤섞인 여인의 시선이 흠칫 놀라며 사내를 보았다. 그리고 법진을 향하던 칼끝을 사내에게 돌려 겨누었다.

"다, 다, 다, 당신은, 누, 누, 누……."

여인은 쇠 같은 사내의 눈길에서 근원적인 공포를 느끼더 발을 주춤 뒤로 물렀다. 그 눈길을 붙잡은 사내가 중들을 헤치고 성큼 다가섰다.

"칼을 버려요."

"다, 다가오지 마!"

사내의 굵은 음성과 여인의 갈라지는 고함이 동시에 터져 나왔다.

사내는 발걸음을 우뚝 멈추고 여인을 바라보았다. 그리고 여인은 가늘어지던 눈물 줄기를 다시 키우며 쥐어짜듯이 이야기했다.

"제발… 다가오지… 마."

여인은 이제 애원처럼 이야기했다. 그 애처롭게 고운 얼굴과 파란빛으로 질려가며 거칠어지는 숨소리를 듣던 세철은 갑자기 손에 들린 혈룡도를 바닥으로 집어 던졌다.

휘잉!

패애앵!

경쾌한 바람 소리와 동시에 바닥을 찍은 칼날 우는 소리가 맑게 울려 터졌다. 그 소리에 흠칫 중들이 어깨를 소름처럼 털 적에 생기가 흩어지던 여인의 눈이 화들짝 놀라 깨어나며 엉덩방아를 찧고 주저앉았다. 그리고 그 순간에 세철의 검은 몸이 환영처럼 여인을 덮쳤다.

"허억!"

여인의 놀란 음성이 신음처럼 새어 나왔다. 그리고 자신의 식칼 든 두 손목을 부여잡은 검은 사나이를 올려다보았다. 사내의 손이 칼을 잡아 한쪽으로 던져 버렸다.

피이잉!

팍.

날아간 식칼이 입구 난간의 맨끝 쪽의 기둥을 파고들며 소리를 질렀다. 자루만 남고 박혀 버린 그 식도에서 시선을 돌린 여인은 두려움을 느낄 여유도 없었다. 그렇게 백지 같은 그녀의 생각 속을 비집고 검은 사내의 음성이 굵직하게 울려 나왔다.

"해치지 않소. 난 도적이 아니오."

여인은 망연한 듯한 표정으로 사내를 바라보며 말이 없었다. 하지만 제 뒤로부터 터져 나오는 계집아이의 울음소리에 꺼져 가던 정신을 퍼뜩 깨웠다.

고개를 돌린 여인의 눈엔 자신의 엉덩이에 발을 깔린 계집애가 소리치며 울고 있는 것이 보였다.

"으와아아앙! 엄마아!"

두 손으로 눈가를 부비적대며 우는 계집아이의 젖은 눈은 검은 쇳덩어리 같은 사내를 훔쳐보며 더욱 서럽게 울어댔다.

부서진 다관의 입구를 바라보는 세철은 손에 잡힌 찻잔을 입으로 가져가 찻물을 들이켰다. 긴숨에 넘어간 뜨거운 찻물이 향을 느낄 사이도 없이 가슴속을 짜릿하게 후욱 훑고 내려갔다. 그 열기를 뿜어내듯이 고개를 들어 앞을 바라보았다.

눈에 보이는 것은 하늘이었다. 훤하게 열린 것처럼 보이는 부서진 다관 입구의 바깥 하늘엔 붉은 노을이 비단처럼 펼쳐져 눈을 부시게 했다. 그 중간중간을 흩어진 솜뭉치처럼 늘어진 구름들이 제 몸조차 물들이며 떠가는 모습이 평화로웠다. 그리고 그 아래 경계를 지은 산 그림자를 타고 오르는 짙은 연기는 애절한 한을 품은 것처럼 꿈틀꿈틀 요동을 치며 하늘로 오르고 있었다.

다관 앞 공지의 중앙어는 재색 연기를 올리는 불길 아라로 장작들이 몸을 태우며 무언가를 맹렬히 불살랐다. 벌겋고 노랗게 뒤섞여 치솟는 불길들은 장작과 함께 그것을 휘감으며 불길을 키워 올렸고, 그런 장작더미의 조그마한 탑을 둘러싼 소림의 중들은 경을 외며 합장배례를 드리고 있는 모습이다.

스스로 찾아 데운 찻주전자를 들어 찻물을 채운 세철은 경을 외는 중들과 불길 안에서 타고 있는 진붕이란 자의 시신을 보며 문득 죽음이란 과연 무엇일까 하는 생각이 들었다. 저렇게 타는 고깃덩이의 냄새를 피워 올리며 세상에 있었던 마지막 흔적을 지우는 저자에게도 가족은 있었을 것이다. 낳아준 부모가 있을 것이고, 버려지지 않았다면 그 손에 키워지고 보살핌을 받았을 것이다. 그리고 그들과 함께했던 날들의 기억…….

죽음은 저렇게 한 줌의 재로, 한 웅큼의 흙으로 모든 걸 없애 버린다. 형제들과의 기억도, 우정을 부르짖던 치기 어린 청년의 감상도, 술에 취해 첫 동정을 버리던 날의 환희 어린 환멸도, 처음 살인을 벌이던 손 떨리는 그때의 쾌감 가득한 죄의식도 모두가 사라지는 것이다. 그리고 죽는 그 순간에 가졌던 후회와 원념만을 이 세상에 남기고, 그렇게 죽는 모습만을 남의 기억 속에 비추며 흔적없이 소멸되어 가는 것이다.

과연 저자가 바라던 것은 무엇이었을까? 세상을 살면서 저자가 이루고자 했던 것은 무엇일까? 죽는 그 순간에 떠올린 생각은 대체 어떤 것일까?

알 수 없다. 하지만… 하지만 저렇게 죽고 나면 정말로 모든 것이 끝나는 것일까?

세철은 고개를 내려 찻잔을 잡고 있는 자신의 두 손을 내려다보았다. 눈에 보여지는 크고 투박한 손은 강해 보였다. 수없이 조밀하게 그려 넣은 것 같은 흉터가 종횡으로 가득했고, 그 손목 어림부터 팔꿈치까지 감싼 강철의 비구는 반지름한 검은 먹빛으로 번질거렸다. 하지만 그 손에는 어릴 적 풀무를 잡던 작고 여린 기억이 사라지고 남아 있질 않았다.

대신 피로 물든 새로운 기억만이 가득 찬 악기(惡氣)처럼 넘실거렸다.

벌써 많은 사람들을 이 두 손으로 죽여 버렸다. 그래, 살인을 한 것이다. 그것도 아무 거리낌 없이. 첫 살인에 대한 거리낌이나 죄의식, 후회 따위는 들지 않았다. 그저 죽여야 했기에 죽였을 뿐이라고 생각한다. 그것은 지금도 마찬가지다. 그리고 앞으로도 그렇게 할 것이라는 데에는 아무런 의심의 여지가 없는 일이다. 하지만, 그렇지만… 그놈도 나처럼 생각한 것일까?

퍼석.

세철의 손아귀에서 찻잔이 조각조각 부서졌다. 손 안의 찻잔 조각들로 시선을 내린 세철은 꽈악, 주먹을 움켜쥐었다.

투두두두둑.

조각조각 부서지는 소리와 함께 세철의 고개가 다시 들렸다. 그 눈가에 분노의 불길이 터져 나올 것처럼 넘쳐흐르고 악물린 입가의 턱엔 구릿빛 주름이 층을 지었다.

세철은 순간적인 자신의 감상이 사치스럽다 여겼다. 힘이 없으면 죽는 것이다. 진붕이란 자자도 결국엔 자신을 지킬 힘이 없었기 때문에 죽고 만 것이다. 그것에는 변명의 여지가 없다. 그렇게 당하고 난 후엔 하소연할 곳도 없을 뿐더러 늘어진 변명을 들어줄 자는 더 더욱이나 없는 것이다.

오로지 강력한 힘이 모든 것을 말해 주는 것이다. 그 앞에서 인정이니 정의니 사랑이니 하는 것들은 동네 강아지의 발톱 밑에 낀 때만큼도 못한 것이다. 힘이 있는 자의 말이 인정이며, 그 손길이 사랑이고, 그가 걸어가는 길이 정의가 되는 세상인 것이다.

지금 눈앞의 저 중들도 목적하는 것이 있기 때문에 이곳까지 온 것이다. 그것이 무엇인지 자신도 알고 있다. 자신 또한 그 때문에 중들의 뒤를 따르고 지금 이 자리에 이렇게 앉아 있는 것이다. 그리고 저렇게 노을빛을 받아가며 숲과 나무와 돌과 산길 위의 모든 곳을 차지하고 바라보고 있는 수많은 사람들도 모두 제 가슴속의 욕심과 욕망을 채우고자 떠나질 못하는 것이다. 또한 그런 욕망을 이루기 위해 안타까이 힘을 갈구하고 바라는 것이다.

세철은 자신이 원하는 바가 무엇인지 다시 한 번 상기했다. 그리고 아이를 달래 재우러 내실로 들어간 여인을 떠올렸다. 이제 원수 놈의 비밀을 말해 줄 것이라 여겼던 진붕이란 자는 죽었다. 하지만 놈은 죽기 전에 자신을 대신해서 말해 줄 사람을 지목하고 죽어버렸다. 물론 그러한 순서에는 소림의 중들이 계획하고 진행을 했다. 그리고 지금은 그 계획의 끝으로서 숨겨진 이야기를 들어야 할 때가 된 것이다. 물론 그렇게 끼어서 이야기를 듣는 것은 세철의 계획이었다.

불길을 보고 경을 외던 중들이 발길을 돌려 계단을 밟고 다관을 올라왔다. 들어서는 그들의 회색 승포 어깨에는 스러지는 낙조의 기운이 불금하게 흔적을 드리웠고, 선두에 발길을 들이민 외팔이 늙은 중 법진은 세철이 앉은 자리를 바라보며 똑바로 걸어왔다.

세철의 탁자 앞에 서서 그 위에 버려진 개장수의 칼처럼 놓여진 혈룡도를 보던 법진이 천천히 맞은편의 자리로 마주 앉았다. 그리고 그런 자신의 모습을 무표정하게 바라보는 세철의 눈길을 받으며 입을 열었다.

"시주, 이젠 우리가 얘기할 때인 것 같구려."

물결처럼 조용하고 담담한 법진의 음성은 많은 뜻을 담고 나왔다.

그런 법진의 뒤로 침중하고 호기심 어린 얼굴로 사대금강이 벽처럼 둘러섰다. 그리고 아이들처럼 반짝이는 눈길로 세철의 얼굴에 시선을 한데 모았다. 하지만 세철은 너무도 간단하게 입을 열었다.

"염차수를 좇고 있소."

순간, 법진의 얼굴에 한줄기 전율 같은 경악이 피어올랐다.

당황한 목소리는 떨리는 분절음으로 다급하게 입을 열었다.

"누, 누구를 좇는다고? 그, 그대는 누구인가?"

세철은 놀라움에 떠는 주름진 마른 얼굴과 그 몸통에서 허전하게 퍼르적대는 비어버린 오른팔 소매를 보았다. 그리고 화덕 속에서 피어나는 푸른색의 불꽃 같은 눈을 들어 법진을 바라보았다.

법진은 그 눈길을 보며 소리를 질렀다.

"어서 말하라! 그대는 누구인가?"

법진의 하얀 눈썹이 곤두서 오르고 장삼과 가사 자락이 쿠풀어 오르기 시작했다. 그 뒤쪽에 선 정도, 정오, 정수, 정명의 몸에선 싸늘한 살기가 피어오르고, 한순간이라도 대답 여하에 따라서 여의치 않을 때는 가차없는 살수를 펴겠다는 엄중한 경고와 첫 번째 수순이었다.

그런 그들을 마주 앉아 바라보던 세철의 전신에서도 자욱한 살인의 기운이 해일처럼 밀려 일어났다. 그리고 꿈틀대며 힘을 참지 못하는 팔과 어깨에는 불붙은 눈과 더불어 패력의 기운이 품어 나왔다. 하지만 주춤대는 세철의 손은 끝내 탁자 위를 떠나지 않았고, 나직하고 굵은 목소리만이 조용하게 울려 나왔다.

"송화촌."

세철의 대답에 법진의 강한 눈빛이 출렁 기세를 꺾었다.

"송화촌?"

되뇌며 미간을 모으는 그를 향해 세철이 다시 말했다.

"대장장이."

"대장장이?"

법진은 또다시 되물었다. 그리고 가물거리는 기억을 되새기는 사람처럼 세철의 얼굴을 들여다보며 미간에 주름을 깊게 그었다. 그러던 어느 한순간,

"그렇다면, 시, 시주는?"

깜깜한 밤중에 빛을 본 사람처럼 눈을 크게 뜬 법진은 세철을 보며 외마디를 부르짖었다. 그리고 말더듬이처럼 더듬대며 다시 입을 열었다.

"그, 그대가… 그대가… 대장장이의 아들?"

믿기지 않는 현실을 본 것 같은 법진의 얼굴에 대고 세철이 다시 나직하게 말했다.

"난, 죽지 않았어!"

눈물이 얼룩진 얼굴로 지쳐 잠들은 딸 미령(美鈴)의 얼굴을 쓰다듬던 여인 송연주(宋蓮珠)는 또다시 들려온 호통 소리에 흠칫 어깨를 떨었다. 이번엔 또 무엇이란 말인가? 대관절 오늘이 무슨 날이길래 이런 악몽 같은 일이 생긴단 말인가?

송연주는 흰 손으로 이마를 짚으며 입술을 꼬옥 물었다. 그리고 몸을 일으켜 내실의 문을 열고 밖으로 나섰다. 어차피 부딪쳐야 될 일이라고 생각했다. 대관절 저들이 바라는 것이 무엇인지 알 길이 없지만, 그 짐승 같은 놈을 데리고 찾아온 것을 보면 십 년 전 그 일과 관계가 있는 것이 틀림없었다.

천벌처럼 그놈은 눈앞에서 죽어버렸다. 십 년 만에 나타나 옛 기억을 되살려 주고는 죽어버린 것이다. 그럼에도 기억하기도 싫은 일. 한바탕 끔찍한 악몽과도 같았던 그 일. 정녕 기억 속에서 없애고자 했는데… 하지만 피할 수 없는 일이다. 피하고자 해서 피해지지도 않거니와 그렇게 내버려 둘 사람들도 아니었다.

그것이 강호인들이었다. 그저 저들이 바라는 것을 들어주고 이 위기를 모면해야만 했다. 그리고 떠날 것이다. 다시는 사람들이 찾을 수 없는 곳으로 딸아이를 데리고서 숨어버릴 것이다.

하지만 진실로 원하는 마음속의 바람대로 될런지… 송연주는 가슴 가득 한숨이 몰려 나왔다.

긴 숨을 쓸어 나리며 주방을 거쳐 나온 송연주의 눈에는 중들이 보였다. 그리고 그 앞에 마주 앉은 흑범 같은 사내.

무엇 때문인지 감정이 격앙되어 있는 듯 보였고 늙은 외팔이승려는 염주를 헤아리고 있었다. 그리고 자신의 기척을 느꼈음인지 시선을 돌린 늙은 중이 정중히 불호를 외며 자리를 권했다.

"아미타불. 이리로 오시지요."

송연주는 천천히 걸음을 옮겨 검은 사내와 늙은 승려가 마주 보는 사이로 자리를 잡았다. 그 모습을 담담한 시선으로 중들이 바라보았고 검은 사내는 눈길을 주지 않았다. 그리고 온화한 표정으로 여인을 바라보던 법진은 사대금강에게 조용히 일렀다.

"주변을 살펴라."

그 한마디에 고개 숙여 합장을 해보인 사대금강들이 밖으로 사라지고 차분히 여인의 신색을 살피던 법진은 여인에게 입을 열었다.

"오늘 하루, 많이 놀라셨고 감당하기 힘든 일을 겪었으리라 짐작됩니다. 하지만… 그럼에도 불구하고 물음을 드릴 수밖에 없으니, 이 늙은 중의 고충을 헤아려 주신다면 감사하기 이를 데 없겠습니다.”

정중하고 진심이 깃든 법진의 말에 여인 송연주는 무릎 위에 깍지 낀 두 손을 꼬옥 움키며 고개를 끄덕거렸다. 하지만 시선은 돌리지 않고 수그린 채 탁자의 끝을 향한 채였다.

늙은 중 법진은 다시 입을 열었다.

“고맙소이다. 그러면 이제 이 늙은 중의 궁금함을 여쭙지요. 지금부터 십 년 전, 이 산에는 산적의 무리들이 살았습니다. 명산의 이름이 주는 위치와 너무도 은밀한 그들의 행사에 사람들은 아무도 눈치 채지 못했지요. 그 수효는 물경 오십이 넘어갔고 세(勢) 또한 만만치 않았습니다. 그러던 그들이 어느 날 갑자기 몰살을 당했습니다.”

잠시 움찔대는 여인의 숙여진 어깨를 바라보던 법진은 다시 말을 이었다.

“그들이 왜 죽었는지, 또 어떻게 죽었는지 아는 사람은 아무도 없었습니다. 오직 그들 속에서 살아남은 생존자만이 알고 있었지요. 그런데 그 생존자는 안타깝게도 오늘, 죽음을 맞았지요. 그리고 그자는 부인도 아는 자입니다.”

가녀리게 떨리던 여인의 숙여진 고개와 어깨가 점점 큰 울림으로 상체를 흔들었다. 그리고 그런 여인의 귀에 대고 법진은 안타깝게 말을 짜냈다.

“십 년 전의 그 일에 대해… 부인께서 아는 것이 있으리라 짐작됩니다. 말씀해 주십시오.”

여인은 흔들리던 고개를 천천히 세우며 법진을 바라보았다. 그 눈에서 맑은 이슬이 흘러내렸다. 그리고 가녀린 두 손을 들어 눈물을 닦아

내며 떨리는 입술을 벌렸다.

"열여덟이 되는 해였습니다……. 아버지, 어머니와 함께 이 작은 다관을 꾸리며 살았었지요. 꿈도 많았고 철없던 시절이었습니다."

여인은 돌이켜 생각하기 싫은 악몽을 이야기하듯 힘겹게 말을 이어 나갔다. 그렇게 끊어질 듯 이어질 듯 이어 나온 여인의 이야기는 슬프고 참혹했다.

백모란처럼 피어나던 여인과 그 부모만이 살던 한적한 다관에 어느 날 젊은 무사가 찾아왔다. 수려한 외모와 늠름한 기상은 산촌 소녀의 방심을 흔들었고, 무사 또한 청초한 소녀에게 끌려 수시로 다관을 찾아 들었다. 그렇게 젊은 남녀는 실이 꼬이듯 서로에 대한 연모의 마음을 키워갔고 급기야는 남은 인생을 건 장래를 약속하기에 이르렀다.

그러던 어느 날 무사는 자신의 의형들이라며 세 명의 사내를 소개시켰다. 처음 본 사내들의 모습은 모두 거칠고 험악해 보였고, 특히나 대형이라던 이리 같은 모습의 사내는 자신을 보는 눈빛이 예사롭지 않았다. 그리고 그 끔찍했던 일은 그날 밤에 벌어지고 말았다.

연인과 만나기로 했던 동악묘 아래의 느티나무에 나타난 사람은 낮에 보았던 의형들이었다. 그들은 놀라 반항하는 여인을 그들의 본거지로 납치해 끌고 갔고, 그곳에서 여인은 연인의 모습을 볼 수 있었다.

피 흘리는 얼굴, 꽁꽁 묶인 팔과 다리, 그렇게 기둥에 동여매진 몸통에 찔러 넣어진 반짝이는 쇠붙이들, 그리고 슬프게 가물어져 가는 암울한 눈동자.

여인은 그 앞에서 겁간을 당했다. 세 명의 사내에게 짐승처럼. 그 광경을 죽어가는 연인이 내려다보았다. 그리고 여인의 몸 위에서 움직이는 사내들의 몸이 한 명 한 명 바뀔 때마다 점점 더 죽어갔다.

여인도 그 눈길을 바라보았다. 눈물조차 나오지 않았다. 하복부를 파고드는 극악한 통증도 남의 일처럼 실감이 없었다. 눈앞에서 숨을 뿜어내는 사내의 얼굴도, 그 위쪽으로 두 팔을 잡고 침 흘리며 악귀처럼 웃는 두 명의 사내도 꿈속처럼 흐릿했다. 그렇게 새벽이 될 때까지 돌아가던 사내들의 유희가 끝나갈 무렵, 빛이 꺼진 연인의 눈동자를 본 여인도 심연으로 빠져들었다.

그들은 산적이었다. 그녀의 연인도 산적이었다. 그리고 연인의 의형들에게 윤간당한 그녀의 몸은 나머지 부하들에게도 차례가 돌아갔다. 그로부터 한 달 뒤, 여인은 죽어가는 모습으로 버려졌다.

산길을 오르는 사람들의 알림으로 찾은 그녀의 부모는 대성통곡했다. 하지만 그 억울함을 호소할 곳이 없었다. 웬일인지 관에서는 시늉만으로 일관하였고 사연을 아는 사람들은 혀를 차댈 뿐이었다. 그리고 그녀의 부모는 한밤중에 들이닥친 무리에게 끌려 나간 뒤 다관 앞의 상수리나무에 목을 맨 시체로 변사를 하고 말았다.

다관은 사람들의 발길이 끊어졌고, 넋 나간 병자인 그녀는 제 어미 아비의 매달린 시신을 보며 죽어가고 있었다. 그리고 그렇게 죽어가는 그녀에게 다가와 누군가 말을 걸었다.

차가운 인상의 사내였다. 그리고 안면이 있는 사람이었다. 가끔씩 다관을 찾아와 생필품을 구입해 가던 사내.

그 사내가 조용히 말을 걸었다. '내가 복수해 주랴' 라고. 여인은 무의식 중에 복수라는 그 말만을 되새기며 고개를 흔들었고, 사내는 여인의 손을 잡아끌었다. 그리고 사내와 함께 도적들의 산채로 걸음을 옮겼다. 그렇게 혼몽한 정신으로 찾아든 도적들의 산채에서 여인은 죽음보다 더한 지옥을 보고 말았다.

지옥 속에서 정신을 잃은 여인이 깨어난 곳은 자신의 다관이었다. 깨어난 자신의 곁에는 차가운 인상의 그 사내가 앉아 있었고, 말없이 내려다보는 그 눈길에선 아무것도 기억할 수가 없었다. 그리고 여인을 돌봐주던 사내는 닷새가 지나서 말없이 떠나 버렸다.

말을 끝마치며 긴 한숨을 내쉰 여인은 아직도 반짝이는 눈가의 이슬을 닦아내고 다시 입을 열었다. 그 목소리는 이제 슬픈 기복이 없었다.

"그 세 명 중의 한 사람이 오늘 죽은 그자입니다."

"나무아미타불 관세음보살!"

법진은 무거운 불호를 안타깝게 내뱉었다. 그리고 여인의 백모란 같은 처연한 얼굴을 보며 힘겹게 염주를 굴렸다.

진붕이 왜 이리 이곳에 오기를 싫어했는지, 또한 왜 그토록 힘겨워하며 욕설을 퍼부었는지 이유를 알 것 같았다. 또한 불타의 가르침과 그 섭리가, 세상과 우주를 이루는 인과율이 얼마나 치밀하고 빠짐없는지를 새삼 느끼며 고개를 저었다. 하지만 그러한 모든 비탄 어린 이야기와 감정들을 저버린 저 무쇠 같은 목소리는 아무런 거리낌과 배려 없이 묵직하게 터져 나왔다.

"그럼, 그 뒤로는 그자의 행방을 모른단 말이오?"

세철의 구릿빛 무표정한 얼굴을 바라보는 여인은 눈가의 눈물이 마를 사이도 없이 작게 입을 열었다.

"모릅니다."

하지만 대답 후에 화염처럼 타오르는 사내의 눈 속에서 지독한 분노와 살기를 읽어내고 흠칫 소름을 떨어냈다. 그리고 돌아가는 사내의 눈길을 보며 저도 모르게 안도의 숨을 쉬었다.

그렇게 돌아간 사내의 눈길을 받은 외팔이승려는 사내를 보고 물었다.

"시주, 이제 어찌하겠소? 그리고 그 칼은 또 어떻게 할 셈이오?"

잠시 법진의 눈을 보던 세철이 주목적이 아닌 칼에 대한 이야기만을 했다.

"주인에게 돌려줄 생각이오."

"주인이 따로 있단 말이오?"

"금사촌이란 마을의 유씨 성을 쓰는 대장장이요. 그런데 그가… 죽었다는구려."

잠시 의아한 눈빛으로 세철을 보던 법진은 또다시 물었다.

"그러면 누구에게… 그 가족에게 돌려줄 생각이오?"

"가족이 없는 것으로 아오."

"하면 누구에게 돌려준단 말이오?"

"가족이 없으니… 그 마을에라도 돌려주면 되겠지요."

이제는 완연히 아연해진 얼굴을 한 법진이 기가 막힌 표정으로 세철에게 다그치듯 말했다.

"이보오, 시주! 그 칼이 무슨 칼인지 몰라서 그런 소리를 하는 게요? 저 밖에 있는 사람들이 무엇 때문에 저러고 있는지를 정녕 모른단 말이오?"

세철은 변화없는 얼굴로 다시 입을 열었다.

"그야 당연히 천고의 보도이니 노리는 자들이……."

"허어! 답답하구려! 진정 모르는가 본데, 그 칼이 마음에 둔 마을로 넘겨지면 그 마을은 하루 만에 쑥대밭이 되고 말 것이오!"

"그게 무슨 소리오?"

뜻밖의 말에 미간에 주름을 그린 세철이 되물었다. 그리고 법진은 희한한 눈빛으로 바라보다 알 수 없다는 듯 고개를 흔들며 입을 열었다.

"잘 들으시오. 그 칼은 비단 석년의 혈룡마제가 쓰던 천하의 신병이기도 하지만, 그 칼에 얽힌 전설은 혈룡마제의 유진이 남아 있는 혈룡비처(血龍秘處)의 단서를 말하고 있는 것이오. 그 때문에 저렇게 많은 무림인들이 불을 본 나방처럼 달려드는 것이고 서로의 목숨을 짐승처럼 해치는 것이오. 그것은… 누백 년을 거슬러 무림사에 전구후무한 족적을 남긴 절대무인, 혈룡마제의 진전을 얻을 수 있는 열쇠인 것이오!"

비장한 기운마저 감도는 법진의 끝말을 들으며 세철은 무심코 제 옆에 놓아둔 혈룡도를 내려다보았다. 그리고 제 목소리에 취해 열기 띤 법진의 눈과 무얼 생각하는지 모를 눈빛으로 바라보는 여인 송연주의 시선을 고개 들어 거둬내며 쇠처럼 투박하게 지걸였다.

"칼은 칼일 뿐이오."

그 간단한 대답에 법진은 저도 모르게 맥이 풀리는 걸 느꼈다. 하지만 세철의 간단명료한 대답을 반발하는 듯한 음성이 때맞춰 터져 나왔으니, 입구를 넘어서며 홑급히 외치는 날카로운 눈매의 정수였다.

"웬 무리가 다관을 둘러싸고 있습니다!"

법진과 세철이 동시에 자리를 떨치고 일어섰다. 그리고 누가 먼저랄 것 없이 부서진 다관의 입구를 나서며 바깥을 내려다보았다.

어느새 노을이 사라진 하늘은 푸름한 어둠이 내리덮였고, 산사면으로 붙은 좌측을 제외한 다관의 삼면을 선명한 적황색의 무사들이 빼곡하게 둘러싸 있었다.

수효는 대략 백여 명이나 될 듯하고, 하나같이 엄장한 체구에 손에

는 다섯 자는 족히 됨 직한 커다란 크기의 거검(巨劍)들을 들었다. 무리
의 앞에는 세 명의 사내들이 앞서 나와 세철 등이 선 다관을 올려다보
았고, 그들이 선 뒤쪽에 솟아오른 적황의 깃발에는 무사들의 가슴에 새
겨진 것과 똑같은 포효하는 사자의 모습이 그려져 있었다.

그리고 그 아래에는 선명한 검은색으로 '사자철기맹'의 다섯 글자
가 바람에 휘날리며 몸을 떨었다.

세철의 옆에 선 법진은 돌을 매단 듯한 무거운 음성으로 나직이 말
했다.

"강북무림(江北武林)의 패자(覇者)… 사자철기맹(獅子鐵旗盟)!"

그 얼굴을 돌아보는 세철의 전신에 내려지는 어둠이 더욱 짙어지고,
거검을 든 황적의 무리들은 점점이 횃불을 밝혔다. 그리고 산속에 더
욱 깊이 숨어든 무림인들은 산과 함께 숨 쉬며 조용히 내려다보았다.

바야흐로 산은 또다시 피바람이 몰아칠 기세였다.

『혈리표』 2권에 계속…